曹讓庭 著

歐洲近代文學論評

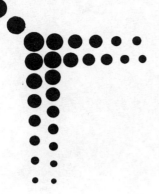

臺灣商務印書館 發行

寫在前頭的話

擺在諸君面前的這部書，收集的大致有兩類文章：其一，是論述文學藝術思潮的；其二，主要是對作品、人物的評析。它涉及的空間是歐洲這一領域，時間則在近代這一歷史範疇之內。因之，把書名定為《歐洲近代文學論評》。這就是說，我們研究的對象，既是外國的，又是古典的。這種情況，決定了我們在思考、分析問題時，應有一些特殊要求。

究竟應該如何對待外國文化遺產？我們的祖先早已開創了至今仍可借鑑的傳統。中國，是全世界四大文明古國之一，有著五千年不曾間斷過的文明發展的輝煌歷史。祖先們在創造自己豐富多彩的民族文化的過程中，對於周邊國家，乃至更遠地域的異民族文化，一向基本上是偏向於開放，並且是善於吸收其中優秀的成分的。早在漢、唐、宋、元時代，我國和亞洲許多國家，甚至遠到地中海沿岸就有文化交流。明代中葉以後，我們和歐洲文化的交流日益頻繁。張騫通西域、玄奘西天取經、鄭和七下南洋，這些都是世界文化交流史上的範例，不僅彰揚了華夏文明，使之威名遠播，同時也是吸取外國文化的歷程。異國文化，特別是歐洲近代文化的影響，實際上也是發展和造就我們民族文化不可或缺的因素之一。如歐洲近代優秀的文學藝術遺產，就曾經多層面地對我們發生過積極作用。

其一，是它的認識意義。歐洲近代的優秀文藝往往是和反對封建教會、資產階級性質的民主獨立運動、揭露資本主義社會的黑暗面、反對帝國主義掠奪與壓迫的人民解放運動等聯繫在一起的。因此，它是歐洲幾百年資本主義社會發展歷程的生動圖畫，是一部形象的歷史書，正如我國優秀的古典文學是中國漫長的封建社會的一部特殊歷史一樣，不僅從政治、經濟、宗教、道德等方面，甚至風俗習慣，也都為後代人們認識過去提供生動、翔實的文獻。而且，它們不是單純地作用於接受者的理性，更有力的是通過有血有肉的藝術形象訴諸人們的感情。因而，其認識功能，往往會超過歷史教科書。

其二，是思想、品德上的教育與借鑑作用。關於這一點，過去有過，今天也並未全部消亡。早在近一個世紀之前，魯迅先生就曾講過：「有人說拜倫的詩多為青年所愛讀，我覺得這話有幾分真。就自己而論，也還記得怎樣讀了他的詩而心神俱旺；尤其是看到他那花布裹頭，去助希臘獨立的肖像。……時當清朝末年，在一部分中國青年的心中，革命思潮正甚，凡叫喊復仇的，便容易惹起感應。那時我所記得的，還有波蘭的復仇詩人密茨凱維友；匈牙利的愛國詩人裴多菲・山陀爾；菲律賓的文人而為西班牙政府所殺害的厘沙路。」(《魯迅全集》卷一，一九五六年版，三一七至三一八頁)這裏的所謂「感應」就是思想內容、精神品德上的潛移默化的影響。在我國長期的反封建、反帝國主義列強的入侵和掠奪的鬥爭中，人們從裴多菲的「生命誠可貴，愛情價更高，若為自由故，二者皆可拋」和雪萊的「西風呵！要是冬天已經來到，春天還會遙遠？」等革命箴言式的詩句，都曾汲取過力量，得到過鼓舞。即使在今天，歌德筆下浮士德形象經歷艱難探索而感悟到的「只要每天每日去開拓生活和自由，然後才能作自由和生活的享受」的人生真諦，對於期盼創造人生輝煌的人，難道不是仍然具有深含哲理的啟迪嗎？同時對於那些習慣於坐享其成、渾渾噩噩混日子的人們，是一種多麼尖銳的參照和貶抑！

其三，歐洲近代文學的發展過程中，出現過像莫里哀、歌德、拜倫、雨果、巴爾扎克、狄更斯、左拉、莫泊桑、哈代等一大批偉大的作家。他們的創作實踐，完善了各種文學式樣，如抒情詩、寓言、童話、悲劇、喜劇、長篇小說、中篇小說、短篇小說，以及敘事詩等；他們還提出過不同的創作主張，試驗過各種創作方法，如古典主義、浪漫主義、現實主義、自然主義等，積累了豐富的藝術經驗。探討和研究歐洲近代文學的發展過程及其經驗，有助於我們文學創作和文學理論水平的提高，豐富和完善我們文藝的表現形式，像新詩、話劇、電影等，原本都是西方的，經過吸收消化後，現在都已成為我們民族文學藝術的有機組成部分。

那麼，在這種外國的、古典的文學面前，我們今天應採取何種態度？歷史的經驗和教訓值得總結。過去，有些人曾有過兩種不同作法：一是老大自居，將西方文明視為蠻夷之物，一律排斥；一是崇洋媚外，皂白不分，全盤接受。實踐證明，這兩者都是行不通的，是錯誤的。唯一正確的辦法，那就是將其進行歷史主義的分析，分辨真偽、優劣、精華和糟粕，然後消化吸收對我們有益的成分，拒絕、排斥有害的因素。

這裏的所謂歷史主義，用簡白的話來說，就是把過去時代的事件和人物，置於特定歷史階段的物資生產及其生發出來的人際關係中去進行具體考查，看它們到底是怎樣產生的，為什麼存在，在歷史上起過什麼作用。這才是人們能夠中肯地認識事物的坦途。那種憑個人好惡，空洞地亂唱頌歌，或者藉咒罵以發洩自己意氣的作法，都是無濟於事、無助於解決任何問題。以奴隸制為例，今天，二十世紀九〇年代的人，用一般性的詞句痛罵奴隸制度，大概是誰都可以做得到的。但這樣做除了把衆所周知的道理重複一遍之外，對奴隸制度的產生、存在，究竟起過什麼作用等，啥也未能說明。可是如果深入思考一番，雖然聽起來多麼矛盾，也很離奇，但在過去那個歷史年代，出現奴隸制度，的確是一個巨大的進步，這進步，甚至連奴隸本身也樂於承認。因為在此之前，作為奴隸來源的戰俘都是被殺掉，在更早的時候，甚至是被吃掉的，而奴隸制則至少保全了他們的生命。人類社會演進的法則就是這樣：當人類歷史邁步走進文明門檻之後，任何進步同時也是相對的退步。奴隸制保全了戰俘們的生命，並將其作為勞動工具，把社會生產力大大地向前推動了一步，這是誰也否認不了的進步；同時，它又是人類歷史上第一次出現人剝削人、人壓迫人的社會，和氏族社會中的人際關係比較起來，自然是相對的退步。只看到它的進步，或者僅見其相對的退步，都是不全面的、偏頗的。

這種歷史主義觀點，具體落實到往昔作家或作品身上，一方面，我們雖然有權憑藉今天的思想高度，實事求是地指出其缺陷或不足，卻無權要求他們不具有那些缺陷或不足。因為過去時代的人們一般都無法擺脫階級的或時代條件的限制。因而我們應該從歷史條件加以說明，讓人理解即可，絕不可以對古人作現代認識水平的苛求，故意貶低他們。另一方面，我們也毫無必要，將古人超歷史地現代化，人為地拔高美化他們。因為，判斷歷史的功績，不是根據歷史活動家沒有提供現代所要求的東西，而是根據他們比其前輩提供了新的東西。所以，人們絕不應該把我們所能了解的、而古人事實上沒有的一些思想硬栽在他們頭上。這就是說，對於古典作家及其作品，必須一分為二，既給予應有的歷史地位，肯定其應該肯定的；同時，也要明確認定其不足與局限。這種歷史主義原則，也正是我們研究西歐近代文藝思潮和作家作品的指導思想。歌德筆下的浮士德最後創建的「在自由的土地上居住著自由的國民」的理想社會，一方面，我們認為，它的確曲折地反映了被封建紛爭與混戰置於水深火熱中的德國人民，嚮往著和平勞動生活和統一祖國的願望，是一代啟蒙思想家在探索人類未來時所能達到的最高理想；但同時，也不得不承認，歌德讓自己的人物在封建帝皇賜予的一片沙灘之上創建理想王國的過程及其描繪的圖景，都只不過是當時歐洲資產階級在亞、非、拉丁美洲開拓殖民地，溝通世界航道時已經在做和正計畫要做的種種作為的詩化綜合。拜倫筆下的英雄，他們身上那種嫉惡如仇、絕不妥協的反抗精神，不僅在當時，而且在後來的爭自由、求獨立的解放鬥爭中，仍然是一股鼓舞力量；但是，他們身上那種孤傲的氣質、悲觀的情緒，卻是不足為訓的。英國女作家伏尼契的《牛虻》，曾在青年讀者中產生過廣泛的影響。其同名主人公身上那種非凡的毅力、勇敢頑強的精神，以及他在集體事業面前把個人的一切看得微不足道的寬廣胸懷，和能夠忍受巨大的痛苦而不在任何人面前流露的堅強品質，都是值得學習的。可是那種根本毫無必要的以苦行來考驗自己意志的作為，卻是不應被稱道的。它容易引發血與淚的悲劇，是要予以警惕的。總之，類似上述情況，並非只是個別的存在。因此，人們在接觸西方近代文學時，應持審慎態度，吸收精華，剔除糟粕。

收集在這本書裏的文章，有一個共同之處，即基本上都表達了一些自己的看法。其中有的文章，雖是只作了文字潤色的舊作，但時間的風雨並未動搖其根本觀點，有的已被吸收進通用的教材；另一部分，雖是新近寫成，但也並非應時的即就之章，而是長期醞釀思考的結晶。因此，此書出版之後，也許對於外國文學教學和研究，多少會有一些參考價值；同時，對於社會上愛好外國文學的青年朋友來說，它可能會有幾分自學輔導的功能，除了幫助豐富外國文學方面的知識，大概還可以稍許提高鑑賞外國古典文學藝術作品的能力。

這本書，如前面所指明的，它論評的範圍是有特定的時空約束的。由於種種原因，即使就特定的時空範圍講，也是涉及不夠全面的。有的重要思潮，如十九世紀的批判現實主義文學，只在論及積極浪漫主義文學時，於對比中作了些許說明，沒有專文論評；自然主義及其代表作品，更是根本未予觸及，這顯然是本書在體例上的缺陷。此外，本書論及的各種思潮、作家、作品、人物，其中有不少問題在國內外並未達成完全一致，有的還處在爭鳴中。我個人的一己之見，難免沒有偏頗，敬希讀者朋友們批評指正！

曹讓庭 一九九五年一月二十日於湘潭大學東坡村無名齋

目錄

也談歐洲古典主義文學的歷史功過

古典主義是一個全歐性的文學藝術思潮。它發生於十七世紀前期，繁榮於這個世紀的中葉，開始衰微在這個世紀末期，延續於整個十八世紀，直到十九世紀二〇年代末，才油乾燈滅，歸於消亡。它不僅在文學，特別在悲、喜劇方面有較突出的成就，而且在文藝理論、造塑藝術和建築藝術等領域，也都形成過一時風尚。它在法國發展得最為充分，且波及意、英、德、俄等許多國家。

對於這一擁有廣闊時空的歷史存在，並成為十七世紀文藝主導思潮的古典主義，究竟應該給予怎樣的評價？這是長時期來廣大外國文學教學和研究工作者共同關注而又尚未取得完全共識的一個學術性問題。

對於古典主義歷史功過的評述，過去似乎有這麼一種傾向，由於它具有頌揚中央專制王權的政治意向，藝術上又承受著多重規範的制約，還在認識論上受唯理論的影響，所以有人認為，這是一種「貴族文學」。和文藝復興時期人文主義文學比較起來，它在思想內容上是背反的，在藝術表現上是倒退的，因而被裁定，以古典主義為主導的歷史階段，是歐洲文學藝術發展過程中的低谷。其實，如果嚴格地尊重歷史，從古典主義的創作實踐出發，那麼，我們在探討中也許會得出更為公允的、能為更多的人所認同的結論。

古典主義並不是一個內部和諧一致、前後一成不變的統一的文藝潮流。這從它的橫向比較和縱深變化兩個方面均可看得清楚。從橫向考查，由於這個思潮中的作家其出身、經歷、思想和社會地位的不同，因而他們對王權的態度、對文藝規範的遵從等都是有些差異的。但總的情勢卻顯示出兩種傾向：一部分人是依附於宮廷的貴族和教權派人士，他們將自身作一次性出賣，為王權大唱頌歌，直至為暴政辯護，其代表人物有博須埃、拉法耶特夫人、雷茲主教、賽維涅夫人等；另一群體有高乃依、波瓦洛、莫里哀、拉辛、拉封丹等。他們對王權的態度隨著它的社會功能的變化而改變，他們屬資產階級中、上層。古典主義的最高成就是他們創造的。今天我們來評述古典主義的歷史功過，也是以他們留下的創作作為依據的。從縱深觀察，古典主義延續了兩百來年，即就十七世紀這一段代來看，它也經歷了發生、發展、衰微等幾個不同階段。第一階段是路易十三親政和路易十四繼位的前期，歷史上即黎希留和馬扎蘭兩首相主政的時期。這期間，封建割據的貴族力量在中央王權的打擊下被大大削弱，王權日益鞏固，為「太陽王」親政，王權進入高峰時期奠定了基礎。王權在政治上取得勝利的同時，它將行政的、政府領域的種種規則法制，延伸擴展至整個意識形態領域。文學藝術不可能例外，也開始創建各種規範，對語法、修辭學和詩學等許多領域，都制定了整套的準則。資產階級群體中的作家們，對尚處於上升走向的王權及其與資產階級妥協的局面，基本上都表示了支持和擁護。第二階段是絕對王權的高峰時期，也就是路易十四主政的前期。王權的嚴格控制和多方籠絡，外加封建貴族的壓力，那些具有資產階級傾向的作家也不得不在王權的政治要求和藝術規範之下創作，所以他們的作品往往蘊含著自己階級的要求和不得不屈從王權的矛盾。第三階段是路易十四統治的後期，王權日益腐朽、反動，王權和資產階級之間妥協局面破裂，面對這種情勢，像莫里哀和拉辛的後期創作和部分散文作家，對於絕對王權的倒行逆施表示了失望，加強了批判；與此同時，那些死心塌地依附於宮廷的貴族、教士作家，則竭力為暴政辯護。此後，隨著王權的徹底敗落，古典主義在其苟延殘喘的過程中，完全蛻變為宮廷貴族文學，終至成為封建貴族的殉葬品。古典主義後來的這一下場，已是歷史的鐵案，無須再予評說。下面從幾個層面來透視十七世紀古典主義的歷史面貌。

首先是如何看待對王權的態度問題。儘管古典主義者對王權崇信的程度並非完全一致，但無論其理論著作或創作實踐都有歌頌王權的政治傾向，這卻是歷史的存在，無法予以否定。波瓦洛把文學描寫的對象確定為「宮廷和城市」，高乃依將王權作為國家、民族的最高利益的象徵，莫里哀把根除社會罪惡的希望寄託於國王，拉辛斥責貴族權臣們不顧國家民族利益只圖滿足個人情欲的行為，等等，都是例證。問題在這種傾向是逆時代潮流，還是順應了當時歷史的走向呢？

古典主義是在封建割據遭到嚴重削弱，中央集權的王權得到大大加強，資產階級在王權的保護下得到發展，因而仍然擁護王權的現實條件下發生和發展起來的。古典主義著名的理論著作和代表性作品都產生於法國，並影響其他國家，原因在於這時期只有法國為它提供了最適合的土壤。這就是中央王權，經亨利四世和路易十三時期的鞏固，到路易十四繼位後達到了高峰。一方面，它依靠傳統的封建勢力維護著整套的封建制度；另一方面，為了自身的強大和消滅「封建貴族階級」的分裂割據，它不僅需要資產階級的政治支持，還要利用它的經濟實力支撐龐大的軍費開支和豪華的宮廷消耗。為達此目的，王權推行重商主義和殖民政策，鼓勵民族工商業，並通過賣官鬻爵向資產階級開放部分政治權力，從而將它拉到自己麾下。從資產階級一方來說，在自身尚未發展到足以推翻王權之前，為了高速發展，它迫切需要中央行政的政治權力的高度集中去削弱封建割據勢力，造成全國性穩定的社會政治局面，建構統一的國內市場；同時還要利用王權的對外擴張的殖民政策，開闢世界市場，拓展掠奪空間，這樣才能促使資本主義工商業得到全面的長足的發展。如此看來，二者各有所需，必得攜手聯盟，互為依靠。這種情勢，絕非偶然，而是歷史發展的必由之路。它發端於十世紀，這一聯盟往往因衝突而破裂，破裂後又重新恢復，並且越發堅固，越發強大，直到這一聯盟幫助王權取得最後勝利，而王權則以奴役和掠奪報答了它的盟友為止。面對十七世紀法國社會的這種政治架構，有兩點人們必須有清楚的認識：一是從整個歷史進程衡量，這時期法國的中央專制王權還是作為文明的中心，社會統一的基礎而存在的。對於封建割據的混亂狀態，王權是進步的因素，這一點是十分清楚的。王權在混亂中代表著秩序，代表著正在形成的民族與分裂成叛亂的各附庸國的狀態對立。這就是說，當時法國專制的中央王權，還不失為保持國家統一、穩定社會、推動歷史發展的力量。二是處在舊的封建等級趨於滅亡，中世紀市民等級正在形成現代資產階級，鬥爭的任何一方尚未壓倒另一方的歷史年代。古典主義是資產階級意圖借助王權來加速壓倒舊的封建等級，而對王權採取戰略性妥協在文學藝術範疇的反映。這不是個別人主觀意願指使的結果，而是實現階級整體要求的一個戰略行動。所以古典主義乃是一種帶有一些宮廷貴族色彩的資產階級文學。如果從歷史的連續性考查，古典主義的歌頌絕對王權，正是文藝復興時期人文主義文學揭露、批判封建紛爭與混戰，讚揚為民族國家的統一事業有所作為的君主這一思想的繼承和拓展，並由此而見出它們之間深刻的內在聯繫。所以，既無必要因為古典主義具有歌頌王權的政治傾向而給戴上一頂貴族帽子，更無須因後來年代隨著王權的日益腐朽，它也隨著墮落為封建政權的御用工具而將其過去加以過分的貶抑。

其次，古典主義生成和發展過程中，與當時流行的唯理論的確是有聯繫的。如何看待這種聯繫及其影響呢？

唯理論是十七世紀最為流行的哲學思潮之一。它的基本觀點正好和同時存在的伽桑狄的唯物主義思想是對立的。伽桑狄認為，感覺是知識的源泉，真理的標準是人類的實踐和經驗，而笛卡兒則宣稱理性是真正知識的唯一來源，感覺是騙人的；他還認為，真理是直接由理性和理性所特有的直覺獲取的，因而真理的標準不在理性之外，而在理性本身之中。這就是說，唯理論認為，一個理論是否正確，要看通過理性闡發出來的結論是否清晰和明確，而不是依靠實踐經驗來驗證。所以，唯理論賦予理性以絕對權威，因而實際上是一種唯心主義的認識論。不過，唯理論是面對封建、宗教意識殘酷統治了一千多年的現實，和民衆長期處於「領主的奴僕，上帝的羔羊」地位這樣一種歷史條件下產生的哲學思潮。它鮮明地肯定長時期來被蔑視、被壓抑的人的理性力量，不盲從權威。而是要求人類使用自身的思維能力，對一切加以重新審定。唯理論用人的理性代替盲目信仰，並賦予理性以特別重要的意義，既反對中世紀那種盲從權威、專門從事空洞無聊議論的經院哲學，也向那種以超理性的信仰作為人類認識基礎的宗教信條和神學理論提出了尖銳的挑戰；同時，它還引導人們嚴肅地審視現實。古典主義作家們對貴族階級的惡德敗行、教會的貪婪與偽善、資產者暴發户的種種劣跡給以深刻的揭發和辛辣的諷刺，其部分根由，是他們的創作思想不同程度地接受了唯理論影響，在深入研究和評判生活時，較充分地發揮了作家主觀理性的功能。而在這點上，正好也是文藝復興時期人文主義文學傳統的繼承。

文藝復興時期作家反對封建教會的禁欲主義、蒙昧主義、等級偏見，要求個性解放，歌頌自由、平等、友誼、愛情、德行等，這一切，過去有些人認為都是以個人情欲作為出發點的，是排斥理性，張揚感情的表現。其實，人文主義作家們的上述要求和願望都是源於文化科學知識基礎的切身感受，都是為理性所認可、所制約的符合人性的自然要求的。正因為如此，文藝復興時期人文主義作家們筆下人物的理性與感情大都和諧地處於協調之中。古典主義繼承文藝復興時期人文主義文學立足於理性基礎上的反封建、反教會的鬥爭任務。在個人與社會、個人感情與公民職責的衝突中，頌揚理性的強大威力，讓個人感情服從理性，個人要求服從公民義務的思想幾乎貫串所有古典主義的作品之中。《熙德》、《安德洛瑪刻》、《唐璜》、《偽君子》等，有的在感情與義務的正面衝突中，突出了人在理性支配下的意志和精神的力量；有的揭露了非理性的盲目信仰對正常理性和人性的摧殘與破壞；還有的通過貴族人物在追求滿足超理性的瘋狂情欲過程中，暴露出封建貴族的道德淪喪的惡德敗行。這一切，都可以充分展示文藝復興時期人文主義文學和古典主義文學遵崇理性的連續性與繼承性。但我以為更有必要明確的是古典主義文學對人文主義文學特有的超越。

我們知道，文藝復興時期所張揚的獨立、自由、科學、民主和享樂塵世幸福等思潮，曾經把人們從禁欲主義和蒙昧主義的沈睡中喚醒，用個性解放掙脱種種非人道的束縛，造就了一個活躍的變革時代。但是，由於人文主義思想體系的核心是個人主義這一根本缺陷，所以隨著個性解放要求的發展，人們遵循著「最愉快的生活就是毫無節制的生活」（愛拉斯謨語）和「想做什麼就做什麼」（拉伯雷語）的信條生活，及至文藝復興後期，面對封建天主教反動勢力的瘋狂反撲，一些人的意識形態發生了混亂與危機，在個性解放的道路走上了歧途，掉進了以個人為中心的極端利己主義和無政府主義泥潭。他們為了官能欲望的滿足，貪得無厭，為所欲為，以致形成為一種怵目驚心的社會破壞力量，製造一樁樁血與淚的悲劇。這種嚴重的社會現象，有的清醒的人文主義作家，當時即已有所認識，並在自己的創作中反映出來。像莎士比亞筆下的埃古、愛特門，就是這類人物的典型。李爾王的大、二女兒和她們的丈夫，也是一丘之貉。他們把個性解放變成為貪得無厭的剝奪，把一己的利益凌駕於社會責任和道義之上，把人間當成追名逐利的屠場。面對這種現實，古典主義的重要功績之一，就是把這種肆無忌憚的極端利己主義和無政府主義，導入社會整體的約束之中，用公民的義務和社會責任感，把那種絕對的獨立、自由、平等的思想要求，加以控制。古典主義對於文藝復興時期人文主義文學的這一超越，在需要鞏固中央集權以克服分裂、混戰局面的年代，是符合社會發展要求的。不過，隨著王權的社會作用的變化，同時古典主義對個性的約束終究不失為一種限制，所以當歷史進入十八世紀，啟蒙運動應運而生。它對文藝復興和古典主義的傳統進行了清醒的篩選，一方面，吸收了文藝復興時期人文主義作家們對傳統和現存社會秩序的批判意識，另一方面，又將個性解放賦予新的意蘊，將它和改造大自然和人類社會的事業結合起來，將一己的小我匯入人類的大我之中。如笛福的《魯濱遜飄流記》就側重把個性解放導入改造自然、征服自然的鬥爭中，歌德的《浮士德》則改造自然和社會同時並舉，將滄海變為桑田，在一片荒涼的海灘之上，建造出一個「在自由的土地上居住著自由的國民」的全新社會。這就是啟蒙主義對於傳統的揚棄。

第三，古典主義的興起，除了上述社會發展的政治要求和唯理論的影響，還和當時的社會矛盾所引發的文學藝術領域的鬥爭直接聯繫起來。在法國，古典主義面對的是巴羅克文學和市民寫實文學兩個尖銳對立的文學流派。對於前者，無論內容和形式，它們的對立是明顯的；而和後者，某些方面也處於矛盾之中。這就是說，古典主義面臨的是兩線作戰的局面。

巴羅克文學，在法國被稱之為貴族沙龍文學，或稱矯揉造作派文學。它是封建制度發生危機時期的產物，反映的是沒落封建貴族的思想情緒。它後來成為人們口中所說的脫離生活的形式主義和誇飾風格的代名詞。這種文學，其主要內容是對於宗教狂熱的張揚和對人生的無奈與藐視；在藝術上故弄玄虛、追求新奇驚險，極度誇張，用比喻、代用語和雕琢、誇飾、晦澀的詞藻，堆砌成「高雅」的風格。它起始於意大利和西班牙，流傳至英、德不少國家，在法國貴族社會也曾成為一時的風尚。

巴羅克文學流行於法國，有其特殊的土壤氣候條件。十六世紀末，十七世紀初，法國經歷了三十年宗教戰爭之後，封建割據的貴族勢力一蹶不振，經濟上亦處於財源枯絕之境，於是他們不得不離棄世襲的莊園，麇集國王的周圍，一變而為宮廷貴族。其實，他們還尚未從悠悠的莊園清夢中徹底清醒過來，張著惺忪的睡眼，一時尚難完全適應宮廷生活，所以成天飽食終日，無所用心，因而急需一種文學式樣來填補心靈的空虛，表達百無聊賴的心態。於是那種滲透了沒落貴族階級的頹廢、悲觀情緒的、早已流行於意大利和西班牙的巴羅克文學，正好滿足了他們的要求，造就了法國貴族沙龍文學。同時由於法國的特殊的條件，巴羅克文學原本就有的脫離生活和追求形式主義的傾向，被推至極端，尤其是在語言方面的矯揉造作之風，簡直發展到了十分可笑的地步，如把跳舞說成「賦予我們腳步以靈魂」，「鏡子」稱為「風韻的顧問」，「狗」是「忠誠可敬的幫手」，「眼睛」是「靈魂的鏡子」，「喝水」是「一次內部的洗浴」等。像「這是一個農民」這樣一句簡單的話，在宮廷貴族的口裏，就變成了「這是身世微賤的一個萬物之靈，他用雄壯的勞動戰勝了逆境」，這些話簡直成了只能為少數人聽得懂的「行話」，嚴重地破壞了民族語言的純淨，阻礙著民族語言的形成。將古典主義和巴羅克文學兩相對照，它們之間的對立是頗為鮮明的。古典主義褒揚王權的特點，唯理論傾向以及種種創作規範的形式，都和這種對立鬥爭，有著內在聯繫。

這時期的市民寫實文學反映的是資產階級下層的思想感情和要求願望。它是上一歷史時期人文主義文學民主主義傳統的直接繼承者。針對貴族沙龍文學頹廢的思想情緒和脫離現實的矯揉造作，它提出遵循「忠誠」與「自然」，同時要求擺脱王權的控制和創作中各種規範的約束，主張個性自由發展，作家不受任何限制地進行創作活動；詩體完全自由化，體裁没有高低尊卑等級之分，喜劇和悲劇的因素應該像生活本身一樣混同在一起，語言上更不應有高雅與俚俗之別，特別是「三一律」，那更不啻為一把利剪，剪去了作家想像的翅膀。由此看來，在反對貴族沙龍文學，亦即巴羅克文學的鬥爭中，古典主義和市民寫實文學之間，既有一致之處，又有拒絕控制和反規範化的矛盾。把這些相同和迥異之處加以比照，就可以看出它們對於歐洲文學藝術的發展既有貢獻，也有各自的不足。

由於服務王權和唯理主義的影響，以及由此而對文學藝術所制定的各種規範，毫無疑問對於古典主義作家們的創作自由是會造成多重限制的。這首先表現在文學反映生活的廣度上。古典主義者雖然承認自然、理性和真理是三位一體的，但實則是以理性為核心，當主宰。所以波瓦洛雖主張「師法自然」，但這「自然」並非客觀存在的自然，而是經過「理性」過濾了的淨化了的「自然」。加之，這「理性」還和對王權的態度緊密相連，因而生活的某些部分和板塊自然被排斥於文學藝術的反映的範圍。波瓦洛提出的「宮廷與城市」，説得明白點，指的就是貴族和資產階級上層。也就是説，甚至連資產階級下層，也未必在文藝反映視野之內，一般的平民百姓的生活，那就更不待言了。這種情況，古典主義悲劇最為典型，喜劇有所變化，但也尚無根本改變。如此一來，古典主義反映生活的層面就變得狹隘了，完全喪失了文藝復興時期人文主義文學那種廣闊而自由的表現的可能性。

與此同時，由於種種規範的約束，古典主義作家還失去了描寫自由浩瀚的性格的可能。古典主義作家在確定了某一個性的主宰特徵之後，其任務就是集中全部精力和藝術手段，把這個特徵邏輯地表現到十分鮮明和突出的地步，直至達到完全符合某一概念的一般抽象的道德心理公式。如或偽善、或貪婪、或虛榮、或其他等等，而其他特徵則被忽略了，拋棄了。結果是，偽善也好，貪婪、吝嗇也好，雖然在偽善、貪婪、吝嗇上，各自都寫得很充分，但卻僅僅是個偽善者、貪婪狂、吝嗇鬼，作為現實的人的其他特徵則完全被淹沒了。這正如普希金在他的《座談篇》中指出的：「莎士比亞所創造的角色，並不像莫里哀那樣，只是某種情欲和某種罪惡的典型，而是寫活生生的人類典型，具有多種情欲和多種罪惡……。在莫里哀的劇本裏，吝嗇鬼光是貪婪而已，別的沒什麼了；莎士比亞的夏洛克則貪婪、詭計多端、報仇心切、溺愛子女、機智等兼而有之。在莫里哀的劇本裏，偽善者同自己的恩人的老婆調情——一邊調情，一邊欺騙；他承擔保管一份產業——欺騙；他要一杯水——欺騙。莎士比亞的偽善者大模大樣，嚴厲地判人刑罰，但那實在是公正的刑罰……。」普希金在鮮明的對比中所作出的評判，正好正確地揭示了古典主義在人物塑造方面的一個根本弱點。

但是，當我們在明確了古典主義在反映生活和塑造人物等方面所存在的不足的同時，也應該實事求是地承認，它對歐洲文學藝術的發展，絕非只有負面影響，而是也作出了貢獻的。這主要表現在人物的心理刻劃和藝術結構上。

古典主義的人物心理刻劃不僅富有開拓性，而且達到了頗為精湛的程度。這主要以下面三種方式來進行的：

其一，通過自身或其他人物的語言，揭示主人公隱秘的內心世界。《熙德》中施曼娜因未婚夫在決鬥中殺死了自己的父親而陷入了愛情和家庭責任的矛盾中，經歷了嚴酷的內心鬥爭，她再三要求國王處死凶手。可當騎士唐桑士挺身而出懇求代為復仇——履行她的家庭義務時，她卻回答說：「我太不幸了！」這句似乎是答非所問的回答，包含著極豐富的內涵，揭示了女主人公恨不能、愛亦不能的內心隱秘與無奈。同劇四幕一場愛樂維向施曼娜通報其未婚夫在抗擊入侵者的戰鬥中獲勝時點出「你怎麼臉色發白了，請你定一定神吧」以及《安德洛瑪刻》中其他人物的陳述，實際上都是補充交代和進一步揭示主人公的複雜心態。

其二，在對話中展示人物的複雜心跡，這是古典主義刻劃人物運用得非常熟練和成功的手法。許多古典主義戲劇中，作家往往讓自己的人物向親朋好友或貼身僕役將翻騰的心海中複雜與矛盾的心緒和盤托出，把內心的大門敞開。這是古典主義塑造人物的主要特點。《熙德》三幕三場整場都是施曼娜向保母傾吐內心愛情與義務的衝突——「我要他的頭，又怕得到手：他死了我也活不了，而我又要懲罰他！」同幕第四場，唐羅狄克和施曼娜之間長長的、反覆互訴衷腸的對話，既描述了女主人公愛不能，恨——手刃情人又不忍，以及她那種「為了我的榮譽，我必須竭力抑制愛情」的心態，同時，也陳述了男主人公「誰想得到我們的幸福，眼看著成功了，卻那麼快消滅了」的悲苦心緒以及「要把我的血獻給你」——「死在你的手裏，比載著你的怨恨而活著的苦痛要少得多」的決心。《安德洛瑪刻》中，藉對話以表述人物心境的場面，更是俯拾即是，如二幕一場、三幕三場、四幕四場中愛妙娜和好友克來歐娜的對話，對於愛妙娜那種又愛又恨、愛恨交加的嫉妒心理，一次又一次地得到了更加充分的表達。其他如奧賴斯特對好友比拉德、安德洛瑪刻對好友賽非則的對話，前者表現了使節對公主無望而熾烈的戀情，後者則突出了女主人公要面子、貞操雙保全的強烈願望。

其三，獨白。這裏指的是揭示人物潛隱於心裏深層的思想情緒的內心獨白。作為一種表現手法，在西方，始自古希臘悲劇家歐里庇得斯；文藝復興時期，莎士比亞的戲劇，特別像《哈姆萊特》這樣的劇作將它向前推進了一大步。古典主義繼承了這一手法，將其推演至極致，成為他們塑造人物的一個極為重要的手法。《熙德》第一幕第六場整整一場，都是唐羅狄克的獨白。請看作者是通過怎樣的獨白來顯示人物的處境和渲洩內心的騷動的：

上帝啊，這是多麼大的痛苦！
眼看我的愛情就要得到滿足，
在這場是非裏，受辱的偏偏是我的父親，
而侮辱人的恰恰是施曼娜的父親！
我心裏的鬥爭多麼尖銳呀！
要成全愛情就得犧牲我的榮譽，

要替父親復仇，就得放棄我的愛人。
這一方鼓動我復仇，那一面牽住我的手臂。
我已陷入愁慘的境地，或是背叛愛情，
或者忍辱偷生，
這兩者都使我痛苦無窮。
上帝啊！這是多麼深刻的痛苦！
是應該忍受這侮辱不去復仇？
還是應該懲罰施曼娜的父親？
父親、情人、榮譽、愛情，
一方面是高尚而嚴厲的責任，一方面是可愛而專橫的愛情！
或是我所有的快樂從此完結，或是我的榮譽從此無光，
沒有快樂，我痛苦無窮；沒有光榮，我也不配生存。

通過這段長長的獨白，他內心的躁動，展露無遺；於進退維谷之中，他輾轉反側，無所適從。這種內心深處激漾著的躁動，把他的痛苦渲染得非常真切動人；這種理性與感情的搏鬥使人物生動感人。這種深刻而真切的道德心理衝突的描寫，不僅表現了主人公用理性戰勝感情的

剛毅性格、豪邁獨立的精神和崇尚榮譽的品格，同時還顯露出濃烈的人情味，縮短了作品客體和接受主體之間的距離，使讀者和觀衆敬且親之。《安德洛瑪刻》也是心理描寫的典範之作。拉辛從古希臘悲劇中「拿來」題材，並予以改造，藉一場相互殘殺的多角戀愛，揭發當時宮廷世界貴族們放縱情欲的荒淫腐化的寄生生活。劇中處於愛情糾葛中的國王皁呂斯、使節奧賴斯特、公主愛妙娜和女俘安德洛瑪刻都經歷了狂風暴雨般的理性與感情的衝突。拉辛刻劃這些人物時，既通過人物之間的對話揭示他們的內心躁動，又以獨白的方式描述人物內心深層的思想感情活動。如奧賴斯特在和他人的談話中，已透露自己對使節職責的動搖，而在二幕三場的獨白中，則進一步揭示了他完全放棄使節職責，一心要獲得愛妙娜的心理嬗變。又如愛妙娜出場時以及五幕一場的獨白，都淋漓盡致地將其狂亂心態傾洩無遺。

上述幾個方面說明，古典主義在繼承的基礎上既拓展了心理描寫的空間，還增闢了心理描寫的渠道。因此，在探索人類心理世界這一奧秘領域，它對歐洲文學的發展是功不可沒的。

其次，在作品組織結構的藝術處理上，古典主義戲劇大都以嚴謹著稱。古典主義條條框框多多。這對於那些平庸的作家，無疑會成為重重障礙，但對超群的才華，卻是一種嚴格的冶煉。這有點像我國唐宋的詩詞，它們各自本身都確立了嚴格的格律和精細的寫作技巧要求，但這並沒有導致詩詞創作的萎縮，而是在成百上千的詩人詞家努力下將它們推至藝術的高峰。古典主義的詩歌、散文、小說、戲劇各種體裁都各自有其嚴格的規範，像「三一律」就是戲劇創作的「金科玉律」之一。它要求時、空、情節的高度統一和集中，這就迫使作家在藝術上精益求精。比如在題材剪裁上，由於狹窄的空間和短暫的時間的限制，古典主義有其獨特的處理方式。他們幾乎根本不描述事件的縱深發展過程，大多截取矛盾衝突業已尖銳的一小段情節。所以好多古典主義劇本的序幕，已不是某一事件的開頭，而是這一事件的關鍵時刻，因而就有不少早已發生過的「前情」需要一一交代。這就為作家提出了一項艱巨的任務：一是「前情」的交代必須有強烈的分寸感，多了，接受者會感到累贅，覺得厭煩；少了，事件的來龍去脈，人物的基本面貌以及他們之間的關係又會模糊不清；二是，交代「前情」，不能中斷情節的進展，不要造成戲劇動作的停頓，而要成為推進矛盾衝突的新動力。對於這樣一項艱巨的任務，高乃依、拉辛和莫里哀等都是完成得比較好的。他們的代表作都可以說是這方面的典範。

拉辛的《安德洛瑪刻》是嚴格地實踐古典主義藝術規範，特別是「三一律」的名篇之一。戲劇的動作，從頭到尾在同一地點進行；時間，是希臘使者奧賴斯特來到愛比爾王國的一天之內，事件是奧賴斯特愛上了公主愛妙娜，公主則狂戀未婚夫愛比爾國王卑呂斯，卑呂斯卻鍾情於女俘安德洛瑪刻，而女俘則摯愛丈夫、兒子和祖國。連續、緊迫、短暫的時間，多次重複的同一空間背景，將多起愛情糾葛鎖鏈式地連接在一起，使悲劇成為一個砸不開、拆不散的整體，從而使人物個性得到突出表現，主題也得到充分張揚。莫里哀的《偽君子》、《慳吝人》、《貴人迷》等名著，也都在「三一律」上下過一番過硬的功夫。特別在情節一致這點上，它們都各自具有自己的特色：《偽君子》是圍繞達爾丟夫的偽善、《慳吝人》是圍繞阿巴公的吝嗇、《貴人迷》是圍繞汝爾丹的淺薄與虛榮等剪接材料、組織情節、展開矛盾衝突的。總之，在實現時間、空間和情節的統一和集中的要求過程中，古典主義作家們在題材的剪接、情節的組合、人物的配置、矛盾的建構、衝突的展開等一切方面，都處理得極為精細妥當，從而凝聚成古典主義戲劇結構上嚴密、緊湊的特點。這種結構上的嚴謹不僅和中世紀文學中那種表面的、缺乏內在有機聯繫的機械事件編排相對立，同時，也有助於克服當時市民文學在組織結構方面存在的鬆散性與隨意性。

此外，古典主義在文學語言方面，也進行了兩條戰線的鬥爭：既反對貴族沙龍文學矯揉造作、雕飾誇張的「典雅」文風，也拒絕市民寫實文學語言使用中存在的蕪雜不純的成分。因此，古典主義對於推動形成統一的民族語言和進一步促使法蘭西民族語言的純潔，也是有一份歷史功績的。

根據上述諸方面的論述，似應作出如下結論：古典主義成為十七世紀歐洲文學藝術的主潮，絕非突然從天而降的偶發事件，而是社會發展的必然產物；古典主義對於文藝復興時期的人文主義文學傳統，不是單純的背反，而是既有背離與否定，又有繼承和發展的揚棄；古典主義不曾脫離歐洲現實主義文學發展的軌跡，而是這一歷程中的一個段站。雖然由於上述種種原因，這一段站的路面似乎變得狹窄了一些，但卻沒有游離開去，並在有些方面還有開拓和貢獻。

鋒利的投槍、藝術的精品

——莫里哀的《僞君子》賞析

《偽君子》是法國古典主義喜劇作家莫里哀創作高峰時期的重要作品，歷代不少名家對它都給予過很高的評價。伏爾泰寫道，《偽君子》「暴露了偽善行為的一切醜惡，起過許多良好的作用」；普希金認為「《偽君子》是不朽的，他是喜劇天才最強烈的緊張勞動的果實」；別林斯基也寫道：「一個能夠在偽善的社會面前狠狠地擊中虛偽這條多頭毒蛇的人，就是偉大的人物！《偽君子》的創作者是不會被忘記的！」

（一）

《偽君子》的創作和演出，經歷過一個艱難曲折的過程。一六六四年至一六六九年間，為了這個喜劇的演出，莫里哀和反動勢力作了五年的鬥爭。一六六四年五月，《偽君子》在王宮初次演出，第二天，巴黎大主教和王太后就迫使國王下令禁演。莫里哀多次請求路易十四撤消禁令，直到一六六七年才得到修改後重演的口頭允許。原來是三幕劇，主人公答丟夫身披法衣，他對歐米爾的追求，沒有被揭發。喜劇以他得到了勝利而結束。修改後的劇本改名為《偽善者》，答丟夫也改名為潘紐爾夫。他不再是宗教人物，和瑪麗亞娜結了婚。喜劇擴大為五幕，劇本是以潘紐爾夫的偽善面目被揭露而結尾的。《偽君子》的第二次演出又遭厄運，巴黎最高法院院長乘國王外出，下令禁演；大主教也出來活動，在教區張貼告示，嚴禁教徒們觀看演出，違者革出教門。直到一六六九年王太后死後，國王路易十四的宗教政策有所放寬，才得到公開演出的許可。這時，莫里哀對劇作又做了修改。劇本和主人公恢復了原來的名字，只是給他保留了非宗教的身分。這就是現在流行的版本。

那麼，《偽君子》的演出為什麼會遭此艱難？最本質的原因無非是它的鋒芒所向，對著瀰漫於貴族上流社會中的偽善，特別指向反動的教會勢力。天主教一直是歐洲封建制度的思想支柱，在十七世紀的法國，尤其是反動勢力的集中代表。十七世紀初期，法國天主教不僅以公開的形式支配著社會生活，同時還以隱蔽的方式進行罪惡活動。以大主教和王太后安納為首的許多王公貴族、高級僧侶，成幫結夥組成了「聖體會」。它以「慈善事業」為幌子進行活動。它的許多成員偽裝成虔誠的教士、良心教師，滲入居民家裏，偵探、監視居民的言行，實際上是擔負著政治警察的職能。他們竭力宣揚禁欲主義，鬥爭的對象主要是無神論者、「異教徒」、自由思想分子等。偽善，成為天主教反動勢力的顯著特點，成為當時上流社會的風尚。莫里哀在《唐璜》中曾指出，「偽善是一種時髦的惡習，任何惡習，只要一時髦，人們就拿它當作美德。……如今的時代，偽善這行職業真有神妙不測的好處」，不少人，「拿宗教的外衣當作一面盾牌，披上這身受人尊敬的外衣，就像得到了特許可以做世界上最大的壞蛋」。《偽君子》中莫里哀的代言人克雷央特也明確揭露了這種社會惡習，「利欲薰心的人們」，「他們知道怎樣利用他們的假虔誠來配合他們的惡習」，「他們是那樣熱心地從奔天堂的道路轉到了他們求富貴的大門；他們天天熱中名利，搖尾乞憐地懇求恩寵，在宮廷的熱鬧場中卻大講其出世隱遁的道理」。正是由於《偽君子》猛烈地抨擊了遍及宮廷和教會的偽善惡習，觸及了「天堂」和塵世的統治者的痛處，所以它才遭到反動集團的壓制、圍攻、禁演。這正是《偽君子》成為一部不朽之作，具有著深厚的人民性的本質所在。

(二)

《偽君子》是一部按古典主義法則寫成的喜劇，全劇分五幕。第一幕在這個劇本的戲劇結構中處於序幕地位。它介紹了劇中的主要人物以及他們彼此間的關係，交代了有關前情，為戲劇矛盾的發生作了必要的鋪墊和暗示。

劇中的人物，壁壘分明，分成兩組：一組的首要人物是偽君子答丟夫，他沒有出場，但又無處不在；其次是他的崇拜者，一家之長的奧爾恭和他的母親柏奈爾夫人；另一組以女僕桃麗娜為首，包括奧爾恭的妻子歐米爾、女兒瑪麗亞娜、兒子達米斯、妻舅克雷央特以及未出場的未婚女婿瓦賴爾。前一組人，保守落後，敵視任何開明思想，崇信偽善的禁欲主義，反對一切新的生活方式和新的道德原則；後一組人是「遵循自然」道德生活，具有「自由思想」傾向的人。這兩組人物，以未出場的答丟夫為主題進行爭辯，各自表示了自己的態度。第二組中所有的人觀點一致，認為答丟夫是個裝腔作勢的偽道德君子，對他有著強烈的反感；但第一組中的崇拜者對他卻是另一種觀點和態度。在柏奈爾夫人眼光中，第二組中的人沒一個是合她味口的：媳婦「太好花錢」、太愛「穿著打扮」；孫子是個「糊塗蟲」；女僕愛多嘴多舌，「一點兒規矩也不懂」；孫女「溫柔」、「老實」、「不愛多説多道」，可又覺得「壞不過不流的死水」；她也討厭舅爺愛宣講那些「正人君子根本不應該遵守的」「關於生活的格言」；在人世間唯一使她滿意的是大家都反對的答丟夫。她把他看成是引導自己的子孫「走進天堂的大道」的虔誠的道德君子。奧爾恭對於答丟夫的崇拜更是無以復加。

奧爾恭在一幕四場才出場。他出場前，在三場中莫里哀通過桃麗娜的口作了介紹：「我們國內的幾次變亂把他鍛鍊成有才有識，給國王效力的時候，他確實也表現得十分英勇。但是自從他迷上了答丟夫之後，他簡直變成了一個傻子。」並且還對「他愛他都愛得發狂了」的情景作了具體描繪。這就為奧爾恭出場後的言行作了鋪墊。奧爾恭一上場，連妻子的病情都無心過問，聽而不聞，只一口一個「答丟夫？」一連四次，連珠炮似地追詢。而當得知答丟夫長得胖、吃得多、睡得好、喝得足後，又是一口一個「真怪可憐的！」莫里哀就用這種誇張手法，漫畫式地把奧爾恭的崇拜狂表現得淋漓盡致，完全喪失了正常人的理智，正如他自己説的：「我現在可以看著我的兄弟、子女、母親、妻子一個個死去，我也不會有動於衷了。」同時，通過他的嘴，交代了答丟夫取信於自己以及被接進奧家後的種種表演。這些前情的交代不僅是劇情發展的需要，同時也是為表現人物服務的。情況都是由奧爾恭一本正經説出來的，而讀者和觀衆卻又能在他話語中體察出作者的諷刺，既表現了奧爾恭的深深被迷惑，又為答丟夫的虛偽面孔從側面勾畫出了一幅草圖。在這一幕的最後一場——第五場，通過奧爾恭對妻舅所提問題的支吾搪塞，透露出他將破毀女兒和瓦賴爾的婚約，暗示了劇情將走向開端。

第二幕是戲劇的開端。劇情以奧爾恭強令把女兒瑪麗亞娜嫁給答丟夫為開端，造成了戲劇衝突的第一次爆發。開始，奧爾恭憑藉家長的權勢，使矛盾的一方——奧爾恭一方具有壓倒一切的優勢。繼之是女僕桃麗娜的尖刻反對：她用反語激起瑪麗亞娜的反抗勇氣；她調解了瑪麗亞娜和瓦賴爾一對青年情人之間的鬥氣；她爭取了歐米爾，又鼓動了達米斯，把這個家庭裏所有能聯合起來的人都團結起來，使矛盾中處於劣勢的一方，由弱轉強，形成勢均力敵的情勢。

第三幕，是戲劇情節的發展階段。矛盾雙方，短兵相接。歐米爾第一次試探，試圖說服答丟夫放棄娶瑪麗亞娜。答丟夫第一次出場，莫里哀巧妙地運用了「轉變」的表現手法，先是通過他吩咐僕人把鬃毛緊身藏起來、叫桃麗娜用手帕把「雙乳遮起來」等言行，把答丟夫推上超凡絕俗的頂峰，然後在肉欲的誘惑之下讓他原形畢露，在絕妙的對比中，讓偽君子作了第一次亮相。之後，達米斯衝出，矛盾雙方正面交鋒，戲劇衝突在這裏掀起了一個巨大的波瀾。但答丟夫偽裝「溫良」受辱，再一次騙取了奧爾恭的信任，擺脫了不利的處境。而奧爾恭不僅打消了懷疑，攆走了兒子，並決定讓答丟夫為自己財產的繼承人，正式簽訂了贈送財產的契約。於是，奧爾恭在蒙受欺騙的泥潭中越陷越深，戲劇情節步步向高潮推進。

第四幕是情節的繼續發展。奧爾恭親見目睹了答丟夫的「罪惡的愛情」；情節至此又掀起一個巨大的波瀾，矛盾一方的力量土崩瓦解，奧爾恭徹底省悟，認清了答丟夫的虛偽面孔。若無其他條件，情節的高潮本來就在這裏。這是因為奧爾恭完全可以用主人的權威對偽君子說：「馬上給我滾蛋，別讓我費事。」答丟夫也只有一個下場，夾著尾巴，一走了之。劇情到此也就結束了。但由於答丟夫手中持有繼承財產的契約和由奧爾恭轉存的在逃的政治犯的箱子，這就使事件的性質從純屬私人之間的糾葛變成為涉及政治、法律的社會性矛盾，因而劇情在這裏只打了一個迴旋，形成了一個小高潮，而後又繼續向前發展。而答丟夫也因此有恃無恐，惡狠狠地叫喊：「自己有的是法子」，「叫那個要攆我出去的人後悔都來不及」。這樣一來，人們考慮的不再是答丟夫的下場，而是奧爾恭的命運究竟會是怎樣呢？觀衆、讀者等待著高潮和結局的到來。

第五幕答丟夫隨宮廷侍衛官出場要逮捕奧爾恭的場面，是情節發展的高潮。所謂高潮，指的是情節發展中戲劇衝突最緊張、最尖鋭的階段，是主題和人物性格獲得充分表現，最後決定人物命運的時刻。答丟夫的又一次出場，是來者不善的，所以一露面就凶相畢露，堵住正要逃跑的奧爾恭説：「慢來，先生，慢來，別跑的這麼快；你用不著跑好遠就找著你的住處了，王爺派我來逮捕你。」情節的這一發展，符合雙重規律：一是遵循了人物性格的發展邏輯，答丟夫是以老奸巨猾、陰險狠毒為特徵的，他一定會反臉不認人，圖窮匕首見，恩將仇報，利用手中所掌握的把柄，向國王告發，以圖置奧爾恭一家於死地，達到名正言順、冠冕堂皇地獨占奧爾恭家私的目的，一是符合了社會現實的真實。這包含兩層意思：第一層，無論從法律觀點和政治觀點看，由於答丟夫手中有財產贈予契約和保存的政治犯文件，所以法庭、王權都是站在他一邊的；另一層意思是寫出了當時法國「聖體會」利用宗教進行政治詐騙活動，因而許多人因為「聖體會」分子告密而遭受殘酷迫害的事實。無疑，按照現實的內在邏輯，奧爾恭的悲劇結局是注定了的。所以劇情發展到這裏，可以說是高度現實主義的。但是，就在這高潮之中，情節突然來了一個出人意料的逆轉。它使劇本離開了情節符合邏輯的自然發展，而走向了一個人為的大團圓結局。這種處理是古典主義作家政治上必須歌頌「朕即國家」的絕對王權的要求的反映。在這部劇作中，這種要求是從兩個方面來實現的。第一方面是歌頌了王爺的「絕頂的聖明」。當奧爾恭一家面臨傾家蕩產，身陷囹圄之際，突然出現了一位「痛恨奸詐、光明照透人們肺腑、不為任何陰謀狡計所蒙蔽的王爺」。「他老人家的偉大心靈最善於辨別是非」，明察秋毫，「當面戳穿比這更狡猾的詭計」，所以「剛一開頭他老人家絕頂的聖明就看穿了他心坎各個角落裏所藏的種種卑鄙齷齪的壞心思」，終於嚴懲了真正的罪犯，拯救了無辜。第二方面，劇作也歌頌王爺的寬宏大量，對於臣民，不計當前過失，追念前功。奧爾恭所以能化險為夷，也因為當年「在擁護王室利益的時候」，「曾表示過滿腔忠誠」和「表現得十分英勇」。所以王爺「今天要酬賞那個功勞……在他老人家面前，任何功績都不會落空的，賣點力氣是不會吃虧的」。顯然，劇作從上述兩個方面，通過宮廷侍衛官上述極度讚美的言辭，是要宣揚國家至上的觀念和提倡忠於君主的公民美德，為絕對王權建立秩序和道德規範。莫里哀這樣做，固然有前面提到的要爭取《偽君子》演出的苦衷；同時，王權在鞏固民族國家，推動社會前進上尚有一定作用，所以歌頌王權基本上還是符合當時歷史要求的；但是，莫里哀對待王權的態度的確也明顯反映了法國資產階級還是在王權保護下發展，把根除社會罪惡的希望寄託在開明君主身上的特點。

(三)

答丟夫是莫里哀筆下超越時空的不朽形象之一。他的不朽，在於「答丟夫絕不只是一個答丟夫先生，而是全人類的答丟夫的總和」(史坦尼斯拉夫斯基：《我的藝術生活》)。

答丟夫是《偽君子》的中心人物，劇情就是圍繞他披著宗教道袍進行詐騙活動而展開的。這個形象的最大特點是，形之於外的精神生活和內在的各種強烈的物質欲望構成尖銳對立和矛盾時所表現出來的極端偽善。

答丟夫的社會身分是一個教會虔徒，因此他形之於外的精神生活全得符合這個特定身分。他必須有苦修的習慣，因之他備有鬃毛緊身和苦鞭，他出場的第一句話就是大聲吩咐僕人：「勞朗，把我的鬃毛緊身跟鞭子都好好藏起來。」意在告訴人們他是一超凡脫俗、苦修苦煉的虔徒高士；他必須有狂熱的宗教感情，因之在大庭廣衆之中一會兒長噓短嘆，一會兒又閉目沈思，看上去像在虔誠地祈禱，並且時常必恭必敬地用嘴吻地，以表示他的宗教狂熱；他必須是絕不貪愛金錢的，因之當奧爾恭每次送錢給他時，他總是說：「太多了，一半已經太多。」如果奧爾恭硬不肯收回，他就當面把錢散給窮人；他必須是不近女色的，因之當他和女人見面時，總是先把頭側過去，從衣袋裏掏出手帕說，「哎喲！天啊，我求求你，未說話之前你先把這手帕接過去」，「把你的雙乳遮起來，我不便看見」。他還必須是「仁慈的」，因之，有一次在祈禱上帝時，突然抓到了一隻跳蚤，事後屢屢地當著別人埋怨自己不該生那麼大的氣竟把它捏死了。總之，從形式上看，答丟夫是一個標準的教士；他有教徒們苦修的習慣；他有超乎常情的宗教熱情；他既不貪錢，也不愛色，而且心地仁慈得連捏死一隻跳蚤也會長期深感內疚。真是一位修行善士，悟道高僧，所以奧爾恭讚不絕口地說他「全身上下都有一種高尚的才德在閃著光芒」！

那麼，答丟夫的靈魂深處究竟如何？他內在的欲望真如烈火狂濤！他一頓晚飯，「很虔誠地吃了兩隻竹鷄，外帶半隻切成細末的羊腿」，這與淡食節量的修士有何相同？「一種甜蜜的睡意緊纏著他，一離開飯桌，他就回了臥室；猛孤丁地一下子躺在暖暖和和的床裏，安安穩穩地一直睡到第二天的早晨。」這哪有一點修行養性的本領？別人施捨得少時，他說「太多了，一半已經太多」；人家把全部家產贈與他時，他沒說半個「不」字，只道是「一切都是上帝的意旨，應該遵從」。貪婪之意，溢於言表。對於女色，他一邊答應做恩人的女婿，心裏想的則是還要占有恩人的妻子。他在這方面為非作歹遵循的哲學是：「一件壞事只是被人嚷嚷得滿城風雨的時候才成其為壞事；……如果一聲不響地犯個把過失是不算犯過失的。」至於說到「仁慈」，這跟答丟夫更是風馬牛不相及的，他可以毫無顧忌地把自己的恩人，不僅從經濟上置於絕境，而且從政治上置於死地，是一個毫無人性的惡棍。上述情況表明，答丟夫是個貪吃、貪睡、貪財、貪色的極端殘忍的罪惡之徒。

答丟夫形之於外的精神生活和發之於內的情欲要求所構成的尖銳矛盾，說明他是一個「金玉其外，敗絮其中」的大壞蛋。偽善是掩蓋這種內外矛盾的紗幕，也是他藉以滿足貪財好色的情欲，達到榮華富貴的目的的手段。而老奸巨猾、陰險狠毒卻是支撐這種偽善的基礎，也是這個人物最內在、最本質的性格特徵。

當答丟夫的求愛被達米斯當場抓住，並在奧爾恭面前三頭對案時，這對一般人簡直是瀕於絕境，而他卻毫不驚慌失措，以一通激烈得驚人的自我咒罵，暗示自己是被污辱和被冤枉的好人，輕而易舉地就把自己從困境中解脫出來。面臨如此境地，卻能化險為夷，沒有老奸巨猾的本領，豈能絕處逢生！

奧爾恭是救他於饑餓貧窮之中的恩人，他卻不滿足於獲得恩人的全部家私，得到他的女兒，還要計算他的妻子。而當真相暴露，他不僅毫無違情逆理之感，而是立即反臉不認人，置恩人於死地，並以冠冕堂皇的理由美化自己傷天害理的行為，他說：「是的，我知道我從你那裏都得到過些什麼幫助，不過，現在王爺的利益是我的頭等重要的責任；這種神聖責任的正當威力壓滅了我對你的感激心情，為了對得起這強大的勢力，朋友、妻子、父母，就是我自己，我也是要犧牲的。」他能如此地把自己裝扮成為勇於「大義滅親」的道德君子，真是笑裏藏刀，陰險狠毒之極。

答丟夫用虛偽把形之於外的精神生活和內部欲望之間的矛盾掩蓋起來，又以他的老奸巨猾和陰險狠毒支撐其虛偽而進行活動，由此看來，莫里哀對偽善主要不是作道德性揭發，而是暴露它的社會危害性。答丟夫在「為上帝增光，為別人造福」的名義下進行罪惡活動，摧毀人的正常理性，破壞人間的愛情，拆散親子關係，霸占別人的財產，直至妄圖把別人搞得家破人亡。為了達到目的，可以不擇手段，既可利用上帝，又可仰仗王權，正如桃麗娜所說的：「凡是世人尊敬的東西，他都拿來當作一件美麗的外衣，用欺詐的方式偽裝在身上。」莫里哀通過這個形象進行了極其深刻而尖銳的社會暴露，特別是揭露了「聖體會」的本質，給那些披著袈裟進行罪惡勾當的「答丟夫」們以有力的打擊。

對於答丟夫的揭發，鮮明地顯示了劇作的反宗教傾向。關於這一點，晚近西方一些評論家卻不這麼認為。他們認定，在揭穿答丟夫的偽善的時候，就是肯定了真正的宗教純潔性。這種看法，顯然是對莫里哀有意的歪曲。不錯，答丟夫是騙子，劇中的宗教只做了他的外衣，但這也絕不能說作者只揭露了答丟夫而沒有鞭撻宗教本身。為什麼？首先，社會騙子為什麼選取宗教而不是選取別的什麼來掩蓋自己醜惡的嘴臉？只能有一個理由可以解釋，即當時教會利用宗教愚弄人民已成為普遍社會現象，以致一些人對於宗教的偽善根本失去了分辨能力，「聖體會」就是用宗教騙取居民信任而進行種種罪惡活動的。這就是說，答丟夫的騙子精神乃是當時宗教的本質表露。這就是當時教會為什麼把《偽君子》的演出看成眼中釘、肉中刺，大動肝火、多方刁難、層層阻撓，直至禁演方肯罷休的本質原因。因為答丟夫形象所反映的不是個別騙子，而是教會本身及其全部特權人物，包括整個宮廷社會。從這方面看，它的反宗教傾向是極為明顯的。其次，讀者和觀衆，不僅憎惡答丟夫這個人本身，而且對他那套形式主義的東西——鬃毛緊身、苦鞭、假虔誠的懺悔和宗教詭辯術，無不一一深惡痛絕。而這一切，都是當時教士外形的漫畫，都是對於宗教偽善的諷刺。第三，劇中真的信奉宗教的只有奧爾恭及其母親。其中特別是奧爾恭，在答丟夫的「教導」下，「對任何東西」也不再「愛戀」，可以眼睜睜看著「兄弟、子女、母親、妻子一個一個死去」，「也不會有動於衷」。這意思很明顯，即宗教摧毀了人的理性和人類的自然感情。在這裏，莫里哀批判了宗教背離人之常情，違反自然。而作品中的其他人物卻都是不信奉宗教的，他們的道德和行為遵從著那個「遵循自然」的反天主教的異教學說。這個學說，是莫里哀從文藝復興及其後繼者唯物主義哲學家伽桑狄那裏繼承來的。

上述幾個方面告訴人們，認為莫里哀在批判了答丟夫的同時，卻肯定了宗教的純潔性的看法，是完全沒有根據的；相反，正是由於《偽君子》中具有著鮮明的反宗教傾向，莫里哀才成為十八世紀啟蒙思想家和他們所特有的反宗教文學的先驅者之一。

莫里哀是法國古典主義作家隊伍中最富民主主義傾向的一位劇作家。這種民主主義傾向突出地表現在對待下層人民的態度上，表現在對於那些出身勞動人民從事僕役的普通人的刻劃上。莫里哀這位喜劇大師刻劃過衆多的人物，除貴族、僧侶和資產者外，還描繪過大批僕役形象。對於前者，是嚴厲的諷刺，對於後者，充滿了同情和讚揚；前者是荒淫、腐化、惡毒而又愚蠢的一群，而後者則多是具有健全的思考力，有正義感，同情並協助被迫害者進行鬥爭，在事變關頭，具有靈敏的心智。像《屈打成醫》中的斯卡納賴爾、《醉心貴族的小市民》中的葛微耶勒、《唐璜》中的斯卡納賴爾、《慳吝人》中的拉弗賁史等都是。而《偽君子》中的桃麗娜則是這一群象中描繪得最為突出和完善的一個，在她身上飽和著莫里哀無限的民主同情和讚賞的意向。

劇本中，桃麗娜是一個與答丟夫尖銳對立，並與之堅決鬥爭的人物。在整個鬥爭過程中，她起著舉足輕重的作用。沒有這個人物，整個鬥爭將會一邊倒，答丟夫根本用不著採取最後手段，就會獲得完全徹底的勝利。莫里哀是在多方面、多層次的對比中來表現這個人物的。

在同一事物面前，桃麗娜的表現和奧爾恭、柏奈爾夫人的表現沒有絲毫相似之處。

奧爾恭是一個具有濃厚封建色彩的富商形象。在政治上，他支持國王，國內幾次變亂，他都站在國王一邊，表現英勇；在思想上，對於封建制度的支柱——宗教信奉得十分狂熱，以致迷惑了理性，連好與壞、善與惡、真與假都不能分辨。他對於宗教完全是一種形式主義的崇拜，注意的只是表面的懺悔和虛假的苦修。這種宗教狂熱，使他成為一個被人「牽著鼻子拉來拉去的人」，成為一個失去正常人性的傻瓜。

奧爾恭的宗教狂熱，絕非出自偶然，而是根源於思想上的保守性。他極端害怕「自由思想」，子女和親友反對答丟夫的偽善和專橫的家長作風，也被他看成是「自由思想」的表現。他專橫地解除女兒的婚約，原因之一就是懷疑瓦賴爾「多半還是自由思想者」。

另一方面，奧爾恭身上還強烈地表現了封建家長的專橫。他剛愎自用，頑固暴躁，家裏的人都得無條件地服從他的意志。他只相信自己，別人入情合理的勸告，一點也聽不進去。對於兒女的婚姻，他信奉的是「父母之命」，根本不考慮兒女的個人意願。當一家人群起反對他對答丟夫的迷信時，他狂暴地宣稱：我要「煞一煞全家人的狂暴氣焰」，「我得跟你們大家鬥爭，讓你們知道我的話必須服從，我是這裏的一家之主」。

奧爾恭形象是具有典型性的。他的愚昧輕信、形式主義的宗教狂熱、保守性和封建宗法的家長作風，都是那時法國資產者的典型特徵。十七世紀法國的資產階級雖然在經濟上已經有了較為雄厚的力量，但在政治上還未成長為一個獨立的自覺階級，所以採取依靠專制君主的態度；他們在思想上不但沒有和封建的宗教的思想體系劃清界限，反而屈從於封建天主教的虛僞道德；他們不但本身按照封建原則行事，而且也把這種倫理道德作為衡量別人言行的準則；他們的家族還盛行家長制統治；他們十分羨慕貴族，所以都願花高價來購買貴族封號以抬高自己的社會地位。奧爾恭正是十七世紀法國這樣一種資產階級的精神面貌的寫照。在這裏，也正如在《喬治・黨丹》和《醉心貴族的小市民》中一樣，對於資產階級的狹隘性、保守性和妥協性，莫里哀的諷刺和嘲笑是十分尖銳的。

正因為奧爾恭是這樣一個人物，他才在答丢夫的裝模作樣的言行面前，被捉弄得昏頭轉向，完全失去了理性，變成一個冥頑不靈的混蛋。但對同一事物，桃麗娜則表現出健全的思考力和稀有的敏感。她透過表象看到事物的真實面目，對於答丢夫她早就下了結論：「他的行為，他的性情，只是一味地假仁假義。」所以當她向主人介紹答丢夫的情況時，充滿了辛辣的諷刺：「又胖又肥，紅光滿面，嘴唇紅得發紫啦！」

對於鄰居達甫奈太太，老主母倍加稱讚，讚賞她過的是一種「模範生活」。但桃麗娜卻認為她之所以流言蜚語地撥弄是非，指責這個人行為不端，那個人出言不慎，絕非出自什麼嚴格的道德規範，而是由於年老色衰，無法再在風月場中享受人生樂趣，但又不甘寂寞，所以才時常嫉妒發作，蜚短流長。桃麗娜一針見血地指出了當時社會上那些眼見自己花容凋謝，無法再吸引男人的婦女，到頭來只好假作正經的虛偽本質。

桃麗娜和瑪麗亞娜在性格上也是大不相同的。瑪麗亞娜是劇中情節糾葛的當事人之一，但她在面臨決定自己命運的關頭，表現出一種大家閨秀所特有的軟弱，只知用沈默、忍耐來承受父親加給自己莫須有的專橫，只想到用自殺來擺脫自己的不幸。當桃麗娜責問她為什麼不反對時，她說：「對這樣一位專橫的父親，你可叫我有什麼辦法？」或者說：「這有什麼法子呢？我天生膽子小嘛！」萬一事到臨頭，她想到的唯一的也是最後的辦法就是：「我就等著自殺了，倘若他們真要強迫我。」最後當桃麗娜用激將法逗她說「總得叫你去『答丟夫』一下」時，她仍然只有老辦法：「我的心只有向悲觀絕望求救兵……」，「我只有一死而已」。瑪麗亞娜是有個性解放、自由戀愛的要求的，但行動起來卻很軟弱，這是符合她一向養尊處優、未經風雨的生活經歷的。

但桃麗娜卻沒有一點軟弱氣，一聽到主人要把女兒嫁給答丟夫就氣憤，就以尖刻的言詞反駁主人荒謬的企圖，她敏捷地用反語截斷主人對答丟夫的讚美；她簡直一點也不懼怕主人幾次舉手要打自己嘴巴的威脅。她的言行和瑪麗亞娜形成鮮明的對比。

桃麗娜這種敢於鬥爭的精神，一方面源於路見不平、拔刀相助的正義感，另一方面還和她忠實於友誼的品質分不開。她和瑪麗亞娜雖為僕主，但彼此間確有深厚情誼，如同我國《西廂記》中的鶯鶯和紅娘的關係一樣。紅娘是鶯鶯和張生之間的愛情的穿針引線人，瑪麗亞娜也不止一次向桃麗娜傾吐過自己和瓦賴爾之間的愛情。桃非常珍視這種傾心相與的友誼，她堅定地維護朋友一生的幸福，在和奧爾恭的爭辯中，人們感到那簡直好像就是決定她自己的命運一樣。

桃麗娜和達米斯也大不一樣。達米斯年紀輕，火氣盛，只知大吵大鬧，横衝猛幹，結果把那老糊塗父親弄得更加頑固，於鬥爭毫無補益。可是桃麗娜在鬥爭中卻表現出稀有的機智。這表現在許多方面：

第一，表現在鼓舞瑪麗亞娜的方式方法上。在婚事上，瑪麗亞娜是當事的一方，讓當事者堅強起來，這對鬥爭不僅是有利的，而且是必須的。為此，作家安排了整整一場。但對於瑪麗亞娜用什麼辦法才能鼓起她的鬥爭勇氣？這就需要細加斟酌了。溫情的安慰嗎？那會是無休止的哭哭啼啼；正面教導嗎？效果也不見得會怎麼好；「請將不如激將」，桃麗娜採用了反激的辦法。她明知瑪麗亞娜不滿並且十分討厭答丢夫，反而大肆誇獎他如何長得美，將來結婚後會如何幸福，會如何得到上流社會的歡迎。一連串的反激，一步步緊逼，總算把瑪麗亞娜刺激起來了，她表示：「請你快別説這種話了，……我認輸了，現在我什麼都敢幹了。」終於收到了事半功倍之效。

其次，表現在鬥爭的策略、戰術的布置上。鬥爭在時間上是極為緊迫的，因為婚禮就要在當晚舉行，必須採取拖延時間的戰術。桃麗娜當機立斷，要瑪麗亞娜立刻裝作突然生病，以便把婚期延緩幾時。隨後還可推説看到了死人、打破了鏡子等，這些不祥的兆頭，對於狂信主義教徒奧爾恭不會不產生作用。同時，桃麗娜清醒地認識到，這場鬥爭的對方是專横之極的一家之主，光有自己和瑪麗亞娜是無法保證鬥爭的勝利的。為此，她調解了瓦賴爾和瑪麗亞娜之間的爭吵，打發瓦賴爾出去找朋友幫忙，鼓動瑪麗亞娜的哥哥，把他們的後母歐米爾也拉了過來，團結了一切可能團結的力量，在這個家庭裏組成了一個一致對抗奧爾恭的戰線。

第三，表現在對於奧爾恭的鬥爭上。奧爾恭是個教徒，桃麗娜深知他是虔信上帝，相信來生後世、天堂地獄之說的。桃麗娜有的放矢地對他說：「誰要把自己的女兒配給一個她所厭惡的男子，那麼，她將來所犯的罪過在上帝面前應該由他做父親的負責的。您想一想，您這個計劃讓您冒多麼大的危險！」奧爾恭是教徒又是主人，在僕人面前自然得保持一定的「尊嚴」和「修養」。桃麗娜摸透了這種心理，所以當自己尖刻的言詞把奧爾恭刺激得火冒三丈時，她馬上說：「唉！您是個虔誠的教徒，您卻動起火來了！」這樣一句話就把主人的「肝火」給壓下去了。

從上述人物的對比分析中，桃麗娜這個人物的塑造是很具特色的。這特色就是莫里哀突破了古典主義人物性格描寫的單一性、片面性，把桃麗娜刻劃得既豐富又生動。她有健全的思考力，能敏察事物，她敢於鬥爭，忠於友誼；她冷靜、沈著，在鬥爭中耳目視聽四面八方，非常機智地應付和處理各種情況。她是《偽君子》中一個滿身披戴光彩的人物，成為莫里哀筆下描寫得最動人的僕役形象之一。

（四）

在文學史上，莫里哀是古典主義思潮的偉大代表作家之一。他創作中的政治傾向性，人物塑造的特點以及對待古典主義法則的態度，都說明他和這個文學流派之間的血肉關係。

莫里哀是文藝復興時期優良傳統的繼承者。在世界觀上，頗受伽桑狄的影響，具有唯物主義傾向。這是他成為當時一個具有鮮明民主主義傾向的作家的根本原因。一方面，莫里哀在適當的程度上遵守了古典主義的藝術法則，同時在可能的範圍內又具有最大限度的創造獨立性。這種創造獨立性，保證了莫里哀在創作上更好地達到現實主義高度。

現實主義的基本美學原則之一，就是作家自覺地真實地描寫現實，並通過對現實批判性的描寫，達到教育人改造現實的目的。用這一原則來衡量莫里哀的創作，他的名字是應該列入現實主義作家之林的。這從他提出的美學理論以及在這種理論指導下所進行的創作實踐可以得到肯定。

在《凡爾賽即興》第四場中，莫里哀表述了自己的創作任務和法則：「喜劇的任務既然是一般地表現人們的缺點，主要是本世紀人們的缺點，莫里哀隨便寫一個性格，就會在社會上遇到，而且不遇到，也不可能。」在《僞君子》的序言中，莫里哀重申了上述觀點：「喜劇只是精美的詩，通過意味雋永的教訓，指責人的過失」，「呈獻給諸君的這部喜劇已經引起許多爭論，遭到長期迫害；由此可以看出，書中所勾畫出來的人物在法國所占的勢力，比我迄今所描寫的各類人物要雄厚得多。」上面這些話，實際上是他創作實踐及其社會效益的概括：他的創作是植根於當代現實的；他的人物是來自生活之中的；他的作品是為改變現實的鬥爭服務的。遵循著這些原則，他的自由思想、民主同情、對現實的深刻了解以及對人民戲劇的熟悉與熱愛，這一切，促使莫里哀創作中的現實主義特徵逐步成長和鞏固起來。

莫里哀是個善於在自己人物身上刻劃出最帶普遍性、社會性最強的性格特徵的作家。答丟夫是直接取材於現實，經高度概括而塑造出來的性格非常集中的形象。由於這個形象有著堅實的現實基礎，所以儘管偽善成為他性格唯一突出的特徵，人們仍然覺得他是真實的。《偽君子》一經上演，人們就議論紛紛，「疑心倒像是寫自己，又像是一切人」（魯迅語）。所以有的說他像修道院院長拉勞凱特，有的說他像冒險家沙勒皮，還有的說他像聖芳濟會神父依切等等。這些反映說明，答丟夫的性格具有廣泛的普遍性。他已不是個別人的形象，而是經過集中、誇張，成為性格極其突出的典型。他已不僅是十七世紀法國社會的產物，而且由於高度的概括性，他已成為世界文學中最有代表性的典型之一，人們一提起答丟夫就知道是偽君子，正如提起「阿Q精神」，就想到「精神勝利法」一樣。

莫里哀在描繪他的人物的時候，還比較注意人物活動的具體環境，這點上正表現出和古典主義悲劇作家的差異。古典主義悲劇作家一向不太留意特定環境的描繪，往往把人物置於虛幻的境域之中，莫里哀則把自己的人物安置在普普通通的現實裏。像他的絕大部分喜劇一樣，《偽君子》的情節也發生在普通的資產階級的家庭之中。作家通過家庭成員之間的關係——主僕、親子、夫妻以及家庭成員與社會的聯繫，展開廣闊的社會生活畫面，從而加強人物的典型意義。

莫里哀的喜劇在戲劇結構上是十分精巧的，是以嚴整、緊湊著稱的。《偽君子》也不例外，這裏只談談它的開場。

《僞君子》的開場，別具匠心，幾百年來，歷代名家，競相稱頌，譽為「偉大的開場」！

喜劇是在柏奈爾老夫人和子孫們的爭吵中開始的。在爭吵中，她對答丟夫的崇拜，可以說是至矣盡矣，但緊接著奧爾恭的出場，更把這種崇拜熱升高到無以復加的程度。他一進門，對家人、親戚都冷若冰霜，對比下，卻一連用四個「答丟夫呢？」和四個「真怪可憐的！」對答丟夫表示了狂熱的關心與迷戀。這樣的開場，對戲劇情節的開展，具有多方面的作用。第一，開門見山地提出了全劇的基本衝突；第二，在爭吵中，每個人物的性格的基本特徵，彼此之間的關係，以及他們對答丟夫的態度，觀衆都有了一個初步了解；第三，奧爾恭對於答丟夫不近情理的關切和無以復加的虔誠，為後面毀約許女，逐子贈財等事件提供了根據，給矛盾向嚴重性方向發展打下了基礎；最重要的是第四，即這樣的開場對表現中心人物答丟夫起了重要作用。莫里哀說過：「整整地用兩幕，準備我的惡棍上場。」一個五幕劇，整整兩幕不讓觀衆看見中心人物的身影，卻又達到了使觀衆深知其人的目的，這種結構技巧和側面表現手法，是別出心裁的，是不見前人的。這樣處理，為突顯中心人物和突顯中心人物性格的基本特點提供了方便。在答丟夫未出場的情況下，在以他為中心的爭吵中，各個人物的一般情況以及彼此的關係，人們都有了認識，這就創造了一種可能性，即作者可以集中筆墨去表現答丟夫；答丟夫雖未出場，但他的一般性格特徵以及有關他的前情，都已在人們的爭吵中交代清楚了，這又增加了一種可能性，即作者在他出場後可以不再分散力量，而把筆墨集中在他性格特徵的核心部分，所以他在三幕二場亮相的台詞和動作，全都是為了突顯他的偽善；從戲劇效果上看，一個人物尚未正式登場，而其他人卻又以他為靶子進行激烈的爭吵，這就必然提出一個問題：答丟夫究竟是個什麼人呢？這個「懸念」會把觀衆的全部注意力集中在他身上，隨著情節的發展，一步步認清這個惡棍的本來面目。從上面分析的種種情況看來，《偽君子》的開場，的確是一個藝術造詣很深的、別開生面的開場。

莫里哀一生從事戲劇工作，既是編劇，又是導演，同時還是出色的演員。特別是他曾以戲劇為謀生手段，闖蕩江湖十多年，深諳民間各種戲劇藝術的精華，並在學習它們的基礎上形成了自己獨特的喜劇藝術。在戲劇創作中，莫里哀善於把各種戲劇因素有機地融合在一起，《偽君子》就是一個很好的例子。在《偽君子》的演出過程中，舞台上有亂跑、打耳光和藏在桌下偷聽等動作，這是民間鬧劇中所特有的插科打諢的因素；劇情發展過程中，設有關係人們命運的小箱子，答丟夫同時向瑪麗亞娜和歐米爾求愛、瓦賴爾和瑪麗亞娜無端的爭吵和和解等情節，這又是屬於傳奇喜劇因素；老夫人和子孫們的爭鬧、奧爾恭的專橫、瑪麗亞娜的解釋、達米斯的反抗及其被攆出家門等，這些又是風俗喜劇因素；瑪麗亞娜和瓦賴爾之間的愛情幾乎演化成悲劇，奧爾恭幾乎被弄得家破人亡，妻離子散，這些則純屬悲劇因素。鬧劇因素增加了戲劇的滑稽戲謔的情趣；傳奇喜劇因素加強了戲劇情節的偶合性和緊張性；風俗喜劇因素濃化了戲劇的生活氣息；悲劇因素則使劇情發展更為緊張，矛盾更為尖銳，從而偽善性格的凶惡本質和社會惡果也就暴露得更為突出。莫里哀就是這樣把民間鬧劇、傳奇喜劇、風俗喜劇和悲劇等諸因素熔於一爐，天衣無縫地結合在一起，這也是《偽君子》的重要藝術特色之一。

莫里哀是古典主義文學潮流喜劇方面的代表作家。古典主義無論悲、喜劇，都有一套人人都得遵循的法則，如「三一律」就是其中之一。所謂「三一律」就是要求時間、地點、情節（或行動）的一致，即故事情節發展的時間不得超過二十四小時，地點得在一個地方，情節線索單一集中。《偽君子》是基本上遵守了「三一律」的規定的。它的全部情節都是在二十四小時內完成的。第一幕開始是當天早上，直到第五幕結局時才是第二天早晨。這時間的概念，不是作者特為指出，而是人物對話中自然流露出來的。一幕四場，奧爾恭外出「兩天」回來後出場問全家平安時，正是別人應向他道「早安」的時候。五幕四場鄭直先生出場對桃麗娜說：「早安。……」意在點明結局是第二天清晨。由此可見，《偽君子》的整個劇情發展過程是在二十四小時內完成的。整個情節的序幕、開端、發展、高潮和結局都是在奧爾恭家裏的一間房子裏進行的，所以地點的一致也是十分明顯的。劇中情節或行動的一致則表現為人物的言行和情節結構的安排服從一個中心題旨——表現答丟夫性格中突出的偽善特徵，而中心人物單一化的性格也就便於作品表現對偽善的社會罪惡揭發和批判的主題。莫里哀在《偽君子》的創作中，所以能較嚴格地遵守「三一律」的規定，一方面當然是這種規定的要求；但同時，在這裏，「三一律」不是妨礙了而是有利於作者更好地描寫人物。連續、緊迫、短暫的時間，多次重複的同一空間背景對於濃縮情節、突出中心人物性格、揭示全劇主題都起了積極作用。這也許就是莫里哀沒有像他的有些劇作不顧「三一律」的限制而加以衝破的原因所在。

《偽君子》的創作和第一次演出，那已經是很久以前的事了，而今，三百多年後，它仍然活躍在舞台上。《偽君子》為什麼能夠這樣長時期經得住時間的考驗？原因就在莫里哀用高超的藝術，塑造了一個典型——答丟夫。

論十八世紀歐洲啟蒙運動和啟蒙文學

西方歷史上的啟蒙運動是發生在十八世紀歐洲的一次聲勢浩大的政治思想文化運動。這一運動開始於英國，蓬勃發展於法國，隨後波及德、意、俄等歐洲一些國家。十八世紀是歐洲社會歷史發展的重要階段。這個時期歐洲主要國家的社會狀況雖不盡相同，但就總的趨勢而言，它是資本主義迅速發展、封建制度日益解體的時代。經過德國宗教改革和農民戰爭、英國資產階級革命以及一七八九年法國大革命這三次大決戰的衝擊，歐洲封建制度已處於全面的崩潰之中。特別是最後一次大決戰，使資產階級在獲得完全勝利的過程中，曾在各個領域開展過激烈複雜的鬥爭。這種鬥爭深入到政治、經濟、哲學、自然科學、宗教、文學藝術等各個方面。啟蒙運動，就是十八世紀這一範圍廣闊的鬥爭的總的稱號。它是這一歷史時期以資產階級為首的人民群衆在政治、社會生活和意識形態的領域中向封建制度猛烈進攻的具體表現。如果說，發生在十五世紀至十七世紀初期的文藝復興運動，是新興市民階級向封建、宗教意識形態，特別是倫理道德觀念發起的一場激烈鬥爭，要求提高人的地位、尊重人權，反對神權統治，解放人性，滿足人的自然要求，那麼啟蒙運動則是這場鬥爭的繼續和深入發展，它提出自由、平等、博愛的口號，要求剝奪封建階級的特權，為資產階級奪取政治統治權作廣泛輿論準備。參與這一運動的思想家們為歐洲資本主義制度取代封建制度作出了很大的貢獻，他們被公認為是處於革命階段的資產階級的「嚮導」。那麼，一派啟蒙思想家的思想、理論有些什麼主要特點呢？

啟蒙者在對物質世界的理解上即在自然觀方面是唯物主義的。他們認為，物質是唯一的實體，宣稱「唯物主義是唯一的真理」（拉美特利語），肯定自然是「物質元素組成的」（狄德羅語）。他們認識到物質存在的永恆性。霍爾巴赫就這樣說過：「假如有人問我們，物質是由哪兒來的，那我們回答說，它是永遠存在的。」啟蒙者就是用這種唯物主義觀點，對那種上帝創造世界，「王權神授」等封建、教會的唯心主義世界觀進行有力的抨擊。

啟蒙思想家在政治上反對絕對主權和專制暴政，主張「理性的國家」，大都贊成那種維護資產階級發展的英國式的君主立憲政體，也就是所謂的「開明君主制」，個別的主張共和制。他們有的用理論著作，有的用文藝創作，有的二者並用，對王權和暴政進行嚴厲指控。

啟蒙者在宗教觀上，少數的由對宗教的懷疑論，經過自然神論，最後達到公開的無神論，而絕大多數則一直停留在自然神論上。但不管他們是無神論者，還是自然神論者，對天主教都持激烈的否定態度，宣稱宗教是一付「神聖的毒藥」（拉美特利語）；「迷信是愚昧無知的產物，上帝是不存在的」（狄德羅語）。他們號召破除迷信，指出「迷信產生了成千累萬的罪惡，凡是反對迷信的人，都是人類真正的恩人」（伏爾泰語）。他們對教會在現實中製造糾紛、挑起戰爭、鞏固分裂、攫取錢財、毒害精神、屠殺生靈等等罪行，揭發得淋漓盡致。

在社會生活中，他們面對「無往不在枷鎖中」的封建現實，提出「人是生來而自由的」，「人與人之間本來是平等的」（盧梭語）等理論，口誅筆伐封建社會的法律、道德、門閥制度、等級觀念。

上述種種說明，啟蒙者的思想理論，的確提供了不少他們的前輩們不曾提供過的東西。特別要指出的是，他們在為實現自己思想理論而進行鬥爭的時候，對於未來又都懷著樂觀的信念。他們完全真誠地相信共同的繁榮昌盛，而且真誠地期望共同的繁榮昌盛，衷心相信農奴制度及其殘餘一經廢除，就會有普遍幸福。這正是啟蒙思想家被稱為樂觀主義者的原因。

啟蒙運動的思想家們就是以這樣一套完整的思想理論體系為依據，向整個社會、特別是第三等級進行啟蒙教化工作，形成了一個聲勢浩大的運動，這也就是「啟蒙」一語的來由。

對於這樣一派啟蒙思想家應怎樣評價呢？在法國為行將到來的革命啟發過人們頭腦的那些偉大人物，本身都是非常革命的。他們不承認任何外界的權威，不管這種權威是什麼樣的。宗教、自然觀、社會、國家制度，一切都受到了最無情的批判；他們在當時並沒有表現出任何自私的觀念；而且他們的主要特徵之一堅持人民群衆的利益，主要是農民的利益。因此，在明確了啟蒙者是「資產者」的同時，我們就不要極端不正確地、狹隘地、反歷史地了解這個名詞，把它和自私地保護少數人的利益聯繫在一起。

那麼，作為「資產者」的啟蒙者，在當時為什麼竟能堅持、擁護人民群衆的利益而沒有表現任何自私的觀念，因而不能把他們和自私地保護少數人的利益聯繫在一起？

首先，十八世紀歐洲社會的人際關係是這樣：除了封建貴族和市民等級之間的對立，還存在著剝削者和被剝削者、遊手好閒的富人和從事勞動的窮人之間的一般的對立。在這種對立狀態下，雖然資產階級從一產生的時候起就背負著自己的對立物平民大衆，但當時它們之間的對立尚未發展到尖銳的程度，因而它們之間的鬥爭被以資產階級為首，包括工人、農民在內的廣大人民群衆和封建統治者之間的尖銳鬥爭，暫時地推到歷史舞台後面去了。所以，這個時期的社會關係的形勢雖是複雜的，但主要矛盾卻是突出的、明朗的。

其次，這一歷史時期，從資產階級來說，這個階級不是在衰落下去，而是正在向上發展；它不是懼怕未來，而是相信未來，奮不顧身地為未來而鬥爭。因而是生氣勃勃的，是革命者，是先進者。同時，在這個階段，資產階級的利益，的確同其餘一切非統治階級的共同利益還有更多的聯繫，在當時存在的那些關係的壓力下還來不及發展為特殊階級的特殊利益。

第三，從當時的社會、經濟發展狀況來看，在十八世紀啟蒙者寫作的時候，一切社會問題都歸結到與農奴制度及其殘餘作鬥爭。新的社會經濟關係及其矛盾，當時還處於萌芽狀態。

今天，我們對啟蒙者的評價就是以這種歷史條件為根據的。既然在當時面對封建階級這個敵人，資產階級還和工人、農民以及其他勞動者的利益統一在一起，還來不及發展為特殊階級的特殊利益，那麼作為這個階級的思想家，自然無從表現出任何自私的觀念，把自己和自私地保護少數人的利益聯繫在一起。因此，那種認定啟蒙者是一群為了自己特殊階級的特殊利益去製造種種「謊言」，「欺騙」和「蒙蔽」人民大衆的論調，顯然是背離歷史事實的，實際上是把我們今天所能了解而古人事實上沒有的一種思想發展硬掛到他們名下的作法！

當然，肯定啟蒙運動及其思想家的歷史功績，還他們以應有的歷史地位，為的是要搞清楚一種歷史現象、一些歷史人物是怎樣產生的？為什麼存在？在歷史上起了什麼作用？而不是要淨化他們，把他們說成是盡善盡美的。啟蒙者雖然是站在正面指導歷史潮流的偉大人物，但卻不是毫無缺陷的聖者賢人，不論他們的世界觀、理論以及創作中所宣揚的思想，都沒有，也不可能，擺脱階級的，在當時特別是時代的局限。不過，這是要從歷史條件加以説明，使人理解，絕不可以苛求於前人的。

啟蒙者的唯物主義思想是不徹底的，是機械唯物的。在對待宗教的態度上，絕大多數是自然神論者。自然神論實際上是資產階級上升時期追求個性解放，自我表現的宇宙觀。這種宇宙觀否定世界上有個上帝超然於萬物之上，這在動搖宗教世界觀的過程中起過進步作用，但又認為自然本身就是神。所以這種自然神論是羞羞答答的唯物主義。

啟蒙思想家的社會歷史觀完全是唯心的，他們認為，人類社會以往階段的歷史不是遵循客觀規律發展的結果，而認為世界所遵循的只是一些成見，是亂七八糟的一堆毫無意義的暴力行為。這就深刻地概括了他們唯心史觀的實質內容。這是一種認為人類社會進程是為少數上層統治者的意志所左右的唯心史觀。基於這種觀點，他們把改變人們的意識當作是改變社會現實的首要任務，從而把教育看成是萬能的。由此，他們不僅賦予自己以教育廣大人民，把他們從封建、教會的意識鐐銬中解放出來的「啟蒙」任務，甚至將這個任務，擴大到統治階級的最上層，對封建帝王施行開導教化，企圖使他們變為「開明君主」。啟蒙思想家霍爾巴赫就曾如此説過：「開明、公正、勇敢以及品質高尚的君主如果能夠登上寶座，那麼他們在知道人類不幸的真正根源之後，就會力求按照智力的指示去消除不幸。」像伏爾泰、狄德羅等這樣一些偉大的思想家都對普魯士、俄羅斯君主懷著孩子般的天真幻想和信念。伏爾泰在給普魯士國王弗里德利赫二世的信中熱情洋溢的寫道：「相信我，只有那些像您一樣從改進本身以求了解人們，從熱愛真理、憎惡迫害和迷信方面下手的人，才是真正的好帝王。如果一個君主能夠這樣想的話，那麼他一定會給自己的領域帶來黃金時代。」狄德羅對俄國女皇葉卡捷琳娜滿懷欽敬，在給她的信中寫道：「在巴黎，沒有一個正直的人，沒有一個具有靈魂和智慧的人不是陛下的信徒。」他還鼓舞性地向人們說：「那位你們所期待的、公正、開明而有力的人會來到的，總有一天會來到的，因為時間將會帶來一切可能產生東西，因此這樣的人是可能出現的。」為了把自己的幻想變為現實，伏爾泰、狄德羅都曾親臨宮廷，對弗里德利赫二世、葉卡捷琳娜二世這類封建統治者進行啟蒙教化工作。但是，封建帝王的冥頑不化徹底粉碎了他們關於「開明君主制」的迷夢。伏爾泰和普魯士國王及宮廷的關係，最後是以無法調和的仇恨結束的，他的「學生」竟唆使警察把他拘留起來，並進行了侮辱性的搜查。葉卡捷琳娜二世關於狄德羅的回憶也是極富諷刺意味的，她寫道：「我也曾和狄德羅長談，而且常常談話，可是這與其是為了獲益，寧肯是出於好奇。假如我真的相信她，那麼我帝國裏的一切都要取消了。我坦白地對他說：狄德羅先生，我十分樂意聽著您的光輝智慧所感發您所說的一切；但是，以我所充分了解的您的一般原則，是可以編成一部很好的著作的，但卻是很壞的治國之策，……您忘記了我們地位彼此不同：您向來是在紙上用功，紙能忍受一切——它是平滑的、馴服的，絕不會成為您的想像和筆管之間的障礙；而我，身為女皇，卻要在人的皮膚上用功——它，恰恰相反，是十分易受刺激而且怕癢的。」

啟蒙思想家的唯心史觀還表現在「自然人」的理論上。他們認為人類是自然創造出來的，生來是「自由的」，處於「自然狀態」，遵循自然規律生活。他們以「自然人」和社會人對立，號召人們「返回自然」。啟蒙思想家盧梭就認為：「自然的圖畫又和諧又勻稱，而人類的圖畫卻只是一片騷動和混亂！為什麼呢？是科學、藝術和文明促使人類道德墮落。」於是，他眷戀人類歷史的童年，把處於「自然狀態」的原始人的生活作為理想生活，甚至傾慕「生來自由的一些野獸」，因而主張離開社會，返回自然。由此看來，「自然人」的理論，儘管有反封建、反教會的意義，但它否定社會文明和社會發展，不了解社會制度、經濟基礎對於人們意識形態的制約性，因而是一種歷史倒退論的唯心史觀。

儘管啟蒙者是指導反封建的偉大人物，並且在這點上勞動人民和他們有過一致性，並曾一度結成聯盟，但鬥爭的根本目的是不同的。這只要把啟蒙運動中提出的最響亮的口號——「自由、平等、博愛」稍作實質上的分析，就可以深刻說明。這口號，是在社會的政治結構絕不是緊跟著社會的經濟生活條件的劇烈改變而發生相應的改變這種現實條件提出來的，即經濟生活條件及其發展要求「自由、平等、博愛」，但政治制度、封建教會的政治、經濟特權、行會特權以及關稅壁壘等都同它們相對立。所以所謂「自由、平等、博愛」等實質上是為了適應資產階級奪取政治權力的要求和發展工商業的利益而提出來的。「自由」就是買賣自由，「平等」只是商品等價交換原則的反映，是破除等級制的需要，而「博愛」也同樣是適應商業貿易的發展需要的。因此，它們絕非一個超越時空、內涵永遠不變的概念。當反封建、教會的任務完成，資產階級和昔日的盟友在根本利益上處於對立之時，它們就會被軍隊和槍炮所代替。這雖是後來歷史階段中發生的事情，但卻能恰好說明啟蒙時代提出的這些口號的實質。上述種種，都是啟蒙運動及其思想家們的時代和階級局限的具體表現。

當啟蒙運動在歐洲的大地上正轟轟烈烈地進行著的歷史時期，發生於十七世紀的古典主義文學仍流行於一些國家，在英法等國，還具有相當聲勢。但是隨著資本主義經濟的發展和反對封建教會的鬥爭日益深化，那種歌頌絕對主權，曾為一些國家建立民族文學起過作用的古典主義文學，也像日益腐朽的王權一樣，已經日近黃昏。它的愈來愈宮廷貴族化的內容以及種種形式上的法規戒律，都完全不適合以資產階級為首的第三等級的口味和社會進一步發展的要求。資產階級迫切需要創立一種能夠充分自如地表達自己的思想、感情、要求、嚮往的文學藝術。於是，在啟蒙運動的開展過程中，歐洲文學的發展開始了一個新的歷史階段，形成了一股啟蒙文學潮流。它是震撼歐洲的啟蒙運動的一個重要的有機組成部分。英國的笛福、斯威夫特、菲爾丁等許多作家的創作都具有啟蒙性質；在法國，孟德斯鳩、伏爾泰、狄德羅、盧梭和博馬舍等作家的作品是一代啟蒙文學的範例；德國的萊辛、歌德和席勒等的創作活動也都曾和啟蒙運動結合起來；其他如意大利的哥爾多尼，俄羅斯的馮維辛、拉季謝夫等的創作也都是在啟蒙主義思潮影響下進行的。

一代啟蒙作家，在有關文藝的一系列基本問題上都有著明確看法。他們對於文藝與生活的關係的觀點，是正確的、唯物主義的。他們認為，文學藝術的美，源於自然，源於生活。法國傑出的美學理論家狄德羅說：「藝術是生活中的美的再現」，「藝術中的真理，或者美，是對現實的反映和現實本身的吻合。」

一派啟蒙作家，幾乎都自覺地強調文學藝術的社會功能。他們把文學藝術作為參與社會鬥爭和改進社會的主要手段。作為一個作家，伏爾泰曾經認為：「我們全都是國家的士兵，我們是為社會服務的，如果拋棄它，我們便會成為臨陣脫逃的人。」狄德羅也曾經強調指出：「每一件雕刻和每一幅繪圖都必須是有原則的，都必須是對觀察者有教育意義的」；「如果沒有這種教育意義，一件作品就毫無價值。」萊辛、歌德、席勒的理論著述中，也都是積極強調文學藝術的社會使命和教育作用的。

正是在這種美學原則的指導下，啟蒙主義文學在思想內容和藝術表現上都具有極鮮明的特徵。

啟蒙主義文學思想傾向最重要的特徵之一，就是正面宣傳作家們的主張和學說，在這方面表現最為突出的當首推盧梭。盧梭通過他的理論著述和文學創作，充分地闡述了自己對於社會、政治、教育、科學、文學、藝術等各方面的意見，公開表達了自己對於自由、平等、博愛、人權的理解和嚮往，並以此和封建上層建築相對抗。他提出「人是生而自由的」，和「無往不在枷鎖中」的封建現實相對照，以反對封建專制暴政與宗教桎梏；他論證了「人與人之間本來是平等的」，以反對封建特權和等級制度；他宣揚「追求幸福是人類活動的唯一動力」，並且「這是人本能的表現」，以反對封建社會中種種法規戒律、道德教條，等等。盧梭在他的小說《新愛洛綺斯》中，就處理了他所崇信的「自然的道德」和封建社會的法律、道德之間尖銳對立的主題。在盧梭看來，出身貧窮的教師聖・普樂和他學生貴族小姐朱利・戴當蘭之間的愛情關係是完全符合「自然的道德」的。如果結合，那麼，他們這種「真誠的愛的結合是一切結合中最純潔的」。但以朱利的父親為代表的封建貴族卻認為這是完全不符合禁止貧民與貴族通婚的封建法律和道德風尚的，因而深感屈辱，橫加反對。對此，盧梭極為憤怒地指責貴族道：「你們貴族階級除了自己祖先的搶劫和無恥行為之外，還拿得出什麼功績來呢？……你們貴族這樣誇耀的貴族頭銜究竟有什麼值得驕傲的呢？你們對於祖國的光榮，對於人類的幸福做了些什麼呢？你們是法律和自由的死敵，除了暴政和壓迫人民之外，你們還幹了些什麼呢？」當朱利被迫嫁給貴族服爾馬，她和聖・普樂之間符合「自然的道德」的愛情完全破滅之後，盧梭不禁厲聲罵道：「殘酷的父親，請想一想，你哪裏配得上這個美麗的名字。請你想一想看，你幹了多麼可怕的殺害自己女兒的罪行；你逼得你又溫柔又順從的女兒為了你的偏見犧牲了她自己的幸福。」盧梭就這樣通過一對青年男女的愛情悲劇以及在多年之後他們再次相逢，朱利陷於愛情與義務的衝突中痛苦地死去，對貴族社會的法律、道德、門閥制度、等級觀念等的專橫殘暴提出了嚴厲的控訴，伸張了他的關於人生自由、平等、追求幸福的主張。盧梭的這些思想，在啟蒙主義作家的作品中，都得到了極為鮮明的反映。

揭露和控訴封建社會的種種罪惡，特別是封建貴族的專橫和教會的殘暴，這是啟蒙主義文學在思想內容方面又一共同特徵。

歐洲社會發展到十八世紀，封建貴族的專橫統治，在一些主要國家已經直接成為資本主義，特別是新興工業資產階級進一步發展的巨大障礙。因此，為資本主義發展進一步掃清道路，或為資產階級爭奪統治權而製造輿論的啟蒙主義文學，必然要把反對封建專橫統治，揭露貴族們的特權地位以及他們的腐化墮落作為自己創作的基本主題。斯威夫特的《格里佛遊記》中的許多童話似的情節就是影射和攻擊英國大土地貴族和金融資產階級集團的驕橫統治的。那些關於朝見儀式、黨爭和以走繩索的技藝的好壞決定官階高低的情節的描寫，都是對於當時英國統治機構的諷刺畫。特別是關於飛島的故事，那是再現了英國統治集團對英國人民，特別是對愛爾蘭人民的專橫殘暴的剝削和統治。萊辛筆下的孔莎佳親王（《愛米麗婭·迦洛蒂》），是一個把簽署死刑判決書當成嬉戲之事的統治者。他荒淫無恥、凶狠殘暴的罪惡活動，既不受法律的限制，也無所謂道德的約束。關於萊辛的這悲劇的主題，歌德曾經作過這樣的概括，它是喚醒人們來「對付暴虐的專制政權」。歌德的《普羅米修斯》可以說是一紙討伐封建暴君的檄文。他的詩劇《浮士德》第二部中的第一幕和第四幕中的圖景是當代德國分裂為許多小邦的各個宮廷的縮影，是早已處於日暮黃昏的「神聖羅馬帝國」的一副現實主義圖畫。席勒曾在自己的第一個劇本《強盜》的扉頁上留下了這樣的題詞：「反對暴君！」他的另一悲劇《陰謀與愛情》中的總理大臣瓦爾特的形象，是專橫、殘暴、奸詐的貴族官僚的代表。作者通過他兒子的嘴痛斥道：「你的幸福差不多總是靠害人出名的。妒忌、恐怖、毒害就是照出君王陛下的微笑的愁慘鏡子——眼淚、詛咒、絕望就是這些受盡稱讚的福氣人大吃大喝的宴席，……。」博馬舍筆下的阿爾馬維瓦伯爵形象，乃是法國大革命前夕腐化墮落的貴族典型。他利用金錢和貴族特權把一切道德規章置之腦後，無惡不作。他在生活中的唯一樂趣是不斷追求女人。對於他來說，「愛情不過是幻想，快樂才是實際的東西」。博馬舍通過費加羅的嘴，說出了當時人民對貴族階級的極度鄙視：「門第、財產、爵位、高官，這一切使你這麼揚揚得意！你幹過什麼，配有這麼多的享受？你只在走出娘胎的時候，使過些力氣，此外還有什麼了不起的。」總之，反封建暴君和封建腐敗，在一派啟蒙作家和作品中都有充分的反映。

宗教、教會，在歐洲歷史的發展過程中，罪惡累累，罄竹難書。它以「王權神授」的說教把自身的權威置於封建政權之上，同時又與之狼狽為奸，成為封建制度的有力支柱。宗教，通過教會不僅對人民進行殘酷的經濟掠奪，同時從精神上統治、毒殺人民。因此，撕破它的畫皮，揭露它的罪惡，這也是啟蒙文學的重要社會任務之一。

啟蒙作家嚴厲指控教會為了自身的利益，在現實生活中製造無窮無盡的殺戮，甚至瘋狂地進行戰爭。孟德斯鳩在《波斯人信札》中揭露道：「從來沒有任何王國，內戰之多，能和基督王國相比。」斯威夫特的《格里佛遊記》中，格里佛目睹了小人國中連綿不斷的宗教戰爭，而戰爭的起因卻是兩個教派在吃雞蛋時，在先打破哪一端上有勢不兩立的分歧。歌德在《浮士德》第二部裏，具體描繪了教會到處挑起並擴大戰爭，以便在戰亂中鞏固分裂、攫取錢財的醜惡嘴臉。

可是西方的宗教，遠不止在政治、經濟上如此作惡多端，它加之於人民的肉體和精神上的迫害，更是血債累累。伏爾泰筆下的宗教，不管新教也好，天主教也好，全都是屠殺人民、統治人民的工具。在宗教裁判所舉行的「功德會」上，烈火熊熊，絞架高豎。而被判火刑的人，其罪名卻是「吃雞的時候把同煮的火腿扔掉」；被絞死的罪名是因為「說話」；而被判鞭刑的則又是因為別人講話時他「聽的神氣表示贊成」，所以必須在「悲壯動人的講道」和「很美妙的幾部合唱的音樂」伴奏下，「按著節拍打屁股」。「神聖」、「仁慈」的教會，在伏爾泰筆下，面目多麼猙獰、殘忍而又令人發笑。歌德筆下的瑪甘淚形象的最後結局，也是教會作孽造惡的結果。瑪甘淚是一個具有強烈、虔誠的宗教情緒的姑娘，當她那超越了封建道德規範的自由戀愛受到輿論指責時，她誠心誠意向心靈上至高無上的聖母祈求消解自己的「災難」和「痛苦」，可她得到的是多嚴酷的回答。惡靈對她說：

你快隱藏吧！
罪惡與恥辱是不能隱藏。
……
光明正大之人
見汝而迴其面。
清淨、潔白之人
觸汝手而竦慄。

這種回答，對於身負殺母、害兄、違反封建禮法之「罪」和心懷強烈、虔誠的宗教感情的瑪甘淚，真不啻為是一紙死刑的判決書。在它和其他一些因素的壓力下，瑪甘淚瘋狂了，最後被扼殺了。

對於宗教、教會加之於人們肉體和精神上的深沈苦難的描繪，狄德羅的《修女》是具有典型性的。小說的主人公是一個被強迫送進修道院的有錢人家的私女蘇姍・西蒙南。以修道院院長為代表的教會反動勢力，為了強迫她做修女，並且宣誓放棄申請出院的權力，她想盡了人所能想出的一切辦法進行迫害：孤立、不許吃飯、關地牢、啃乾麵包喝冰水、搬走臥具睡硬床板，直至讓赤腳在撒滿碎玻璃碴的地板上行走等等。在陰風慘慘的修道院裏，年輕的修女一個個都像面無血色的行屍走肉，她們垂頭喪氣，臉上從不曾有過一絲微笑。嚴格的禁欲主義教條，使人們背棄人生樂趣、期望和愛好，好多年輕的姑娘都變成瘋狂，關在地牢裏被活活地折磨死去。這一切，都以主人公的親身經歷和耳聞目見的事實為根據，用自述的方式十分逼真地呈現出來。狄德羅無情地把教會的遮醜布撕開，讓修道院的猙獰面目和盤地顯露在世人面前。原來所謂天使翺翔的世界，實為惡魔横行的場所，洋溢仁慈博愛的福地天堂，卻乃是暴行累累，罪惡深沈的地方。狄德羅就這樣通過自己的創作，對反動黑暗的宗教勢力進行了猛烈的抨擊。

啟蒙主義文學第三個突出的特徵，就是擴大了反映生活的範圍，把全面體現了資產階級思想、感情、要求和願望的第三等級人物作為自己主要描寫的對象。這一點，不僅使啟蒙主義文學和古典主義文學有了巨大差別，和文藝復興時期文學相比，也有較大不同。約瑟夫・安德魯斯、湯姆・瓊斯、摩爾・弗蘭德絲、老實人、夏克、聖・普樂、費加羅、維特、瑪甘淚、露伊斯、米勒等就是一派啟蒙作家筆下刻劃的第三等級人物的代表。通過這些人物，反映的不再是王公貴族的生活，而是描繪了普通人的活動與行為。特別是隨著工商業的發展，資產階級大搞海外貿易、開拓殖民地等活動，文學領域中也隨之產生了像《魯濱遜飄流記》、《浮士德》等一類作品，塑造了一些正面人物，為資產階級人生活動樹立了榜樣。

《魯濱遜飄流記》的主人公顯然是那種要求個性「自由」，充分發揮個人才智，提倡冒險精神，肯定個人追求財富的權力的資產階級社會思潮的體現者。魯濱遜一生航海，經商和冒險的生涯，究其實質，乃是那個人力量突出的思想的形象化、典型化。魯濱遜對待黑人青年和土人星期五以及海島之上的野獸、樹木、自然等的功利態度，正是對於資產階級所奉行的實利主義的肯定。魯濱遜不安於現狀，精力充沛、百折不撓、不斷冒險追求，終至成為巨富，這也是箇福對於資產階級創業經歷的理想化。總之，《魯濱遜飄流記》是資產階級人生活動的一曲讚歌，為資產階級人生活動樹立了典範。

歌德筆下的浮士德形象，這是一個極富概括性的典型。他的追求探索過程，他所經歷的學者、愛情、政治、藝術和創造性事業等五個生活階段，正是歐洲資本主義上升時期資產階級隊伍中的成員，從封建蒙昧主義中覺醒後所從事的追求與探索旅程的形象化和典型化。他最後所領悟了的「要每天每日去開拓生活與自由，然後才能夠作自由與生活的享受」的理想人生，正是當時資產階級要求改變封建落後現實，追求個性「自由」發展，通過個人進取而成為社會主人這樣一種人生態度詩化的總結。而他在探索終點所建立的掘壕溝、築堤防、建港灣、開運河，使一片荒涼的海灘，「變成了花園，看來就好像一座天堂」的創造性事業，也正好是反映當時和隨之而來的歷史階段中資產階級開拓殖民地、改造自然、溝通世界航道的要求與嚮往。

總之，歌德筆下的浮士德形象，也像笛福所塑造的魯濱遜一樣，是一個資產階級正面人物。他身上那種不滿現實，在人生活動中不斷探索，要求有所作為的精神，對於十八世紀末和十九世紀初的德國和歐洲資產階級民主力量，具有廣泛的代表性。

上述幾個方面的情況説明，啟蒙主義文學在思想內容方面是極富特色的。當然，作為一種新型的文學，自然不會只在內容上表現出差異，同樣在藝術上也顯示出了不同。啟蒙作家對於自己所承擔的社會職責的認識，是建立在自覺的基礎之上的，即要通過自己的創作向人民進行啟蒙教化工作。因此，他們全都明確自己的作品是宣傳、闡述自己的社會、政治、哲學、文化、藝術觀點的有力武器，因而也就創造了新的文藝體裁，如政論性小説，政治道德劇以及滑稽小品等。小説中有日記體的、書信體的、敘事議論體的，其中尤以後者最為突出，形成了一種文藝政論性的特殊體裁。這種小説，實質上就是把作家的政治思想、哲學見解、教育觀點給予形象化，即通過情節的開展、人物的活動，矛盾衝突的演進，把作者的各種見解形象化地顯示出來。像孟德斯鳩的《波斯人信札》、盧梭的《愛彌爾》、伏爾泰的《老實人》和《天真漢》、狄德羅的《拉摩的侄子》和《宿命論者雅克》、歌德的《威廉・麥斯特》等都是這類小説。

在人物塑造方面，不少啟蒙文學作品，由於作者把注意的重點放在自己的各種觀點是否表達得十分充分上，對比下，人物的心理狀態、人物的性格及其與環境的密切關係的描繪，就顯得重視不夠。因此，文藝復興時期文學作品中通過細膩的筆觸，描繪出人物內心世界的那種詩意美，在不少啟蒙文學作品中就很難找到；同時，和後來的現實主義文學相比較，一些啟蒙作家在塑造人物時帶有一種隨意性；十九世紀的批判現實主義文學在塑造人物時，往往把人物安置在特定的環境之內，性格和環境相互聯繫，互為影響；啟蒙作家特別重視通過人物展現自己的觀點。為了實現這一願望，有的作家較少地運用直接描寫的手法，更多地採用議論，甚至作者直接登場，親自干預。這樣一來，人物性格的內在邏輯，性格與環境的制約關係，就沒有得到應有的注意。這對於特定人物的特定性格刻劃來說，就帶有明顯的隨意色彩，因而，人物性格和事件的現實具體性和藝術完整性有時就受到不同程度的損害。

啟蒙主義文學在語言上有一個顯著特點，這就是簡潔和準確。這一特點是和啟蒙主義文學所承擔的社會使命緊密結合在一起的。啟蒙主義文學要面向社會，特別是廣大的第三等級，完成啟蒙任務。而第三等級限於社會歷史條件，文化素養大都低下。這就要求啟蒙文學在語言的運用上，語法結構是簡短的，文字是簡潔的，表意是高度準確的，絕不容許含糊、曖昧、晦澀和誇張。這樣就使大多數啟蒙文學作品寫得明白易懂，易於為廣大群衆接受，完成啟蒙教化任務。

啟蒙主義文學是歐洲文學發展的歷史上的一個重要階段。它是轟轟烈烈的啟蒙運動的一個重要的有機組成部分。它的產生是符合歷史的要求的；它的存在，曾給予封建教會勢力以沈重的打擊，為資產階級奪取政治統治權製造了廣泛的輿論。從文學發展上看，它是文藝復興開始的資本主義文學傳統的繼承和發展，同時，就其對於現實的揭露和批判，它又是十九世紀積極浪漫主義文學和批判現實主義文學的先驅。

談伏爾泰的中篇小說《老實人》

十八世紀的歐洲，曾經發生過一次聲勢浩大的思想文化運動，人們叫它啟蒙運動。這個運動是為推進資產階級和廣大勞動人民反封建、反教會的鬥爭服務的，是為資產階級奪取政治統治權作廣泛輿論準備的。參與這一運動的思想家們為歐洲資本主義制度取代封建制度作出了偉大的貢獻。

啟蒙運動起始於英國，但由於特殊的社會歷史條件，它在法國得到了充分的發展，並在長期的鬥爭中，培養出一支堅強的隊伍。在這支隊伍中，伏爾泰占著一席特殊地位。從開始登上啟蒙活動舞台，到以後走過的幾十年漫長的生活道路，他沒有停止過戰鬥，始終高高舉起啟蒙主義的大旗。當新的一代跟上來參加艱巨的啟蒙鬥爭的時候，伏爾泰滿懷激情地鼓舞他們：「剛強的狄德羅，無畏的達朗貝，你們趕快向盲目的信仰者和鄙劣的無賴漢進行襲擊：駁斥他們無知的高談闊論、卑鄙的詭辯主義、偽造的歷史和自相矛盾、絮絮不休的囈語；要阻止他們把思想健全的人變成沒有頭腦者的奴隸；新生的這一代將為他們的權利和自由而感謝你們。」因此，那些後起之秀儘管在不少問題上超越了這位先驅者，但他們都非常尊敬伏爾泰，把他當作自己的領袖和導師。

戰鬥的一生

伏爾泰原名弗朗梭阿・馬利・阿魯埃，一七一八年十一月十八日他的第一部悲劇《俄狄普斯王》在巴黎公演時，改名為伏爾泰，從此以後，這個名字也就永遠躋身於作家之林。

伏爾泰的一生，是在反封建專制和反動教會勢力的鬥爭中度過的。

一六九四年，伏爾泰出生在巴黎一個富裕的資產階級家庭，曾在耶穌會主辦的一所貴族學校路易中學裏讀過書。他從小喜好詩文，中學時代就有了要做詩劇作家的志向。中學畢業之後，在任職駐外使館秘書和法庭書記期間，由於目無封建等級、抨擊時事朝政、寫詩諷刺貴族，終於在一七一七年被投進了監獄，幽禁了十一個月。後來，伏爾泰又和一個貴族發生衝突而被他的僕從毆打，但專制政府不僅袒護肇事者，而且又一次把他關進巴士底監獄，不久，被驅逐出國。就這樣，伏爾泰一再和專制制度、等級特權處於矛盾之中，對封建暴政有了親身的感受。

一七二六年伏爾泰來到英國。旅居英國的三年中，伏爾泰考查了島國的政治制度，研究了哲學家洛克和科學家牛頓的著作，形成了自己的君主立憲的政治主張和唯物主義的哲學觀點。一七二九年伏爾泰回到法國，在國內流浪了一個時期之後，終因《哲學通訊》被扣上「違反宗教、妨害淳良風俗、不敬權威」的罪名，迫使他不得不逃到偏僻的小城西雷，避居在女友夏德萊夫人家中，時達十五年之久。在此期間，他進行了文學、歷史等多方面的寫作活動。

多年專制政權的迫害，並沒有使伏爾泰放棄開明君主的幻想。一七五〇年，為了實踐「開明君主制」的理論，應邀到了普魯士宮廷，對國王弗里德利赫二世進行啟蒙教化工作，結果以徹底失敗而告終，匆匆憤然離去。

幾十年與專制君主打交道的經歷使伏爾泰作出了這樣一個總結：「在這個地球上，哲學家要逃避惡狗的追捕，就要有兩三個地洞。」於是，他分別在洛桑、日內瓦和法國邊境的菲爾奈購置住所，來安排自己以後的生活。從此開始了他晚年的鬥爭歷程。

伏爾泰的晚年繼續從事多方面的創作，這裏面有哲理詩，歷史著作，著名的哲理小說也大都寫成於這個時期。一七六〇年定居在君主及其鷹犬難以追捕的菲爾奈之後，又開始進行廣泛的政治鬥爭。他以通訊的方式把自己和歐洲各國進步人士聯繫起來，並以通訊和寫文章宣傳自己的思想，抨擊反動教會和專制政體。伏爾泰的住地成為歐洲輿論的中心，他把菲爾奈戲稱為「歐洲的驛站」，人們稱譽他為「菲爾奈的家長」。

一七七八年八十四歲高齡的伏爾泰終於在人民的夾道歡呼聲中回到了巴黎。同年五月三十日，伏爾泰與世長辭。在一七九一年法國大革命的日子裏，他的遺骸從香檳遷葬首都，靈車上寫著這樣一句話：「他培養我們熱愛自由。」現在，他的骨灰安葬在法蘭西偉大人民的先賢祠。巴黎國家圖書館裏保存著裝有伏爾泰心臟的盒子，上面寫道：「這裏是我的心臟，但到處是我的精神。」

碩果累累

伏爾泰的啟蒙活動，深入到廣闊的領域。他是哲學家、歷史學家、科學家，同時又是詩人、戲劇家和小說家。

伏爾泰的主要哲理著作有《哲學通訊》（一七三四）、《論信仰自由》（一七三八）、《論人》（一七三八）和《哲學辭典》（一七六四）等。他的哲學思想，基本上是唯物主義的。在英國唯物主義哲學家洛克和科學家牛頓的影響下，他承認物質的客觀存在。不過，他同時又是個自然神論者，認為物質的背後，還有某種最高實體存在，所以他的唯物主義思想是不徹底的。伏爾泰在政治上極力攻擊當代社會和專制政體以及封建特權與偏見，但卻擁護君主立憲政體，認為「開明君主」可以治理好國家。伏爾泰一生和天主教會作鬥爭。他宣傳信教自由，號召破除迷信，他說：「迷信產生了成千累萬的罪惡，凡是反對迷信的人，都是人類真正的恩人。」但是，他並不是無神論者，他宣傳一種哲學宗教——自然神教，認為神是理性和宇宙秩序規律性的化身。即既反對把神具體化為一種宗教偶像，又把世界說成是神創造的，而這種神就是自然界不可動搖的規律。他還主張宗教可以作為人民群衆行為的羈絆，所以他說：「有個神明來懲罰那為人間的司法所不能杜絕的一切，無疑是有益於全人類的。」

伏爾泰重要的歷史著作，有《查理十二史》（一七三一）、《路易十四的時代》（一七五一）和《風俗論》（一七五六）等。作為一個歷史學家，伏爾泰的貢獻在於為法國歷史科學創立了新的傳統，即把歷史著述活動建立在掌握和研究盡可能多的史料的基礎上，為後代留下了許多可靠的歷史珍貴材料；同時，擴大了歷史反映的範圍，把歷史科學從狹隘的帝王將相的家譜中解放出來，面向包括經濟、政治、軍事、風俗、文化等整個社會領域，給資產階級史學以良好影響。

戲劇創作，使伏爾泰獲得了文學家的最初聲譽。他一共寫過五十二個劇本，其中二十七部是悲劇。戲劇創作是他宣揚啟蒙思想的重要工具，所以他的劇本是以批判專制暴政、反對封建貴族和教會為中心主題的。他的悲劇《俄狄普斯王》（一七一八）、《勃羅多斯》（一七三〇）、《麥哥梅特》（一七四一）和喜劇《納尼娜》（一七四九）都是批判性最強的優秀劇作。古典主義詩學原則始終制約著伏爾泰的戲劇創作，因此，他的劇本大都是遵循古典主義法則而寫成的。

伏爾泰的詩歌創作，也是他的文學遺產中的一個重要部分，同樣是服務於宣傳啟蒙思想的。他寫過史詩、哲理詩、敍事詩、諷刺詩和抒情詩等。《亨利亞特》和《奧爾良的女傑》是他詩歌創作中具有代表性的作品。前者讚美理性，抨擊宗教狂熱，歌頌理想君主；後者以辛辣的嘲諷手法，尖銳地揭露了反動教會的偏見與罪惡。

在伏爾泰生活和創作的時代，他是以史詩詩人和悲劇詩人著名的。但是隨著時間的推移，他的富有哲理性的中、短篇小說卻贏得了愈來愈多的讀者。他的哲理小說總共有廿六篇，其中《如此世界》（一七四六）、《查第格》（一七四七）、《老實人》（一七五九）和《天真漢》（一七六七）是一代啟蒙文學的代表作品。這些作品，表現了啟蒙主義者的戰鬥精神，對封建上層建築進行了全面的掃蕩，成為伏爾泰的遺產中最珍貴的部分。

老實人的苦難旅程

《老實人》以較深刻和廣泛地反映了生活而成為伏爾泰中、短篇小説中的佼佼者。別林斯基説過：「伏爾泰的《老實人》是永遠能與許多偉大的藝術創作爭妍媲美的。」《老實人》是一部以一個主人公為中心的把一系列短篇故事聯結在一起的中篇小説。它的主人公無名無姓，只因為他性情和順、心地善良又頗識是非，人們叫他「老實人」。

老實人出生在德國威斯發里的森特・登・脱龍克男爵府上。他不知自己的父母是誰，只有府裏的老傭人暗中疑心，他是男爵的姊妹和鄰近一鄉紳的後代，可那小姐嫌鄉紳的舊家世系只能追溯到七十一代，始終不願下嫁，這才使老實人成為寄人籬下的孤兒。

男爵府上，有位教師名叫邦葛羅斯。他滿肚子玄學、神學、宇宙學等等的學問。他崇信「先天和諧的」「樂天主義」，認為「凡事皆有定數」，「天下事盡善盡美」，「萬事大吉」，「物質世界和精神世界都十全十美，一切都是不能更改的」。老實人天真簡樸，一本誠心地聽著和相信他的教導。

男爵是當地一等有財有勢的爵爺，住著華麗的宮堡，有衆多的僕役，成群的獵犬。男爵夫人以體重在三百五十斤上下而極有聲望。他們膝下兒女雙全，兒子樣樣都跟父親並駕齊驅，十七歲的女兒居內貢美麗動人，和老實人暗中相愛。可惜，這不是他們幸福的源頭，而是災難的起點。一天，老實人和居內貢小姐在屏風後面親吻，被男爵撞見，他「立刻飛起大腿，踢著老實人的屁股，把他趕出大門」。從此，老實人開始了浪跡天涯的苦難旅程。

老實人一步一回頭離去男爵小姐的宮堡。他舉目蒼天，前程茫茫，夜宿田間，饑寒交迫。他又累又餓，終於來到了保加利亞王國的一個城鎮，正好兩個「招募」新兵的差役一眼就看上了他：「這小伙子長得怪不錯，身量也合格。」於是，幾塊銀洋，一頓飽飯，老實人就變成王國的「柱石，股肱，衛士，英雄」了；並且隨即被「上了腳鐐，帶往營部」，在軍棍威逼敲打下接受保加利亞軍操。可老實人仍然以為隨心所欲的調動雙腿，是人和動物的共有權利。一天，他趁著美好的春光信步前行，想出去遛遛，結果被當作逃兵關進了地牢，必須在兩種懲罰中選擇一種：或者讓全團兩千兄弟每人鞭三十六道；或者讓腦袋裏同時裝進十二顆子彈。老實人運用自己的「自由」選擇了前者。不過，剛剛挨了兩道共四千鞭子，從頸部到屁股的肌肉和神經就統統露在外面了。他只得要求額外開恩，乾脆砍掉腦袋。幸好「國王英明無比」，為了多儲備一個炮灰，赦免了他。

保加利亞王和阿伐爾王之間的一場惡戰，雙方犧牲的士兵「總數大概有三萬上下」。可老實人「在這場英勇的屠殺中盡量躲藏」，最後從已死和未死的人堆中爬出戰場，越境來到荷蘭。

對於荷蘭，老實人是懷有幻想的。他聽說，當地人個個富有，且都是樂善好施的新教徒。可是當他迫於饑餓伸出乞求布施的雙手時，人們給他的回答卻是送他「進感化院」的威脅。特別是那個在大會上大談「樂善好施」的演說家，只因老實人沒有肯定回答「教皇是魔鬼」，就不僅拒絕救助，還連喊帶罵把他趕開。幸喜他得到了一個未受洗禮的商人雅洛的收留，並且在街上巧遇了從前的老師邦葛羅斯。

博學大師的境況是很糟糕的，他變成了一個滿身膿疱、歪嘴爛鼻的花子。他怎麼也流落荷蘭，又為何落到這般田地？原來老實人離開男爵府第之後，戰爭使那兒發生了翻天覆地的變化：男爵被亂兵砍了腦袋，男爵夫人被人分屍，兒女一個被殺，一個被姦後肚子還被戳了一刀，莊園夷為平地，宮堡片瓦無存。至於邦葛羅斯的醜惡尊容，那是他和男爵夫人的侍女私通染上髒病留下的花彩。在老實人的請求下，雅洛又收留了博士，並委以帳房之職。

里斯本之行，是老實人苦難行程的第三站。雅洛因生意上的需要，帶著老實人、邦葛羅斯從海上赴葡萄牙遇到可怕的颶風。帆破、桅斷、船裂，雅洛葬身大海，老實人和邦葛羅斯靠木板幸免死難。可是迎接他們的又是里斯本的大地震。城內房倒屋塌，三萬名市民死於非命。老實人和邦葛羅斯雖被砸傷，但總算死裏逃生。不過一災剛過，一難又來，他們被選定作為禳解地震的功德會的犧牲，一個被處絞刑，一個被判鞭刑。老實人被鞭打後拖著傷累的身子掙扎著往回走時，一個老婆子把他領進一間破屋，讓他休息、治療。第三天，他隨著老婆子來到一座鄉間別墅。老實人作夢也沒有想到在這裏遇到了朝思暮想據說已經死去的情人居內貢。

居內貢自然不是死後還魂。她被姦污並被刺傷之後，做了一個保加利亞上尉的俘虜。三個月後，她被凌辱夠了，保加利亞上尉把她賣給了猶太人唐・伊薩加。猶太人把她帶到里斯本，住在這鄉間別墅裏。有一天，在彌撒祭中，異教裁判所的大法官對她一見鍾情，經交涉和威嚇，和猶太人訂下了這樣的合同：這所別墅和居內貢為兩人的公共財產，每星期一、三、六歸猶太人，其餘歸大法官。就在為禳解地震，也為嚇唬猶太人而舉辦的功德會上，居內貢在觀禮席上認出了老實人，這才吩咐老婆子來救助他。

這是一個星期六的夜晚，正當他們靠在便榻上訴說別緒離情之時，猶太人突然來到。眼前的情景，使他抽刀直撲老實人，老實人也不得不拔劍自衛，讓猶太人頃刻陳屍腳下。恰在這時，大法官又從另一扇小門闖進。老實人自知身陷絕境，必須絕處求生，所以當大法官還在發愣的當口，利劍一揮，就讓他躺倒在猶太人旁邊。於是老實人、居內貢和老太婆一行三人騎上三匹快馬，趁夜逃亡，直奔加第士。

在逃亡的路途上，芳濟會的神甫偷走了他們的全部財物，但總算是到達了目的地。這時，正逢加第士在組編艦隊，招募新兵，準備跨海去征伐那些統治巴拉圭反對西班牙、葡萄牙的耶穌會士。由於老實人吃過軍糧，懂得保加利亞軍操，立即得到遠征軍統帥的賞識，授與他上尉軍銜，任連長之職。老實人對於古老的歐洲有了些認識了：「我們這兒的物質生活和精神生活，的確有點兒可悲可嘆。」而對於自己即將到達的地方卻懷著美好的希望：「這新世界的海洋已經比我們歐洲的好多了，浪更平靜，風也更穩定。最好的世界一定是新大陸。」

可是，「新大陸」也絕非天堂仙境，等待他們的不是和平和安樂的生活，仍然是無盡的禍患和災難。布宜諾斯艾利斯的總督好似凶神惡煞，「他和人說話，用的是鄙夷不屑的態度，鼻子舉得那麼高，嗓子喊得那麼響，口吻那麼威嚴，神情那麼傲慢」，而且「好色若命」。一見居內貢小姐，明知老實人是她的未婚夫，他卻横蠻地「宣布第二天就和她成婚」。而老實人則因為殺死大法官的案件，追捕的差役跟踪來到，只好和當差加剛菩匆匆出逃，去巴拉圭投靠原本是要去攻打的耶穌會士。

老實人和加剛菩來到巴拉圭第一道關塞，見到了駐軍司令。誰也不會相信這個司令就是居內貢的哥哥森特・登・脱龍克男爵。原來他並沒有死。當他的屍體運去安葬時神甫發現尚有一絲氣息，就把他救活了過來。隨後把他送去羅馬，應招成為耶穌會士，被派來到巴拉圭，初任少尉和助理祭司，現升中校司令。兩人相見，這真是千里他鄉遇故知，「隨即互相擁抱，眼淚像小溪一般直流」。老實人還告訴他，居內貢沒有死，就在布宜諾斯艾利斯總督府上。聽到這個消息，男爵更是欣喜若狂。可是當他臉上還掛著歡樂的眼淚，一聽到老實人竟狂妄地想娶自己那個七十二代貴族之後的妹妹，卻不禁怒火中燒，一邊激憤地咒駡，「一邊拿劍背往老實人臉上狠狠的抽了一下」。「老實人馬上拔出劍來，整個兒插進男爵神甫的肚子」。一次歡樂的會見，頃刻之間，變成了一場血淋淋的悲劇。加剛菩見到這種情景，立即把男爵的法衣和帽子剝下給老實人穿戴上，嘴裏用西班牙文喊著：「閃開！閃開！中校神甫來啦！」就這樣，他們長驅而去，逃進了大耳人國。

老實人主僕二人在大耳人國裏，差點被當作耶穌會士處死。幸好大耳人是「了不起的民族！了不起的人！」在核對了事實之後，釋放了他們，並被禮貌周到地送出了國境。他們繼續逃亡。爬越群山，涉過河流，歷盡千辛萬苦，馬死糧絕，最後來到一條河邊。他們乘上一條小船順流而下。小船隨著河道駛進了一個險峻可怖、岩石參天的環洞，過了一晝夜，他們才重見天日。他們來到一片平原之上，極目天際，四周都是崇山峻嶺，高不可攀。原來這裏就是盡善盡美的樂土——黃金國。

黃金國也許是因為遍地黃金、碧玉、寶石而得名。老實人和加剛菩在這裏看到了許多見所未見、聞所未聞的新鮮事物。他們被送進京城，並得到國王親切的接見。臨走時，還送給這兩位異國人許多稀罕的寶物和石子泥巴——黃金、碧玉、寶石。

老實人和加剛菩又經歷了一番長途跋涉，走了一百天，總算到達了荷屬蘇里南。在這塊殖民地上，老實人親眼看見了黑人奴隸倍受壓迫和剝削的慘狀，也親自嘗到了白人船主的敲詐和拐騙；接著，在告狀時，他又認識了荷蘭法官貪贓枉法的嘴臉，只因他敲門太粗暴罰銀洋一萬塊，還不明不白地被勒索一萬塊銀洋的訴訟費。在這一切事實面前，「人心的險毒醜惡，他完全看到了」。所以老實人和加剛菩得出了結論：「東半球並不勝過西半球」，決定重返歐洲。

老實人和加剛菩商定兵分兩路：一個攜帶價值幾百萬的財寶趕赴布宜諾斯艾利斯去贖取居內貢，老實人則直達歐洲，到威尼斯去等待他們。老實人和新招用的伴侶——一個被妻子兒女遺棄，倍嘗生活辛酸的可憐學者瑪丁從法國波爾多登岸，在巴黎住了一些時日。老實人品嘗了巴黎文明的滋味，只差一點兒沒被送進監牢。他們不得不匆匆離去，取道諾曼第，坐海船經英國的樸茨茅斯，然後直奔威尼斯。

老實人一到威尼斯，立即四處尋找加剛菩，不料影踪全無。在這裏，他們遇到了巴該德。她離開男爵府之後，成了為她治病的醫生的情婦；醫生毒殺妻子犯案逃走，她被送進了牢獄；法官為她開脫了，條件是由他頂替醫生；後來她又被法官拋棄，現在正流落街頭，成為出賣肉體的妓女。他們還訪問了對一切「都厭倦透頂」的威尼斯貴族波谷居朗泰。在一次吃飯時，在餐桌上他們巧遇了六個丟了國土、被篡了位的國王。其中的阿赫美特蘇丹就是忠心的加剛菩的新主人。原來加剛菩花了重金贖出居內貢和老太婆之後，在返回歐洲的大海上，被海盜搶去，最後居內貢和老太婆被賣為土耳其廢王拉谷斯基的奴隸，加剛菩也成了前任阿赫美特蘇丹的奴隸。

忠心的加剛菩，和載送阿赫美特蘇丹回君士坦丁堡的船主講妥，讓老實人和瑪丁搭船同行。老實人花了很高的價錢贖出加剛菩。當船進入黑海運河，他們改搭一條苦役船去尋訪居內貢。在船上他們遇見兩個不時受到皮鞭抽打的苦役犯。他們中，一個是玄學家邦葛羅斯，一個是居內貢的哥哥森特・登・脫龍克男爵。這裏又是一場奇遇。邦葛羅斯原來並沒有被完全吊死，一個外科醫生買了他的屍體去解剖，剛一動刀，他就痛醒過來了，於是醫生給他縫合傷口。傷好後，他被推薦給一個去威尼斯的修士做跟班，隨後又去侍候一個商人，來到君士坦丁堡。後來在清真寺裏，邦葛羅斯幫一位年輕美麗的信女拾起從胸前掉在地上的花球放回原處，由於放的時間長了些，惱了在一旁的老法師，就叫人帶他去見法官。法官就判他「腳底下打了一百板子，罰做苦役」。至於男爵死後復生，成為苦役犯的經過則是這樣：老實人的一劍並沒置他於死地。他的傷口治好後，在和西班牙兵的戰鬥中被俘。他要求遣送回羅馬總會。總會又派他到駐君士坦丁堡的法國大使身邊當隨從祭司。後來，有一天晚上，因為天熱，和一個異教青年在一起洗了一個澡，這就算是犯了大罪。老實人花了五萬金洋把他們贖了出來，然後一起搭了另外一條船去贖居內貢。

他們終於在普羅篷提特海邊見到居內貢和老太婆。老實人和居內貢也終於實現了當年的婚約，結合成了夫婦。他們一夥，個個都經歷了千種艱難，萬般苦處，浪跡天涯，輾轉幾萬里，卻哪兒也找不到人間福地，地上天堂。還是老太婆的閱歷最深，她勸老實人買下一塊分種田。就在這塊土地上，他們各人拿出本領來，使小小的土地出產很多。就這樣，他們結束了苦難的旅程，在自耕自食的和平勞動中找到了歸宿。

絕非「盡善盡美」的世界

伏爾泰通過老實人漫長的苦難旅程，把地球上廣闊的社會面串聯起來。這旅程的起點是日爾曼帝國，最後到達土耳其的普羅篷提特海邊定居下來。這遙遙兩萬餘里的路程把西南歐的主要國家，以及南美洲、亞洲東部聯成一片，為伏爾泰犀利的諷刺筆觸提供了廣闊的天地。《老實人》中所描繪的種種封建專制社會的荒誕圖景，可以說是法國社會生活的概括。它們涉及到各個領域，其中尤其對貴族階級和教會的嘴臉作了淋漓盡致的刻劃。

在歐洲歷史發展的過程中，教會所犯下的罪孽是罄竹難書的。它是封建制度的擎天大柱，它把貪婪的觸角伸向四面八方，進行殘酷的掠奪，用宗教迷信和偏見麻醉和奴役人民，還用宗教裁判所進行殘酷鎮壓，以保持其絕對的思想統治；它把整個的封建化的西歐聯成一個整體，而羅馬天主教會則是這個封建制度的巨大的國際中心。因此，如果在每個國家要動搖封建統治，就必須先摧毀這個神聖的中心組織。這種摧毀它的鬥爭，已經進行了好幾百年，但是，由於它在政治、經濟、思想、文化領域裏的根子都紮得很深，直到十八世紀，它的勢力仍然頑強地存在著。所以它成為啟蒙運動從歷史上接受過來的主要鬥爭對象。

在《老實人》中，伏爾泰對於教會的批判是多方面的。有時，讓僧侶們現身說法，通過他們的自身經歷和感受，剝落教會和修道院的神聖外衣，和盤托出其中的種種罪惡、黑暗。小說第二十四章中的奚羅弗萊修士說道：「我恨不得把所有的丹阿德修士都沈到海底去呢！我幾次三番想把修道院一把火燒掉，去改信回回教。我十五歲的時候，爹娘逼我披上這件該死的法衣，好讓一個混帳的、天殺的哥哥多得一份產業。修道院裏只有妒忌、傾軋、瘋狂，我胡亂布幾次道，掙點兒錢，一半給院長剋扣，一半拿來養女人。但我晚上回到修道院，真想一頭撞在臥房牆上，而所有的同道都和我一樣。」不過，作品中更多的是揭露教會人士的言行矛盾，敘說他們的罪惡勾當，讓人們認識到教會乃是一個藏污納垢的處所，它的成員無一不是一些道德淪喪、貪婪、荒淫腐化之徒。芳濟會的神甫，把在逃亡中的老實人一行盜竊一空；巴黎班里戈登神甫不僅是引誘老實人尋花問柳的「嚮導」，而且最後用詐騙幾乎把他盤剝一空；一個新教徒在布道會上以「樂善好施」為題一口氣講了一個鐘點，而當落難者真的要求他「樂善好施」時，他卻大聲斥喝道：「滾開去，壞蛋；滾，流氓，滾，別走近我。」一個基督教徒只因為和一個異教徒在一塊洗了一個澡，就被宗教法庭判打「一百板子，罰做苦役」。不過，對於宗教、教會和僧侶們的揭露，最全面、最深刻的還得首推里斯本的功德大會。

一七五五年里斯本的大地震把這個城市毀了四分之三，這本來是一種在當時還難於避免的自然災害。但地方上的一般有德行的人覺得要防止全城的毀滅，只有舉辦一個大規模的功德大會來禳解地震；而科印勃勒大學的博士先生則更進一步認為，阻止地震的萬試萬靈的秘方是在功德大會上於莊嚴的儀式中用烈火活活燒死幾個人。小說中記述的功德大會，簡直可以說是一幅奇妙的諷刺畫。會上，一邊是悲壯動人的講道和美妙的幾部合唱的音樂；另一方面卻烈火熊熊、絞架高豎，隨著合唱的聖詩，「犯人」被投進了火堆，套上絞索，而老實人則被按著聖詩音樂的節拍打屁股。他們的罪狀是：有的「吃雞的時候把同煮的火腿扔掉」，有的「因為說了話」，有的「因為聽的神氣表示贊成」。而主持大會的異教裁判所的大法官，除了宗教狂熱作祟，還有另一番用心，即藉功德大會對「犯人」的懲處嚇唬情敵——宮廷的銀行家猶太人唐・伊薩加，以鞏固兩人在爭奪一個女人的鬥爭中自己已取得的有利地位。上述種種，不僅揭露了教會的所謂的功德大會的迷信性質、受害者的無辜以及當權者卑鄙無恥，同時還通過這種揭露，痛斥了教會的另一罪惡企圖，這就是用「上帝的懲罰」恐嚇群衆，把自然界發生的災害給人們帶來的不幸，說成是上帝對人類罪孽的一種懲罰，讓人民永遠處於愚昧、迷信和宗教羈絆的泥坑之中。伏爾泰揭示了自然災禍和由於統治者的愚昧、貪婪、偏執和迷信給人民造成的災難是毫不相干的兩回事。所以他不無諷刺地寫道:「當天會後，又轟隆隆的來了一次驚心動魄的地震。」

對於封建君王和貴族階級的批判揭發，是啟蒙文學的另一主要任務。在伏爾泰的筆下，君主們都是些鐵石心腸的暴君，他們存在的意義，似乎只在於給人類不斷製造苦難。他們貪得無厭、嗜血成性，把製造血流成河的戰爭，視若平常兒戲;他們用腳鐐手銬「招募」兵丁，靠軍棍訓練軍隊，把戰場當成屠場。兩國開仗，「兩國國王各自在自己的營中叫人高唱吾主上帝，感謝神恩」，卻逼迫著各自的士兵捨死拚殺:「先是大炮把每一邊的軍隊轟倒了六千左右;排槍又替最美好的世界掃除了九千到一萬名玷污地面的壞蛋。刺刀又充分説明了幾千人的死因。」戰爭如同天火、山洪，鄰近的村莊，片瓦無存，皆成灰燼，遍地屍體橫陳:「這兒是戳滿窟窿的老人，眼睜睜地看著他們被殺的妻子，懷中還有嬰兒銜著血污的奶頭;那兒是滿足了英雄們的需要後被開腸破肚的姑娘。」《老實人》第三章中描述的就是這樣一場由保加利亞和阿伐爾兩國封建君主發動而普通士兵死了成千上萬，平頭百姓白白遭殃的戰爭。

伏爾泰筆下的封建貴族，不是荒淫無恥之輩，就是毫無作為的歷史垃圾，像個人樣的卻一個也沒有。小説中關於博學大師邦葛羅斯臟病的「家譜」的交代，正好是道德淪喪、荒淫糜爛的貴族男女生活的典型寫照。邦葛羅斯的病得之於男爵夫人的侍女巴該德。「巴該德的那件禮物，是一個芳濟會神甫送的;他非常博學，把源流考證出來了:他的病是得之於一個老伯爵夫人，老伯爵夫人得之於一個騎兵上尉，騎兵上尉得之於一個侯爵夫人，侯爵夫人得之於一個侍從，侍從得之於一個耶穌會神甫，耶穌會神甫當修士的時候，直接得之於哥倫布的一個同伴。」

伏爾泰對於一般貴族及其等級、門閥偏見的諷刺和嘲笑是十分尖刻、辛辣的。《老實人》中森特・登・脱龍克男爵之子就是一個令人好笑使人討厭的形象。他滿腦子封建等級、門閥觀念，認為貴族祖傳的姓名和世襲的頭銜具有永恆的絕對的現實性，所以他一向以自己是七十二代貴族世家的後裔而自詡。即使當他淪為苦役犯，也仍然反對妹妹和一個沒有貴族頭銜的人結婚，原因就是他「絕不為這樁玷辱門楣的事分擔責任」。他一口咬定妹妹「只能嫁給一個德國的男爵」，所以寧願自己再被殺一次，也「休想」叫他同意。小說中波谷居朗泰的形象，也是作家巧妙地予以否定的貴族形象。他獨居華麗的王府，養尊處優。表面看來，他很有獨特見解，對客觀事物，從不拘泥於傳統看法，憑自己的意志，自由作出判斷，實則是長期優越的社會、經濟地位，使他高自標置，孤芳自賞，目空一切，對世事採取虛無主義態度。他擁有一切精神的和物質的財富，可長期無所事事的空虛生活，使他無所喜好。別人認為好的、美的、值得喜愛的，如名畫、樂曲、戲劇、古典名著，他卻一概厭惡，毫無興趣。他「一無所惑，超脱一切」，只知「把別人認為美妙的東西找出缺點來」，「把沒有樂趣當樂趣」。這是寄生生活的結果，也是對這種生活的一大諷刺。對於貴族階級最終將走向何處，伏爾泰在第二十六章中作了符合歷史規律的處理。六個國王，都丟失了國土和王位，有的被下在「冷宮養老」，有的

「在搖籃中就被篡位了」，有的「下了獄」，有的「囊無分文」，靠賒欠過日子，還心驚肉跳害怕再度送進監獄。顯然，這些都是一些被掃進歷史垃圾堆的廢物。伏爾泰就如此地把歐洲各國封建君主的歷史命運在這裏作了集中。當然，這也是法國貴族階級必將退出歷史舞台，絕對王權即將土崩瓦解的命運的寫真。

對於爭奪殖民地戰爭的批判，對於殖民者的殘酷剝削和掠奪的揭發，這也是《老實人》的重要思想內容之一。十八世紀，正是歐洲各主要國家向外擴張，爭奪和掠奪殖民地的重要歷史時期，大批的教士、商人、士兵、冒險家等衝向亞、非、拉。這些地區的殖民化過程，是淤積著當地人民的血、淚和屍骨的。作為一個啟蒙作家，在當時的歷史條件下，就能認識到殖民者醜惡的嘴臉，應該說，這是難能可貴的。英、法殖民者「為了靠近加拿大的幾百畝雪地打仗，為此英勇的戰爭所花的錢，已經大大超過了全加拿大的價值」，伏爾泰嘲笑這種行為是「一種瘋狂」。伏爾泰譴責西班牙、葡萄牙人對土著民族的強取豪奪。他們靠掠奪來的財富過著封建帝王般奓奢豪華的生活。他們「無所不有，老百姓一無所有」；他們住的是宮殿般的建築，吃的是用「黃金的食器盛著精美的早點」，而土人卻「捧著木盤在大太陽底下吃玉蜀黍」；白人殖民者對美洲土著民族殘酷的壓迫和剝削，從大耳人國裏捉到老實人，把他當成耶穌會士要活烤著吃，藉以表示他們的刻骨仇恨這一行為得到了具體說明。老實人在荷屬蘇里南看到的那個黑人的遭遇，絕不是絕無僅有的。他「少了一條左腿，缺了一隻右手」，「只穿一條藍布短褲」，他是大商人範特登杜用十塊錢買來的奴隸，其悲慘遭遇在他憤憤不平的訴說中可見一斑：「他們每年給我們兩條藍布短褲，算是全部衣著。我們在糖廠裏給磨子碾去一個手指，他們就砍掉我們的手；要是逃走，就割下一條腿：這兩樁我都碰上了。我們付了這個代價，你們歐洲人才有糖吃。可是母親在幾內亞海邊得了十塊錢把我賣掉的時節，她和我說：『親愛的孩子，你得感謝我們的神道，永遠向他們禮拜，他們會降福於你；你有幸當上咱們白大人的奴隸，你爹媽也靠著你發跡了。』唉！我不知他們有沒有靠著我發跡，反正我沒有托他們的福。狗啊，猴子啊，鸚鵡啊，都不像我們這麼命苦。」這段話，可以說是對歐洲白人殖民者凶殘掠奪的血淋淋控訴。

如果說，《老實人》的許多章節是假託異域他鄉影射法國現實，那麼，其中關於巴黎一章則是對法國現實的直接揭發；《老實人》中的有些章節，只是幅幅素描，而巴黎一章則是一幅工筆畫卷。巴黎，是法蘭西的京都，是經濟、政治、文化的中心，也是一切罪惡的麇集之所。伏爾泰揮動巨筆，揭開重重黑幕。還在老實人登上法國本土以前，作者就通過瑪丁的嘴總結式地概括了法國的國風：「第一、談情說愛，第二、惡意中傷，第三、胡說八道。」老實人親歷其境，耳聞目睹之後，發現真是一個布滿了千奇百怪現象的國度，「在這個荒唐的國內，不論是政府、法院、教堂、舞台，凡是你想像得到的矛盾都應有盡有」。這裏，有逢迎拍馬、見錢眼開的小人，有為非作歹的神甫，有專靠「毀謗」為生的文人，有詐取錢財的騙子，還有出賣色相的「侯爵夫人」。對於這個社會及其中的人際關係，一位「學者」作了這樣的概括：「我們這裏一切都倒行逆施；沒有一個人知道他們自己的身分，自己的責任，知道他做些什麼？應當做什麼?除了在飯桌上還算痛快，還算團結以外，其餘的時間大家都喧嚷爭辯，無理取鬧：讓森派攻擊莫利尼派，司法界攻擊教會，文人攻擊文人，幸臣攻擊幸臣，金融家攻擊老百姓，妻子攻擊丈夫，親戚攻擊親戚；簡直是一場無休無歇的戰爭。」當老實人聽完一個神經病患者因用小刀傷了路易十五而被淩遲處死的殘酷故事之後，他不禁驚悟道：「啊，這些野獸！一個整天唱歌跳舞的國家，竟有這樣慘無人道的事！這簡直是猴子耍弄老虎的地方，讓我快快逃出去罷。」這是伏爾泰對絕對王權專制統治下的法國最直率的否定。

《老實人》這個中篇具有鮮明的戰鬥性，還因為它的社會批判不是零碎、局部的，而是具有整體性。小說把「樂天主義」哲學作為鬥爭對象，貫穿全篇，使社會批判連成一個整體。十八世紀的法國社會生活中，時興「一切盡善盡美」的「樂天主義」學說，這一學說淵源於德國的唯心主義哲學家萊布尼茨（一六四六——一七一六）的「上帝所創造的這一個世界是一切可能的世界中最好的」理論。這是一種維護王權、神權，鞏固既存社會秩序的哲學，是統治者削弱人民鬥志、麻痺人民覺悟的工具。伏爾泰通過主要人物，特別是老實人的經歷，無情地嘲笑和粉碎了這種哲學。老實人經歷了兩萬餘里的苦難旅程，終於認識到了「地球上凡是人住的地方，我只看見苦難」。面對「地球上滿目瘡痍，到處都是災難」的現實，他深切地體會到了，所謂「樂天主義」，「就是吃苦的時候一口咬定百事順利」，所以他面對邦葛羅斯叫喊道：「得啦得啦，我不再相信你的樂天主義了。」居內貢的一生也是這種哲學的否定說明。她的一生也是災難重重，從男爵的小姐變成了洗衣婦、廚娘；從美麗樂天的少女變成了奇醜暴戾的老婦，這中間的變化，是保加利亞的官、兵，猶太銀行家，異教裁判所大法官，唐・斐南多總督的蹂躪以及其他苦難促成的。她終於得出一個結論：「在我那世界上，我遭遇太慘了，幾乎不敢再存什麼希望。」就是那個「樂天主義」的鼓吹者邦葛羅斯，有了爛掉鼻尖，損失一隻眼睛和耳朵，差點兒被燒死以及最後又被罰做苦役的經歷之後，也不得不面對著蒼天呼喚：「這世界真是怎麼一回事啊！」他終於承認了「自己一生苦不堪言」，只是由於自己「一朝說過了世界上樣樣十全十美，只能一口咬定，堅持到底，雖則骨子裏完全不相信」。就這樣，伏爾泰不是用乾巴巴的抽象言詞，而是用具體形象，對粉飾太平，美化現實的「樂天主義」以毀滅性的打擊。

理想與歸宿

對於現實有了切身的感受之後，人們對於生活的態度仍然可以各有不同，有時，差距甚至是很大的。瑪丁是一個「被妻子偷盜，被兒子毆打，被跟著一個葡萄牙人私奔的女兒遺棄」的可憐學者，苦難蒙住了他的眼睛，對於他，「人生不過是些幻影和災難」，所以他覺得「人天生只有一條路：不是在憂患騷動中討生活，便是在煩悶無聊中挨日子」。可是，伏爾泰並沒有因為人世間的苦難、社會上的種種罪惡而使自己陷入悲觀主義的泥潭中。啟蒙思想家是樂觀主義的，伏爾泰在《老實人》中描繪的神話式的理想王國——黃金國，正是這種「樂觀主義」的具體表現。黃金國是怎樣的一個國度？這裏原是古印加族疆域的一部分，「幸虧……都是高不可攀的峻嶺和峭壁，所以至今沒有遭受歐洲各民族的饞吻」；這裏財富沒有你的我的之分，所以黃金、碧玉、寶石遍地，卻都視同黃土；這裏，人人穿金著玉、個個俊美非凡，且「全都彬彬有禮」；這裏，「每個人都是自由的」，沒有壓迫，更無法院和牢獄；這裏，從國王到臣民，都「敬愛上帝」，可對上帝一無所求，更「沒有修士專管傳教，爭辯，統治，弄權竊柄，把意見不同的人活活燒死」；這裏，「土地的種植，是生產與美觀同時兼顧的」；這裏，酒店飯館裏山珍海味應有盡有，為了方便客商，一律由政府會鈔。這是一個多麼繁榮富庶的國度。黃金國的京都更是人煙稠密，繁華無比的地方。這裏有高聳入雲的建築，千百列柱圍繞的廣場，日夜長流的噴泉。規模宏大的廣場，地下鋪著一種寶石，散出近乎丁香和肉桂的香味；長流的噴泉，有的噴射清澈無比的泉水，有的噴射薔薇的香水，有的噴射甘蔗酒。特別那個雄偉的科學館，一個長廊就足有二百丈，擺滿了數學和物理的儀器。國內有數以千、萬計的科學家為發展社會文明而進行科學研究。所有這一切，實際上都是十八世紀啟蒙思想家所衷心相信的那種農奴制及其殘餘一經消滅之後，人們會獲得普遍幸福的嚮往的形象化。伏爾泰筆下的圖景，自然是一種烏托邦式的幻想，所以它不得不把它安置在一個連無孔不入的白人殖民者也找不到的地方。特別是黃金國所以成為幸福的國度，根本原因在於「國內的王族比較明哲；他們徵得老百姓的同意，下令任何居民不得越出我們小小的國境，這才保存了我們的純潔和快樂」。這說明，直到晚期，伏爾泰思想上也沒有擺脫「開明君主」的羈絆。此外，這種世外桃源式的理想描繪，也不是伏爾泰的首創，歐洲文藝復興時期作家的筆下曾經有過，在此以前的一千五百年，我國晉代著名作家陶淵明的《桃花源記》中也有過。但是，伏爾泰筆下關於黃金國的圖景，是面對著當時封建、教會的專橫統治和人民處於深重苦難之中的現實而描繪出來的。在對比下，它撕破假面，托出真情，發人深省，鼓舞人們為改變現實而進行鬥爭，在那個歷史年代，是有著積極意義的。

幻想畢竟是幻想，這一點對於曾在生活中到處碰壁的伏爾泰來說，他還是清醒的。所以，人生的歸宿究竟應該在哪兒去找呢？在地下，在天上，還是在人間呢？對此，伏爾泰在《老實人》中作了探索，給了回答。老實人等飽經滄桑，歷盡苦難，最後終於聚在一起，在一塊分種田上，分工負責從事耕作。他們認識了只有耕種勞動，才能使人「免除三大害處：煩悶、縱欲、饑寒」。因此，「人天生不是能清閒度日的」和「唯有工作，日子才好過」成為他們生活的信條，「種咱們的園地要緊」成為改革現實的萬靈方案。這種要求活動和勞動創造的生活態度，正好表現了自文藝復興以來處於上升時期的資產階級的實幹精神和人生特色。這對比著封建貴族和僧侶階級那群醉生夢死的寄生者，無疑是很有積極意義的。不過伏爾泰把「種咱們的園地要緊」作為老實人等生活的唯一內容和人生的最後歸宿，並把它當成變革社會的榜樣，雖然較之開明君主制似乎前進了一步，但實質上仍然是另一種形式的烏托邦幻想。因為這種不問世事，企圖超脫社會政治鬥爭，只想獨善其身地埋頭耕作的作法，對於那個充滿邪惡的世界，是不會造成絲毫損害，也不會發生任何良好影響的，而且它本身也只能存在於想像之中。由此可見，伏爾泰批判和揭露現實的同時，在探求變革現實這一根本問題上，限於階級的，特別是歷史條件的局限，他最終也沒有找到正確的途徑和方法。

藝術特色

《老實人》在藝術形式上，特別在情節的組織、結構的安排上，可以看得出塞萬提斯的《唐吉訶德》、斯威夫特的《格里弗遊記》、菲爾丁的《約瑟夫・安德魯斯的經歷》以及孟德斯鳩的《波斯人信札》等的影響。小說沒有一個完整的貫穿首尾的故事情節，而是以老實人範圍廣闊的活動為線索，把其他人物的經歷和遭遇聯繫起來。作品通過人物的遭遇、見聞，所引發出來的感想、認識、議論、辯論，來展示作者對於社會政治、道德、宗教、理想等的觀點，影射諷刺現實，宣傳啟蒙思想。在表現人物的活動過程時，對於老實人的經歷，用的都是明寫，他走到哪裏就寫到哪裏，直接記述他所經歷的一切。對其他人物則都採用倒敘的手法，在老實人經歷的某一階段插敍出來。如男爵府上的巨大變化，老太婆幾十年傳奇式的苦難經歷，居內貢兄妹和邦葛羅斯的奇特遭遇都是這樣交代的。老實人和其他人物的分分合合，都是以傳奇式的偶合手法來實現的。老實人的活動經歷，猶如一條小河，其他人物的生活遭遇好似從不同地段匯入小河的條條溪水，各自從不同的方面湊成一個社會整體，構成一幅有機地聯繫在一起的完整的畫面。小說中，在記述人物活動時，有主有次，有重有輕。作者有時採用如我國古典小說中經常運用的「花開兩朵，各表一枝」的手法，如老實人和加剛菩在荷屬蘇里南分手，各自東西後，就採用這種方法。他寫老實人，重點放在他路過巴黎的經歷和在威尼斯的所見所聞，而加剛菩的經歷則只在威尼斯重逢時描上寥寥幾筆。這樣有主有副、濃淡適度，小說情節發展的過程十分清晰，一點也沒有龐雜繁瑣之感。

在人物表現上，《老實人》也有特色，既不同於以前文藝復興時期的文學，也有別於後來批判現實主義的文學。文藝復興時期作家筆下的人物，有淋漓盡致的內心世界的描寫，具有強烈的抒情色彩；批判現實主義作家特別注重具體、細致的物質環境的描寫，藉以完成典型人物的塑造。《老實人》中，則很少見到直接描寫人物複雜心理狀態的場面，也根本沒有停下故事情節的進程，專門精雕細琢地描寫客觀環境的篇章，幾乎通篇都是敍述和對話，具有明顯的說理性。這種特色的形成和下列兩種情況有直接的關係：第一，小說記敍的是一個漫長的過程，地域不斷地轉移，需要較多的敍述來交代這些變化，否則，過程顯示不出來；第二，小說從頭到尾是通過人物的種種遭遇來揭露社會的黑暗與腐朽，從而展示「樂天主義」哲學的破產的，所以，需要有較多獨白或對話來表達人們在各種生活境遇中的不同感受及其對於生活的態度。正是由於上述雙重需要，使得伏爾泰的哲理小說具有較鮮明的敍述性和說理性。它的人物雖然缺乏文藝復興時期的那種內心世界的豐富性和詩意美，較之批判現實主義文學，性格的具體可感性也要差一些，但主要人物卻寫得樸素無華，天真爛漫，恰似一塊璞玉渾金，毫無雕琢的痕跡。老實人天生純良和順，雖歷睹人間卑劣，卻能處濁世而清白自保；他愛得一往情深，堅持到底，永遠無愧於心。老實人至今還惹人愛憐！

《老實人》所以給人留下深刻印象，除了從整體上講具有典型的概括性外，還因為小說中有不少精采的典型化片斷和場景。伏爾泰善於從千奇百怪的現象中選取最能揭示事物本質特徵的部分加以描述，給人造成強烈印象，加深人們對於客觀事物的認識。小說中這樣的片斷和場面是很多的，這裏僅舉一例。當老實人被大耳人捉住，並且把他當成長期來不斷掠殺他們的耶穌會士，伏爾泰這樣寫道：「周圍有五十來個大耳人，拿著箭、棍、石斧之類；有的燒著一大鍋水；有的在端整烤炙用的鐵串；他們一齊喊著：捉到了一個耶穌會士！捉到了一個耶穌會士！我們好報仇了，我們有好東西吃了；大家來吃耶穌會士呀，大家來吃耶穌會士呀！」這裏，自然無須懷疑伏爾泰會像殖民者一樣，在渲染土著人民的殘暴，而是意在說明大耳人對耶穌會士的仇恨已經達到了食肉寢皮的程度，以此從側面反映出白人殖民者耶穌會士過去對大耳人所犯下的滔天罪行。值得指出的是伏爾泰並沒有就此止筆，他繼續寫了大耳人查知老實人並非耶穌會士，就立即釋放了他們，給他們以禮貌周到的招待，護送他們平安地離開國境。面對此情此景，老實人不禁讚不絕口：「嚯！了不起的民族！了不起的人！了不起的風俗！」伏爾泰做這樣的處理，是要說明，被殖民者誣蠛為「野蠻人」，無情地加以捕殺和奴役的土著民族原來都是一些善良的講究仁義的民族，和「文明」的殖民者相比，他們的確是「了不起的民族！了不起的人！」有著「了不起的風俗！」這就更深入一層地揭露了殖民者的醜惡嘴臉及其殖民行為的非正義性。

此外，在《老實人》中，伏爾泰把諷刺、揶揄、詼諧熔於一爐，運用誇張的手法，於嬉笑怒罵之中發洩自己對於黑暗社會的抗議，也使小說增強了感人的藝術魅力。

歌德的《浮士德》人物談

——紀念歌德誕生二百三十周年

《浮士德》是德國偉大詩人歌德的代表作品，也是世界文化寶庫中的名篇之一。詩劇具有廣博、深厚的思想內容，成功地塑造了一些典型形象，這是一百多年來人們所一致肯定的，但對其中一些人物究竟應該如何認識和評價，我則覺得仍然是可以商榷的。今年——一九七九年八月二十六日是歌德誕生二百三十周年紀念日，本文想就浮士德、靡非斯特、瓦格納、學士等形象談談個人粗淺的看法，藉以作為對詩人生辰的紀念。

浮士德形象

歌德筆下的浮士德形象的原型取自民間傳說。傳說中的浮士德形象有個漫長的發展過程。這個過程愈來愈明顯地體現了資本主義往上發展時期，那種以個人為中心的反對一切封建束縛、要求不斷進取、力圖自身掌握權力以支配和改造客觀世界的精神。這就是說，浮士德形象精神性格的發展變化，正概括地表現了處於上升時期的資產階級中的成員，要求通過自我奮鬥，開闢自己的前程，成為社會生活中的主人，以獲得精神上的自由和物資上的滿足。就是在這個基礎上，歌德對浮士德形象作了巨大的加工，把自己幾十年社會生活實踐的體驗、對人生和未來社會的思考熔化在這個物身上，深化了、豐滿了、擴大了形象的社會意義。並且，詩人把各個方向都作了較為深刻的觀察、分析的德國現實社會作為人物活動場所，從而開展對於德國現實的揭露和批判。

詩劇《浮士德》描寫了浮士德精神性格發展及其不斷探索與追求的過程。這過程包括學者生活、愛情生活、政治生活、藝術生活以及所謂創造性事業生活等五個階段。那麼，歌德讓自己的人物經歷這麼幾個生活階段是想說明或解答什麼問題呢？對於這個問題，歌德自己有句話，給予了回答。他說，他的《浮士德》是「一種生活的發現藝術」。這話的意思是，詩人想通過浮士德在漫長的生活旅途中，不斷的探索與追求，最終達到目的地這一事實，來回答究竟什麼才是理想的人生和理想的社會這個問題。因此，這五個不同的生活階段所連結起來的過程，也是他不滿現實，不斷探索與追求的過程。這個過程，正是詩人歌德以巨大概括力，反映了西歐資本主義上升時期，資產階級先進人物反對封建現實，不斷探求理想人生和理想社會的過程。那麼，浮士德有著怎樣的精神性格、走了什麼樣的探索道路、明確了哪種理想人生和理想社會？這些在當時和現在應該如何認識和評價呢？

學者生活階段，就是浮士德企圖博覽典籍，以便自己「以口舌宣傳，能把黎民于變」的生活階段。在這個階段，歌德對浮士德的心理狀態作了細致的刻劃，其精神面貌，有顯著的特徵。這種特徵首先表現在他對待客觀事物的基本觀點上。

浮士德在看待客觀事物時，具有明顯的唯物主義傾向。當他翻譯《約翰福音》時，先譯為「泰初有道」，接著改譯為「泰初有心」，但他都不滿意。這裏的「道」、「心」，實質上是唯心主義的「觀念」、「絕對精神」。浮士德反對這種把「觀念」、「絕對精神」看成是世界萬物起源的唯心主義觀點。因為，在他看來，「觀念」、「絕對精神」「怎能夠創造出天地萬彙？」（第一部，六一頁，郭沫若譯，人民文學出版社一九五五年版，後面引文同此，不再另加說明）最後，他終於「稱心地翻譯作『泰初有為』！」（同上）「為」者，物質、行動、實踐也，這是一種「混沌初開，實踐為先」的唯物主義觀點。基於這種觀點，浮士德才能「不怕地獄，不怕魔鬼」；也基於這種觀點，他才可能和靡非斯特在訂立拿來生後世為代價，以換取今生能夠雲遊天下嘗受各種生活的合同時，毫無顧忌地說：「我絲毫也不顧慮到什麼來生。」（第一部，七九頁）對於一個具有唯物主義思想的人，「什麼來世的愛憎，來世也有君臣」（同上），根本都是荒謬之談。因此雖然浮士德也和傳說一樣，以來生為代價，和魔鬼訂了合同，但傳說中的那種合同的唯心的、宿命的性質，在這裏，對歌德筆下的浮士德已完全失去了意義。

其次，由於對客觀世界的唯物主義觀點，浮士德對人生、生活的態度也極有特色。和那種被中世紀封建意識教會禁條愚弄得像行屍走肉似的人不同，這種人把現世生活當成死後升入「天堂」的「階梯」，情願忍受一切苦難而一無所求。浮士德對人生、生活則有自己獨特的看法，他希望、祈求體驗一種充滿鬥爭和激情的人生。他羨慕這樣的人們：

或者是死在陣上頭戴血染的榮冠，
或者是狂舞之後抱在姑娘們的手腕！（第一部，七六頁）

他認為，人生應該充滿活動，在活動中去領略各種生活，他說道：

我要跳身進時代的奔波，

我要跳身進事變的車輪！
痛苦、歡樂、失敗、成功，我都不問；
男兒的事業原本要晝夜不停。（第一部，八三頁）
我要在內在的自我中深深領略，
領略盡全人類所賦有的精神，
至崇高的，至深遠的，我都要了解，
把全人類的苦樂堆積在我寸心。（第一部，八四頁）

浮士德對於人生的看法的特點還表現在他認為，一個人在生活的道路上絕不會因為某種成功的滿足而止步不前，絕不會在自己所從事的事業的成就面前說一聲：「你真美呀，請停留一下！」這和靡非斯特恰恰相反，魔鬼認為人終會有朝一日要在生活中感到滿足，停止前進而沈淪下去。因此，他才大膽主動地提出打賭問題。歌德一反傳說中的作法，讓自己筆下的人物在魔鬼面前處於自信的主動地位，把打賭的問題先提出來，這正反映了處於上升時期的資產階級思想家對於人類的樂觀信念。

浮士德上述這種對於現世、人生的態度，顯然貫穿著一種以自我為中心的狂熱的入世思想，它以自我為集中點，一切要求和願望都從個人出發，並把一己的「小我」，誇大為「全人類的大我」。這種態度和思想，是典型的資產階級的，在今天來說，早已不是什麼先進的了。

但是，它們在那種要求無條件奴性地皈依於封建主和教會的現實中，卻一方在意識形態領域中，猛烈地衝擊、破壞封建宗教觀念，同時在生活實踐中又能激勵人們與封建教會相對立，推動著社會歷史的發展，因而是進步的、革命的。

第三，儘管浮士德具有唯物主義觀點，他的人生、生活態度是積極的，但由於其精神性格的核心是以自我為中心的個人主義，所以這個人物是充滿著矛盾的。關於這點，靡非斯特在「天上序幕」中和「天帝」的爭辯時就已點明過：

他在景仰著上界的明星，
又想窮極著下界的狂歡。（第一部，一六頁）

浮士德也十分明白自身矛盾的所在，他說：

有兩種精神居住在我們心胸，
一個要同別一個分離！
一個沈溺在迷離的愛欲之中，
執扭地固執著這個塵世，
別一個猛烈地要離去凡塵，
向那崇高的靈的境界飛馳。（第一部，五四～五五頁）

浮士德身上這種矛盾從何而來的？歌德認為這是全人類所有的特點，即人在現實生活中，人們身上「猛烈地要離去凡塵」的一面，使人「景仰著上界的明星」，向那「崇高的靈的境界飛馳」；但那「執扭地固執著這個塵世」的另一面，卻使人「窮極著下界的狂歡」，「沈溺在迷離的愛欲之中」。這實際上是用藝術的語言表達了資產階級思想家們那種認為人身上生來就有的「靈」與「肉」、「良心」與「情欲」兩種對立本質的人性論觀點。其實這種矛盾只不過是現實生活中尚處於上升時期的資產階級的兩面性的反映。資產階級作為新興的、尚處於被壓迫地位的階級，它對於封建階級、封建制度和教會是反對的。它要求把個人從封建教會的重重束縛下解放出來，通過個人的進取、奮鬥，創造一個所謂能發揮個人才能與智慧的社會。這是它進步的反抗的一面。同時資產階級又是一個新的剝削階級，這使它與封建階級必然地有著割不斷的聯繫，並導使一般資產階級個人盡力在世俗生活中追求物資的滿足和庸俗的享樂。這又是它妥協的一面。浮士德身上的矛盾正是現實生活中資產階級這種兩面性的具體反映。不過浮士德形象活動的時代，資產階級尚處於上升階段，並且他又是這個階級站在前頭領路的思想家，因而其進步的一面暫時還是矛盾的主導方面。這一情況又決定了浮士德在自身矛盾的基礎上，產生與外部世界的矛盾，即不滿現實，從而在探索中追求理想。歌德把浮士德身上這兩個緊密地聯繫在一起的矛盾以及它們的發展作為主線，劇情的發展，就是解決這雙重矛盾服務的。

浮士德形象所經歷的第一階段，歌德展示的只是這個人物精神性格的基本特徵及其複雜的心理狀態。而作為詩劇的中心線索的浮士德精神性格，在矛盾鬥爭中的發展和他不滿現實、對理想人生和理想社會的探求卻還有待正式展開。浮士德在以後的生活實踐中，是「沈溺在迷離的愛欲之中」趨於毀滅，是達到「崇高的靈的境界」，走向新生，這要看在生活的道路上遭遇的各種事件所引起的他身上兩種精神鬥爭的結果才能得到明確。因此，詩劇的動作，要在開始「小宇宙」的旅行時才真正開始。

「小宇宙」旅行，實際上指的是德國狹隘市儈小世界，是個人的感情世界。這段生活中，歌德著力表現的是關於浮士德的愛情生活，主要事件是浮士德與瑪甘淚的戀愛及其悲劇。它是浮士德形象發展的重要階段。瑪甘淚的悲劇，不僅在揭露當代德國現實方面是非常現實主義的，而且對於浮士德形象的發展也是一個轉折，是他在探索道路上認識生活，走向理想的階梯。瑪甘淚悲劇的根源是複雜的、多方面的，有封建道德和宗教惡勢力的迫害、有靡非斯特的破壞，有瑪甘淚本身的局限等。浮士德的自我中心主義也起過作用，儘管他內在的矛盾充滿了鬥爭。瑪甘淚對於浮士德的愛情使他從肉欲的泥潭中解放出來，擺脫了「比禽獸還要禽獸」的處境，提高了對自己和對於人與現實的認識。浮士德脫離了乾枯的學者生活，原本想在愛情生活中開創一條通向「個性解放」的道路，但經歷說明，在德國現實中，由於封建、教會勢力的頑強，資產階級的軟弱，他所追求的那種所謂的自由愛情，到頭來只可能是一場悲劇。這就是說，浮士德在這方面的追求是失敗了。

為封建小朝廷服務，這是浮士德的政治生活階段。這個階段，既為歌德提供了描繪當代德國分裂為許多封建小王國醜惡現實的機會，又恰好是德國資產階級與舊社會的戴皇冠的代表人物妥協的反映。儘管浮士德目睹了宮廷政治腐敗、法律廢弛、社會紊亂、經濟上瀕於山窮水盡，他卻仍然為封建統治者服務，借助靡非斯特大量發行紙幣，解決王朝的經濟危機。他對封建統治者荒淫無恥的生活，不僅沒有表現出任何憎惡，反而參加化裝舞會，共與為歡；甚至不惜賣力滿足王公大臣們的嬉戲，把古希臘的巴黎斯和海倫的幽影顯現出來，以供他們娛樂。具有諷刺意味的是，浮士德的政治生活就是在這一場供統治者嬉戲的娛樂中告終的。這恰好反映了德國資產階級改變現實的無能為力及其軟弱，也是歌德十年威瑪官場生活結局的寓意概括。

對於海倫的追求並與之結合，是浮士德經歷的第四個生活階段，即藝術生活階段。

海倫形象顯現，對皇帝、朝臣和貴婦們只不過是要「找些新鮮的玩意兒來娛樂自己」，可是對於浮士德卻有完全不同的意義，這是一種古代文化、藝術美的發現。因此，對於海倫的追求，並與之結合，就採取的方式、手段，雖與對瑪甘淚的追求與結合相似，但其含意卻完全不同，是對於古典美的追求，並與之結合的理想。

古典美的發現與復活，是當代德國，包括歌德自己在內的一些思想家都曾感到興趣的問題。他們企圖復活古典美，並把它作為一種教育人從而改變現實中種種陋鄙的手段。和歌德一度合作過的席勒就曾這樣說過：「但願仁慈的上帝及時取去母親懷中的嬰兒，用美好時代的奶水餵他，讓他在遙遠的希臘天空下長大成人。等他長大以後，讓他以一個外來的人的姿態回到自己的時代，但他的出現不是為了迷惑時代，而是為了要像阿伽梅儂的兒子一樣，徹底地將時代作一番清洗。」他們兩人創辦的《荷倫雜誌》的創刊詞中提出用美學教育讀者，以便「在真和美的旗幟下把分裂的政界團結起來」。現在歌德在這裏通過浮士德對海倫的追求，對當代德國啟蒙思想家要通過美的教育來改造社會的企圖，寓意地作了否定的回答。海倫的消逝說明古代美的復活，完全是不可能的。古代雖然有些東西，可以作為現代文化的養料，但由於時代的不同，社會的變化，因而絕不能復活於現代。浮士德和海倫結合的結果，兒子歐福良像曇花一樣夭折了。海倫消逝後留下的一件衣裳——沒有內容的形式，也是不能久存的，最後化成了雲彩，飄然四散，消失於渺茫之中。

「小宇宙」旅行獲得的只是教訓，政治與藝術生活又終於一事無成。這時，浮士德站立在高山之巔，心中沒有絲毫滿足的念頭。王者之尊，他「不能……滿意」，世外桃源的幽居生活他認為「惡劣」，最後，面對大海中洶湧的波濤侵蝕著大地，一個改造自然的念頭來到他的心中。於是，他指著海洋對靡非斯特說：

……把驕橫的海逐離海邊，
使那斥鹵的地帶不准更寬，
把海洋逼到它自己的心坎，
……
這是我的志願，我要使它實現。（第二部，二八七頁）

這就是要把滄海變成桑田，要在一片沙灘之上建起人間樂園的填海的「事業」。這是浮士德形象發展的最後階段。

浮士德領導著人們經歷了一番艱苦勞動，「掘壕溝而築堤防，收縮大海的權威」，終於使一片荒涼的海灘，「變成了花園，看來就好像一座天堂」。這裏有「綠油油的草場、牧地、森林、園圃、村莊」；這裏還有新建的港灣，開鑿了運河，到處「都是繁華稠密的人煙」。面對著這種巨大變化，設想著這種變化將會在自己領導下通過人們的勞動而繼續發展。於是，浮士德的內心深處，充滿了歡樂，情不自禁地說道：

我爲幾百萬人開拓出疆土，
雖然還不安全，但也可以自己勤苦。
原野十分青翠，土壤一片膏腴，
人畜都在這新地上得到安居。
勇敢勤黽的人民壘成了那座高山，
向那周圍移植都可以衣食無憂。
外面雖有海濤不斷地衝擊堤岸，
而裏面卻安居樂業如同天國一般，
即使海潮嚙岸堤有潰的危險，
人民全體合力，立即把漏穴補完。

是的，我完全獻身於這種意趣，
這無疑是智慧的最後的斷案：
「要每天每日去開拓生活和自由，
然後才能夠作自由與生活的享受」。
所以在這兒要有環繞著的危險，
以便幼者壯者——都過活著有爲之年。
我願意看見這樣熙熙攘攘的人群，
在自由的土地上住著自由的國民。
我要呼喚對於這樣的刹那……
你眞美呀，請停留一下！
我在地上的日子會有痕跡遺留，
它將不致永遠成爲烏有。——
我在這樣宏福的預感之中，
將這最高的一刹那享受。（第二部，三五五～三五六頁）

浮士德在歡樂之中，不自覺喊出了「你真美呀，請停留一下！」隨之倒地而死，他的靈魂被高唱「凡自強不息者，到頭我輩均能救」的天使們背負著飛進了天堂。歌德說過：「這句話是解釋浮士德何以得救的鑰匙。」這是說，浮士德之獲救，在於他是一個「自強不息者」。浮士德在人生道路上為探求所謂理想人生和理想社會而「自強不息」地前進，這正是資本主義興起後，資產階級隊伍中部分先進分子的人生特色。

表面上看，浮士德之死，是他無意間觸犯了與靡非斯特所訂的合同。但這是形式主義看問題，這會掉入宿命論泥潭，鑽進不可知的神秘主義圈套。浮士德致死之因，實為他在填海「事業」面前感到了滿足，從而他自身的，及其與客觀的矛盾獲得了解決。世界上一切物質的存在，都取決於自身在矛盾鬥爭中發展。而當矛盾一旦消失，物質本身也就失去其存在。這條規律也是完全適應於浮士德這個以在矛盾鬥爭中發展為特徵的形象的。當他自身及其與客觀現實的矛盾解決後，限於時代條件和階級局限，新的矛盾不能產生而立即死去，這是當代現實和階級局限的必然結果。

那麼，對於浮士德在感到滿足時所獲知的所謂理想人生和理想社會，在當代和今天應如何評價呢？

浮士德最後領悟的所謂理想人生和創建的理想社會是：「要每天每日去開拓生活和自由，然後才能作生活和自由的享受」和「在自由的土地上住著自由的國民」。浮士德對於人生所作的「智慧的最後的斷案」，正是歌德對自己一生活動作出的總結。這種要「每天每日去開拓生活和自由」的人生，就是不斷活動，不知滿足，不斷追求的人生。它體現在浮士德身上，就表現為在學者、愛情、政治、藝術、創造性事業等不同生活階段中的那種不倦的探求精神。這種精神，正是處在上升發展階段的資產階級進步分子的世界觀的一種表現。它在當時的歷史條件下，對於發展社會生產和文化是有促進作用的。這種精神，即使在今天，仍有啟發和借鑑的意義。浮士德和客觀現實的矛盾，最終在填海「事業」中建立了一個似乎沒有剝削與壓迫，人人為共同幸福而進行創造性勞動的理想社會——「在自由的土地上住著自由的國民」——而獲得了解決，這種理想社會，正是當時歐洲啟蒙思想家超越階級和階級鬥爭，把全體社會成員視為一個整體的那種並不想解放某一階級，而是想解放全人類的社會思潮的藝術體現，它是當時歐洲階級鬥爭情勢和社會經濟狀況的產物；這種理想社會，一定程度上反映了當時在重重壓迫和深沈苦難煎熬下的人民要求過一種和平、自由勞動的生活的願望；這理想社會引導人們往前看，要求改變現實；這理想社會還是面對著政治上四分五裂的德國現實而描繪出來的，所以也曲折地反映了德意志人民要求統一祖國的希望。這些方面，都是有歷史的進步性的。因此，歌德所描繪的理想社會，絕不是「資產者」為了「蒙蔽勞動人民」而製造的「謊言」，相反，它倒的確是為行將到來的革命啟發過人們頭腦的。

但是，這並不是說浮士德的理想人生和理想社會已經超越時空，而成為全人類的東西。不是的，它們仍然是滲透著資產階級實質的。首先，他對人生所作的「最後斷案」，說穿了也不外是處於上升時期的資產階級改變封建落後現實、要求個性「自由」發展、通過個人進取，成為社會生活的主人這樣一種人生態度的詩化總結。其次浮士德的人生活動，直到最後的填海「事業」中，根本沒有、也不可能對群衆的歷史作出正確估計，他還是以一個個人英雄主義者姿態高居於群衆之上，認為群衆是「為我服務而來」，群衆只是實現他啟蒙思想的物質力量。這種思想正是啟蒙思想家鼓吹「開明君主」，「王座上的哲學家」創建「理性的國家」、「理性的社會」這種英雄史觀的藝術形象化。第三，直到最後，浮士德牢牢銘記心間的仍然是「我在地上的日子會有痕跡遺留，它將不致永遠成為烏有」，這是說，他前進，他探求，目的是讓自己名留千古。在所以這一些都有力說明，浮士德形象發展的終點也絲毫沒有超脫出資產階級個人主義範疇。在這種情況下，我們不能認為浮士德最後已從個人主義提高到了集體主義，他所追求的不是利己主義而是為千百萬人民服務的利他主義的人生。因為，這種觀點的實質就是把浮士德拔高，抹殺了這個人物的資產階級性質。至於浮士德最後所創建的理想社會，說到頭也只不過是一種以人道主義為基礎的空想社會理想。它正是十八世紀啟蒙思想家所要求建立的「理性的國家」，「理性的社會」。這種理想社會的設想，如果結合十八世紀末、十九世紀初期的歐美現實，它恰好反映了當時資產階級擴大殖民地、改造自然、溝通世界航道的要求與嚮往。歌德對於資產階級在產業革命的初期發展生產，在世界各地開拓殖民地是寄以希望的。當他聽到關於開鑿巴拿馬運河的計畫時極為欣喜，並提出，他「還想看見多瑙河和萊茵河的聯絡。……想看見英國人造一條蘇伊士運河」等等。浮士德在填海事業中，「掘壕溝而築堤防」，修建「港灣」，開鑿「運河」，所有這一切都是當時歐美資產階級在開拓殖民地的工作中正在計畫做的事業，歌德給以藝術綜合與加工，構成了他的理想社會的圖景。甚至在實現他們的計畫和理想的作法上都是如出一轍的。浮士德為使填海「事業」得以完成，他吩咐靡非斯特，「用什麼方法都好，你去把人工募集，愈多愈妙，要用快樂和威嚇把他們驅遣，給以金錢誘惑，甚至迫害也要！」在沙灘之上每一項工程的竣工，都是「以人為牲不知流血多少」。後來的歷史證明，歐、美資產階級也同樣以「金錢誘惑，甚至迫害」為手段，「募集」當地和世界其他地方的勞動者，為運河的開鑿而賣命。大西洋和太平洋的溝通，地中海和紅海的聯結，是以十萬計的包括中國勞工在內的勞動人民的屍骨為代價的。浮士德的那種「在自由的土地上住著自由的國民」的理想社會的實質就是如此。

總之，歌德筆下的浮士德形象，一如笛福塑造的魯濱遜，是個資產階級正面人物。浮士德身上那種不滿現實，在人生活動中不斷探求，要求有所作為的精神，對於十八世紀歐洲和德國的資產階級民主力量，具有較廣泛的代表性。他的活動經歷，以巨大的概括力反映了資產階級進步思想家如何擺脫中世紀蒙昧狀態，探索新的人生道路和社會理想的這一歷史過程。浮士德的理想人生和理想社會，也是啟蒙思想家在對於人生和未來社會的思考中所能達到的最高理想。因此，如前述及，這個人物有其歷史的進步意義。

靡非斯特形象

和浮士德形象相平行並緊緊地聯繫在一起的是魔鬼靡非斯特形象。他既是浮士德形象發展的條件人物，又是獨特的社會勢力的代表者；他既是以反面人物身分作為歌德揭露現實的代言人，又具有鮮明的個性。

歌德的靡非斯特形象，究竟具有什麼樣的社會意義，過去衆口不一，其中有兩種看法具有代表性：其一，認為他是宗教裏的惡魔；其二，是腐朽封建勢力的代表。前者的問題在於一些學者把人民傳說中的人物視為迷信觀念的形象化；後者雖與前者不同，但卻忽視了這個形象活動的時代背景及其性格特徵。

像前面所說到的，隨著資本主義的原始積累開始以來，在產生了一批巨大的人物的同時，也產生了一批極端利己主義者。這批人把人生唯一的目的看成是不擇手段地追求一已的精神，特別是物資上的滿足。他們一方面能冷靜地透視社會的黑暗面，同時卻並不認為種種黑暗現實是有待改造和可以改造的；相反，他們以自身也參與為非作歹為樂事，並從中得到利己主義的滿足。他們對人生、世界抱著悲觀主義和虛無主義態度。他們以極端的個人主義待人處事，否定「理性」，認為人類從來並且永遠是爾虞我詐、冷酷無情的。這批人隨著資本主義的發展而日益極端化，形成一種嚴重的社會罪惡現象，不少作家的作品中反映了這種現象。莎士比亞創作中的埃古、愛特門，巴爾扎克的《人間喜劇》中的伏脫冷，狄更斯筆下的費金和《浮士德》中的靡非斯特等都是這一類人物的典型。

表面上看，把靡非斯特和埃古、愛特蒙、伏脫冷、費金等人物並列起來似乎不倫不類，因為後面這批人物的一切罪惡的破壞行為，有著明顯的目的，特別是利欲的目的，而靡非斯特則好像是為「作惡」而「作惡」，「作惡」本身並不要求達到什麼目的。但是，就他們的冷酷、殘忍，否定「理性」以及對人生、現實的態度，卻是完全一致的。而且，他的一切「作惡」，實際上也不是毫無目的性的。他在求得一種特殊的歡樂，即看到人「比禽獸還要禽獸」，看到人間充滿了悲劇，所以當浮士德為瑪甘淚的不幸命運感到「痛徹命根骨髓」時，他卻「露齒嘲笑」，輕飄飄地說道：「這樣的人不僅她一個啦！」靡非斯特把歡樂建立在破壞人間的幸福、毀滅人和人的痛苦上，正如反動統治者的殺人機器——劊子手們以揮刀砍掉人頭，看著人頭在地上滾動為樂事一樣，也和法西斯分子將乳嬰穿在刺刀尖上攪動而樂得哈哈大笑没有兩樣。

靡非斯特既是資本主義發展過程中的罪惡的體現者，他和浮士德又是如何聯繫起來的呢？他們二者之間的差別是明顯的。魔鬼自己承認：他是「否定的精靈」，「惡」是他的「本質」；他根本不相信「理智」，認為「理智」只會把人「弄得比禽獸還要禽獸」，因而乾脆把人看成「長足的阜螽」。靡非斯特對整個客觀事物的看法更具否定特徵。他說：「凡物都是有成必有毁，所以倒不如始終無成。」這是說，他根本否定人的活動和不斷要求進取的志向；他只知道「凡物都是有成必有毁」，而不知「毁」中又有新的「成」，即他完全不知失敗乃成功之母的辯證道理，因而半節中間下了斷言：「所以倒不如始終無成。」這就使他和埃古、愛特門、伏脱冷、費金等極端個人主義者一樣，都鼠目寸光，看不到社會發展前途和事物乃是在「成」與「毁」的矛盾鬥爭中向前演進的，這一切都是與浮士德對立的。

但是浮士德和靡非斯特畢竟同是資產階級範疇之內的人物，並且生活在同一的社會條件之下，所以他們之間既有差異，又有一致之處。差別使之對立，一致之處又使他們聯繫起來。浮士德身上那種「沈溺在迷離的愛欲之中，執扭地固執著這個塵世」的一面，正是和靡非斯特相通的東西，因而具備了魔鬼可以藉以起作用的內因。同時，靡非斯特對那些要求向上的人還有另一種作用，即他是「作惡造善的力之一體」，「對於善人是甲冑，節欲精進」。靡非斯特的「造善」作用，歌德在《天上序幕》中通過天帝的嘴作了說明：

> 人們的精神總是易於馳靡，
> 動輒貪愛著絕對的安靜；
> 我因此才造出惡魔，
> 以激發人們的努力爲能。

那麼，靡非斯特又怎樣能做到「對善人是甲冑，節欲精進」，「激發人們的努力為能」？在「作惡」中又怎麼能做到「造善」？即浮士德和靡非斯特既是對立的，怎麼又能取得統一的呢？他們之間的統一關係表現在：靡非斯特對浮士德所做的各種誘惑都從「作惡」的動機出發，企圖使他在誘惑中走向沈淪和毀滅；但這種「作惡」的動機卻在浮士德的生活實踐和自我鬥爭中轉化為「造善」的效果。每當浮士德處於進退維谷，不知所往時，靡非斯特就為他出謀劃策，提出一些富有鼓動性的主意。如當浮士德還在猶豫於是否跟魔鬼出去雲遊天下時，靡非斯特就說：

> 我們應該及時行樂，

趁生命的歡樂尚未遠颺。

振作起來吧！把一切的思慮拋棄，

我們一同跑進那世界裏去！

我說，徒愛空想的那是蠢人，

那猶如一匹著了魔的畜生，

不怕周圍都有牧場美好青青，

卻在乾枯的荒原上四處找尋。（第一部，八六頁）

……

……

靡非斯特的這段話，其動機原是企圖慫恿浮士德投入生活，在庸俗生活的「及時行樂」中趨於毀滅；可是它卻促使浮士德盡速衝出中世紀書齋，擺脫禁錮人的蒙昧主義的學究生活，走入廣闊的世界。在生活中，雖然浮士德也「及時行樂」了，並也曾陷入「錯誤之叢」中，但他卻結合自己深切的感受，加深了對現在的認識，一步步接近了他的理想人生和理想社會。這就是說，靡非斯特始於「作惡」的動機，在浮士德的生活實踐活動中卻轉化為「造善」效果，詩劇中，儘管靡非斯特千方百計想把浮士德引入「魔道」，沈淪於毀滅之途，但事實恰好相反，他的各種誘惑變成了浮士德前進的動力，促使他在生活的波瀾中完成了精神性格的發展，明確了理想的人生，探索到了理想社會。從這方面講，靡非斯特對於浮士德，他存在的意義只在於刺激浮士德不斷向前發展。這是靡非斯特在詩劇中的主要任務之一。靡非斯特和浮士德之間的對立而又統一的關係，正是歌德世界觀中對於自然界、對於人類精神發展的辯證觀點的反映。

可是，靡非斯特在詩劇中的作用卻不止在於是浮士德形象發展的重要條件，他在揭露當代現實上是具有獨立意義的。在這方面，他是作為反面人物來表達歌德對現實許多方面的意見的代言人。靡非斯特對當代的邏輯、玄學、法理學、神學、哲學、醫學、反動浪漫主義詩歌以及騎士小說等的揭露是淋漓盡致的；他的跳蚤歌中的跳蚤形象，就是當代德國許多小公國中的大臣、宰相的縮影；他對荒淫腐化的宮廷、貪婪的教會、紙幣制度、資本主義金錢勢力以及海上強盜式的掠奪等的揭露都是入木三分的，諷刺極為尖銳。因此，作為歌德的代言人的靡非斯特和在《人間喜劇》中作為巴爾扎克的代言人的伏脫冷，他們在對社會罪惡進行一針見血的暴露上是可以媲美的。

但作為代言人，靡非斯特和十七世紀古典主義戲劇中那種沒有個性、只是作家觀點的傳聲筒的說教人物不同，他有鮮明的個性。靡非斯特形象因為來自神話傳說，因而不可避免地保留了一些幻想性質和魔氣，如他能騰雲駕霧，用魔法做到許多人所不能做到的事情就是。但在歌德的筆下，他與過去傳說中的魔鬼已有了顯著的不同，他顯得神氣活現，非常機智靈活，觀察事物極其敏銳。在和浮士德的關係上，他能細膩地體察出浮士德思想感情的細致活動，從而在浮士德的自我鬥爭的緊要關口，牢牢地抓住傾向於自己的一面，使浮士德的自我鬥爭屢遭失敗（如「林窟」一場就是突出的例子）；在「紫禁城」一場中，他掌握了統治者愛好虛榮的特點，以一通歌功頌德之辭作為見面禮，萍水相逢，輕而易舉地就取得了皇帝的寵信；同時，他還摸透了那些王公大臣們酷愛金錢的心理，以謊言來揶揄捉弄他們；他在對風流寡婦瑪爾特的玩弄中，又表現出是一個來往於花街柳巷的老手。總之，在所有這一切活動中，靡非斯特已完全脫開魔氣，而成為一個活靈活現的、令人信服的當代現實生活中的人物。就其機敏、善於鑽營、逢迎、流里流氣、玩世不恭、否定一切等性格來看，他完全是一個資產階級浪蕩人物。他是隨著資本主義原始積累以來，在社會生活中出現的那種極端個人主義者的典型。

瓦格納和學士形象

對於瓦格納和學士這兩個形象，幾十年來有的學者所持的觀點，也是有商榷的餘地的。瓦格納形象，在《浮士德》中是作為對襯人物而被表現和處理的。而且這種對襯並不像有的同志所斷定的那樣，只表現在第一部中，第二部裏就已經起了本質的變化。我認為，這個形象始終是個反面人物，對襯下，使浮士德形象更為突出。

詩劇一開始，浮士德和瓦格納就是兩個絕然不同的人物，區別極為明顯。浮士德在那中世紀蒙昧主義的學者生涯裏深感自己「背棄了……自然」，因而「中宵倚案，煩惱齊天」；而瓦格納卻完全安於成年累月埋藏在「羊皮古書」堆裏，用「貪婪的兩手向著寶藏深挖，挖出一條蚯蚓也快活無限」！「從此書飛到彼書，從此章飛到彼章」，是他全部的生活內容和精神樂趣。這種中世紀經院式的書獃子典型，決定了他和廣大人民活躍的生活格格不入。當他陪伴浮士德去到大自然和群衆中，浮士德為美好大自然景色和人民歡樂所激動而和人們一道感到「這兒我是一個人，我敢是一個」！可是，在同樣情況下，瓦格納對人民的風習、音樂、歡樂卻極為厭惡：

博士先生，我同你一道散步，
眞是光榮，眞是有多少好處；
不過我一個人是不會到此逍遙，
因爲我是不喜歡一切的粗暴。
那胡琴、吶喊、九柱戲的鬧爭，
那在我是最難聽的一種聲音：
他們鬧得來就像是著了魔，
他們説這是快樂，這是唱歌。（第二部，四七頁）

在瓦格納的這段話裏，非常突出地表現了他和人民生活的對立。歌德就是要通過他對人民生活的這種消極態度，來批判那種脱離現實，從事於利己主義的鑽研的人生；同時，也以他灰溜溜的生活態度和浮士德的要求活動、積極向上的人生相對照，從而突出和讚美後者。

至於詩劇第二部中的瓦格納，有的同志認為，隨著時代的進步，他已代表了一種社會的新生力量，不再是一個一味迷信古代經典的冬烘學究，而正在一個玻璃管裏試驗造人了。不僅為此，並且認為這一工作正表示了近代科學的發展，人類嘗試掌握自然規律，用理智來揭露自然秘密的信念。這種論斷，不是根據作品的實際，而是主觀的臆想，是很難使人同意的。

詩劇第二部第二幕中的一、二兩場的任務之一是作者對瓦格納和學士這兩個人物的最後交代。在歌德對瓦格納的最後交代中，不是頌揚仍為批判與否定。這只要聽聽瓦格納的學生介紹他的老師時所作的描繪就可以得到說明：

呵，他的規矩是過於謹嚴，
我不知道好不好前去冒犯。
他爲偉大的工作久已閉關，
幾個月中過著極靜的鑽研。
他是最孱弱的一位學者，
臉色竟和燒炭夫一般，
從耳根烏黑到鼻準，
眼睛已爲吹火燒爛，
刻刻都在喘氣連天，
火鉗的聲音在演奏中作伴。（第二部，一〇七頁）

在這一段述說中，誰能體會到一絲對「新生力量」的讚美之意？相反，諷刺之音卻是溢於言表的。不僅為此，歌德對瓦格納的「鑽研」實際上也是否定的。不錯，瓦格納已從「羊皮古書」堆裏走了出來，但是根本不是從事什麼表示近代科學的發展、人類嘗試掌握自然規律、用理智來揭露自然秘密的信念的工作。他只是從一個一味迷信古代經典的冬烘學究，變成了一個中世紀術士，依照騙人的「煉金術」的處方，「調合幾百種元素」，在做著稀奇古怪的「人造人」的實驗。盡人皆知，這種實驗，難道真能掌握自然規律、揭露自然的秘密嗎？如果近代科學的發展真的遵循瓦格納所走的道路，那會，人類的未來，那會太令人難堪！而且，歌德對瓦格納的這種實驗不是沒有表態的。在作者筆下，瓦格納雖然費了九牛二虎之力造出一個「人造人」何蒙古魯士(值得注意的是，靡非斯特參與了瓦格納的造人實驗)來，但它卻始終只能是個胎兒形的小仔子，被封閉在曲頸玻璃瓶裏，既出不來，也發育不了，最後，在美神迦拉德亞腳邊，在一陣火光中化為烏有。

從上述歌德對瓦格納形象的刻劃以及最後的處理，可以看出詩人的態度始終是批判和否定的。如果結合十八世紀後期的德國社會現實，瓦格納這一形象，絕不是個別的、偶然的存在，絕不是出自作家幻想。因為像瓦格納這一類學究之流，在當時德國各大學裏處處都找得到。這些人，正是那些書齋裏的學者的典型。而這類「學者」，也正是歌德為首的「狂飆運動」的青年文學家最喜歡諷刺的對象。但有一點需加說明。即歌德對瓦格納的批判與否定，絕不能認為這是詩人對於真正科學的懷疑與否定。歌德本人是個學識淵博的學者和很有成就的科學家，他在動植物形態學、礦物學和光學等領域都有過深刻的研究。正是在這種科學研究中，他基本上掌握了自然界是在相互聯繫中不斷發展的客觀規律，從而加強了他世界觀的唯物主義因素。因此，根本不必懷疑詩人會對那種以客觀事物為對象的腳踏實地的科學研究提出非難。

對於那個在詩劇第一部中還是一個尋師訪道的毛頭學生，第二部裏卻變成了學士的青年，有的同志也認為他已從陳腐的舊思想裏解放出來，並說歌德的主觀意圖是要通過他表示青年一代的意識覺醒和堅強的自信心，以及他以創造新世界自任的自豪感，是一種社會的新生力量。我覺得如果根據歌德的言論、劇中的具體描寫並結合當時的社會進行考察，可以肯定，這種理解是不符合實際的。

這個青年，前後對比起來，的確變化不小。從前，在化裝成為浮士德的靡非斯特面前，他還是個唯命是聽、一無所知的毛孩子，而在第二部裏，卻成了一個自有主見的學士，並且還把過去稱之為「老師」的人，口若懸河地大膽地教訓了一通。這種變化，的確驚人。但是，我們在承認隨著時代的變化，人也起著變化的前提下，卻不應該忽視這樣的事實。即隨著時代變化的過程中，有的順乎歷史的潮流，走著正道，變好了；也有些人，逆時代潮流而動，走入歧途，最後變壞了。這種情況，不論老年、青年，歷史上是大有人在的。這個由一無所知一變而為目空一切的學士形象，是屬於上述兩種人的後者之列的。這斷言，是以歌德言論、劇中描述的事實為根據，並把它和歌德時代的現實聯繫起來而得出的結論。

關於這個學士，歌德講過這樣一段話：「我在他身上擬人化了青年所特有之傲慢的自負性，……在青年時，各個都相信世界是由他們開始，一切都為他們而設的。」這段話裏，說能看出詩人是有意要藉這個青年來表現社會的新生力量，實在是使人難於理解了；相反，批判和諷刺之意倒是很清楚的。

十八世紀末和十九世紀初期，正是德國著名哲學家費希特的主觀唯心主義哲學最時興的時候。費希特哲學最突出特點是把絕對的「自我」視為哲學的出發點，「自我」創造客觀世界及其一切規律。詩劇中的學士正是這種主觀唯心主義時髦哲學的崇拜者和實踐者。這個學士從絕對的「自我」出發，否定前人創造的一切知識，認為「凡前人所知道的一點，根本就無須乎知道，不值一錢。」（第二部，一一一頁）至於人類在歷史發展過程中所積累起來的各種經驗，他認為和「靈性比較相差太遠」，因而一概都得視為「泡沫與雲煙」（同上）。對於一個主觀唯心主義者，學士下面一段自白是最典型的：

在我創造之前，世界原未生成，
是我把太陽從海裏引出，
月亮的盈虧和我一道發軔，
春和秋裝飾著我的道路，
大地青青，群花向我歡迎。
在最初的一夜，由我一瞬，

一切星星發出燦爛的光明。
從庸俗的褊狹的思想把你們解放，
除我而外還有誰的力量？（第二部，一一三頁）

這就是說，太陽的升落、月亮的盈虧、星星的發光、時序的變化、大自然的存在以及整個人類的命運，全決定於這位學士的「內在的」「心聲」。他有多麼巨大的指揮日月、扭轉乾坤的本領！學士的這種觀點，正好是費希特的唯意志論的思想反映。他的把客觀世界的一切都歸之於「自我」意志的創造，正是費希特的絕對的「自我」從自身創造出世界及其規律的觀點。而學士提出的治世之道「弱者跌倒，而強者走上前頭」，也正是費希特所宣傳的日耳曼民族高於其他一切民族的強盜哲學的反映。

依據上述分析，學士不但不能代表意識覺醒和堅強自信心以及他以創造新世界自任的自豪感和社會的新生力量，相反，他發展的結果正表明了靡非斯特在浮士德身上的失敗，卻在這個學士身上取得了勝利。這個費希特的忠實信徒可悲地證明了靡非斯特對人的「理智」的估計——「這天光人稱為『理智』而專有，只弄得比禽獸還要禽獸」——至少在部分人身上是正確的。

《浮士德》的創作過程，貫穿歌德長達六十年的創作生涯的始終，是作家畢生思想和藝術探索的總結，因此，無論其內容和藝術上的成就都是值得我們深入研究的。今天在詩人誕生二百三十周年之際，僅就幾個人物談談個人的想法。這些，可能都是一孔之見，希望同志們指正。

論十八世紀末十九世紀初歐洲浪漫主義文學潮流

在歐洲文學史上，浪漫主義本來古已有之，溯源可上達古希臘神話。但作為自覺的創作方法，並形成為統治一個歷史時期的文學思潮，則是十八世紀末和十九世紀初期的事情。幾十年來，在我們的外國文學教學和研究工作中，不少人對這個思潮的看法逐漸趨向一致，這就是認為這一潮流中存在著相互對立的兩種傾向，即平常所說的積極（或曰革命、資產階級）浪漫主義和消極（或曰反動、貴族）浪漫主義。這自然不是說，我們對屬於兩種傾向中的作家及其創作都有了全面的、細致的、深入的研究，而只是根據他們創作的整體傾向所作的劃分。但是，最近這些年，關於這一問題又出現了新的情況，即取消「積極」、「消極」的提法，包括新出版的《百科全書》都是這麼做的。這種情況如何產生的？似乎有內、外雙重的原因。從國內看，這是過去一些「極左」作法的反彈。在相當長的一段時期裏，對於劃入「積極」一邊的作家，總的講，尺度寬了些，有的甚至不適當地被拔高了；對於劃入「消極」一邊的，則往往不去做深入具體研究，只滿足於做政治評判，一古腦兒全面否定。然而實際上，不論哪一類作家，其情況都是比較複雜的。如果針對各自不同的情況進行具體的深入的研究，這不僅是今天的需要，而且也是今後一個長時期的任務。但這並不是非要取消基本劃分不可，特別是並非一定要來個大顛倒，似乎只有讓消極派和積極派平起平坐，甚至認定各方面後者遠遠不如前者，方算翻案文章做得徹底。這種作法的出現，恐怕外來影響是起了作用的。西方文學史上，從十九世紀中葉，直到當前，都有一些文學史家、文藝評論家故意不談積極浪漫主義和消極浪漫主義的差別，而在具體論述作家時，卻一貶一褒，態度十分鮮明。如說「雪萊的主張，有很多徒然使得當今人們心目中的浪漫主義詩學聲名狼藉；關於預言的誇張之詞；對靈感的充分信賴；對不過是仁慈與愛的傳播的感傷性與烏托邦式的理想化。」對比之下，他們說：「作為哲學家與文藝批評家，柯勒律治的聲望今天越來越高。」並把他和亞里斯多德並駕齊驅，同為「最偉大的批評家」①。他們這樣做的後果是，在掩蓋消極浪漫主義作品於全歐反動時代中所起的惡劣作用的同時，貶低甚至否定積極浪漫主義作品在反暴君和揭露批判現實罪惡的鬥爭中，以及它在民族、民主解放運動中的革命意義。最後，混淆了是非，抹殺了二者的差異，從而抬高了消極浪漫主義，貶低了積極浪漫主義。在這種外來影響面前，如何加強我們自己的思考，是很有必要的。

關於兩種不同傾向的浪漫主義，不少名家提出過看法，高爾基也發表過極富特徵的意見。這些，我們暫且不談。我們現在是在研究歷史上曾經發生過的文學現象，尊重歷史，這是起碼的要求。那麼直接參加當時這一思潮的作家是怎麼認識這一問題的？在德國，歌德在他的《談話錄》中就一再針對德國的消極浪漫主義文學發表過自己的看法：「我把『古典的』叫做『健康的』，把『浪漫的』叫做『病態的』」；「最近一些作品之所以是浪漫的，並不是因為新，而是因為病態，軟弱。」尤為明顯地是英國浪漫主義潮流中兩派的鬥爭。騷塞咒罵拜倫為「惡魔派」，並把他當成這派的「首領」。他把拜倫判決為英國的「宗教制度和家庭道德的敵人」，並要把「他的名字釘在絞刑架上」。拜倫在《在審判的幻景》、《唐璜》等作品中，雖把攻擊的矛頭主要指向騷塞，但也沒有輕饒柯勒律治、華茲華斯，痛斥他們「由於長期的隱居，死守住自己的一夥，變得愈來愈狹隘」。雪萊在《致華茲華斯》中也曾為華茲華斯背棄進步，轉向保守而深感惋惜和「憂傷」。十九世紀二〇年代中期以後，雨果的社會政治立場和創作的思想傾向，和夏多布里盎等消極浪漫主義作家相比較，也是壁壘分明的。如果我們今天硬要把這些古人拉在一起，讓他們承認是一條戰壕裏的戰友，彼此握手言歡，大概是做不到的。

問題是十九世紀中期以來，文學史上為什麼在評價這一文藝思潮時反覆出現分歧？這除了文藝研究必然會反映社會鬥爭的原因外，也包括這一思潮本身的因素。這就是不同浪漫主義作家在對待現實和傳統的態度上，在創作思想和風格上的確具有一些共同點。據此，一些人確認浪漫主義是一個「統一的潮流」；而另一些人則認為，現象、形式上的某些一致，不應該、也不可能掩蓋二者質上的不同。我覺得，依據作家的言論和創作，對一些問題進行一番具體探索和分析，這在當前仍不能說是多餘的工作。

首先，不同傾向的浪漫主義，有著不同的社會根源，具有不同的階級基礎，因而有著不同的社會政治傾向。

浪漫主義文藝思潮出現在十八世紀末和十九世紀前期，絕非偶然現象。這時期，正是西歐封建制度動搖崩潰，資本主義制度剛剛取得勝利，並且正在走向鞏固的時期。這時期開端時，英國的產業革命已經完成，並且爆發了震驚全歐的法國大革命。這場大革命是第一次真正把鬥爭進行到底，直到使交戰的一方即貴族完全被消滅而另一方即資產階級獲得完全勝利的起義。它不僅為法國資本主義的發展鋪平了道路，而且沈重地打擊了整個歐洲的封建體系，影響了歐洲許多地區民族解放運動和民主革命運動的發展。

可是，英國產業革命和法國大革命給社會上大多數人帶來的不是幸福、安寧，而是失望和不滿。十八世紀那批資產階級領路人——啟蒙思想家所大肆宣揚的「理性王國」，到頭來卻只是理想化了的資產階級統治；那種農奴制度及其殘餘一經廢除就會有普遍幸福的嚮往，在現實中變成了公開無恥的現金統治。這種現實和啟蒙學者的華美約言比起來，由理性的勝利建立起來的社會制度竟是一幅令人極度失望的諷刺畫。特別是，富有和貧窮的對立並沒有在普遍的幸福中得到解決，反而由於溝通這種對立的行會特權和其他特權的廢除，由於緩和這種對立的教會慈善設施的取消而更加尖銳化了；工業在資本主義基礎上的迅速發展，使勞動群衆的貧窮和困苦成了社會的生存條件。這種現實，再加上無產階級尚處於不成熟時期，所以，就自然地產生了反映和反對這種社會不平但無法改變它的空想社會主義學說。不過，在十九世紀的頭三十年，由於資本主義制度處在剛剛勝利和走向鞏固的時期，因此，社會的主要矛盾，就整個西歐來說，仍是資產階級與封建階級之間的矛盾。圍繞在「神聖同盟」周圍的封建政府與資產階級所領導的人民大衆之間的鬥爭，暫時將勞資間的政治、經濟矛盾排擠到歷史舞台的後邊去了。

英國產業革命後，特別是法國大革命之後，社會上不同階級、階層的人都對現實感到不滿。浪漫主義就是在文學、藝術、科學、哲學、經濟等各個領域中這種不滿情緒的一種表現形式。對於法國革命以及與之相聯繫的啟蒙時代的第一個反響是很自然的：一切都塗上了中世紀的色彩，一切都顯出了浪漫的樣式；第二個反響是越過中世紀去看每一民族的原始時代，這和社會主義思潮是相適應的，雖然這些學者絕沒有想到自己同它的聯繫。這既說明了浪漫主義產生的社會條件，也揭示了兩種「反響」的不同階級基礎和不同的社會政治思想傾向。

浪漫主義是對法國革命以及與之相聯繫的啟蒙時代的反響，這種反響顯示出不同階級、階層的人們的情緒和態度。構成第一個反響的大部分是代表著失去了政治、經濟統治地位的貴族和部分由於資本主義的發展而遭到破產的小資產階級對革命的不滿和反抗。這種思想情緒是消極浪漫主義形成的階級基礎。十八世紀末，德國正處於封建割據，資本主義發展緩慢，資產階級依附於貴族，現實中就連人民中最優秀最聰明的人物也喪失了對於德國前途的一切希望的時候。所以一七八九年的法國革命像一聲霹靂，震撼了處於一團糟的德國社會，貴族階級立即成為歐洲反對法國革命的先鋒。在哲學方面，康德、費希特、謝林和黑格爾的唯心主義哲學是德國貴族階級反對法國大革命的重要組成部分。而和這種唯心主義哲學緊密聯繫著的消極浪漫主義的勢力，也是極為強大的。十八世紀九〇年代中期以史雷格爾兄弟、諾瓦利斯、梯克為代表的「耶那派」，一八〇五年以阿寧、克萊斯特、布倫塔諾等為代表的「海德堡派」，以及維也納會議後的霍夫曼，基本上都是一脈相承的消極浪漫主義作家。這些人中，有的雖在法國革命初期對革命表示過讚揚，但隨著革命的深入，他們被革命行動嚇呆了，隨即變成革命的最凶猛的仇敵，依附貴族階級陣容，支持君主專制、封建秩序和教會的統治，按別林斯基的話說，就是「用盡他們所有的力量，忙著要在新世界裏恢復中世紀的生活方式」。以夏多布里盎、維尼、拉馬丁等為代表的法國消極浪漫主義，也是在十八世紀九〇年代亦已開始形成，它是貴族階級對一七九三年革命反擊的產物。夏多布里盎政治上的反動，使他成為復辟王朝的外交部長，也是他和若瑟夫・德・邁斯特、波納爾等消極浪漫主義作家成為極端保王黨中的活躍分子的基礎。斯丹達爾對於夏多布里盎在復辟時期的活動作過這樣的評價：「夏多布里盎這幾年就是施展他的才華，以求把十九世紀的法國人改變成十七世紀君主制的忠實臣民。」拉馬丁是「波旁王朝的桂冠詩人」，他在《加冕禮曲》中把查理十世捧為「法國幸福的曙光」；維尼也是貴族社會倍受讚賞的人物。十八世紀九〇年代，英國對抗法國革命和啟蒙主義思想的消極浪漫主義也已產生，其代表就是「湖畔派」詩人華兹華斯、柯勒律治、騷塞。這幾個人對法國革命都曾產生過同情，但面對九三雅各賓專政，很快變成了共和國的反對者。這種政治立場，自然不會不得到英國反動政府的賞識，華兹華斯、騷塞先後獲得「英國桂冠詩人」的稱號，這是英國反動派為他們反對大革命，為貴族復辟勢力服務和為神聖同盟效勞而給予的賜賞。

上述這些作家，由於他們在政治上和歐洲封建貴族基本上站在一個立場，這就決定了他們創作的基本傾向——極力遏止革命思想的擴散，逆歷史潮流而動，企圖阻擋封建基礎的崩潰和消亡。因此，在這些作家的創作中，一切都塗上了中世紀的色彩，一切都顯出了浪漫的樣式，即或則把中世紀宗法制社會理想化，企圖恢復舊秩序的權威和教會的影響；或則以幻想式的夢想與現實對立，感嘆人生的無常，創造一些充滿悲觀、神秘主義氣氛的幻境，藉以逃避現實。英國「湖畔派」詩人聚集山地的湖區，不僅是由於他們溺愛湖畔的山光水色，更主要的是他們迷戀那兒尚未被工業革命衝擊還保存著宗法制的習俗和風尚。華兹華斯的長詩《邁克》就是讚美宗法制生活，號召回到中世紀去的代表作品。長詩歌頌一對富裕的老夫婦，他們勤勞持家，有一份田產，過著和平幸福的生活。後來為了管家創業把兒子送到倫敦。但兒子卻被城市文明腐蝕而墮落了，並為逃避刑罰逃往異國。於是這一對老人便在被遺棄的孤苦中痛苦地死去。這首長詩的思想傾向是極為明顯的，即資本主義城市是充滿了罪惡的使人墮落的深淵。怎麼辦呢？改造嗎？沒有勇氣，也不具備這種希望。於是，他號召回到中世紀去吧，宗法制的生活多麼和諧美好啊！柯勒律治的創作是以玄妙迷離，充滿神秘色彩著稱的。他的許多詩篇，特別是《古舟子咏》，明顯地體現了這個特點。《古舟子咏》記述的是一個老水手向別人講述自己的一次航海經歷。船駛出港口不久，老水手殘忍地殺死了一隻落在船頭的信天翁。這隻船因此遇到一連串的災難，船員們都死盡了，剩下他一個人受著口渴和良心的折磨，他開始明白了船員們死亡和自己遭受災難的原因，於是虔誠地禱告。禱告靈應了，船在一種神秘力量的推動下駛向海岸，他也就得以死裏逃生。以後老水手須得不斷向人講述自己的罪過，方能得到贖罪。這首詩的思想是十分反動的，這就是說，世界是由一種不可知的神秘力量支配的。人必須毫無怨言地服從那不可知的上帝的旨意，反抗只能帶來巨大的災禍。對騷塞創作中美化中世紀封建制度的傾向，別林斯基曾經用反語這樣諷刺地寫道：「封建時代真是個極好的時代！在那時任何美德立刻得到獎勵，任何罪行立刻得到懲罰。」類似上面那樣一些思想內容的作品，在法國和德國的消極浪漫主義作家的筆下也大批存在。夏多布里盎的《基督教真諦》是貴族階級在意識形態領域中反攻倒算的一部重要作品。它為復活教會和恢復天主教的權威進行了巧妙的宣傳，為神秘主義和教權主義思想泛濫推波作浪。《阿達拉》和《勒內》是作為例證而被收進這部論著性作品的兩個中、短篇小說。在這兩篇作品中，夏多布里盎極力宣揚人世的苦難，生命的無常，最後落實到歌頌基督教上。少女阿達拉由於愛上了一個異教徒而使自己陷於愛情和對上帝的信仰的矛盾之中，最後她犧牲了愛情，成全了母親要求她寧死也不要背叛天主的誓願，從而歌頌了為了宗教信仰，為了上帝而獻身的精神。沙克達斯雖然因為宗教信仰奪走了自己的愛人，因而詛咒過上帝的殘忍，但最後還是在神甫和愛人的遺言——「如果你是愛我的，那你就信仰基督教，將來同我會合」的啟導下，與基督教和解，改信了基督教。夏多布里盎以此來謳歌基督教的精神感召力量。這種思想，也表現在神甫奧布里的塑造上。他初來美洲時，印地安人切掉了他的手指，但通過幾十年艱苦的樂善好施、救人於苦難之中的傳教生活，終於使「印地安人在宗教感召下文明起來」，人們親他如同父母，敬他勝似神祇，對他競相攙扶和親吻。從上面這幾個人物的配置與安排中，那種只有基督教才是人類文明的歸宿的主題，被表達得多麼明顯。整個小說瀰漫著濃烈的宗教色彩。短篇小說《勒內》的主人公，他在憂鬱、孤獨中度過自己的童年。成年後深感人生無常，只好漂洋過海到美洲原始森林中去尋找安慰，最後也在宗教裏找到了應該遵循的「法則」。難怪當時就有人說：「夏多布里盎在一八〇三年左右使得天主時髦了起來。」拉馬丁的創作則充滿了沒落貴族感傷的沈思，悲觀絕望的思緒和朦朧的宗教氣氛。維尼的詩歌也突出地反映了貴族的沒落情緒，他說過：「我們不過是這個可悲世界的陰影」，「我們可能信仰的惟有苦悶與死亡。」德國消極浪漫主義作家反對啟蒙運動和啟蒙哲學，拿美化了的中世紀和現實對立，這是他們的共同特徵。其中特別是諾瓦利斯，他對啟蒙運動和法國革命懷著深深的仇恨，極力主張封建社會復辟和恢復天主教的勢力，並把這種歷史倒退叫做「回家」。他沈溺於死和神秘的境界裏，用詩歌美化黑夜和死亡。他的《夜的頌歌》是對死的讚美，生的否定。

由此看來，上述這些作家，他們作為沒落貴族階級情緒的代言人，都是屬於高爾基指出的「兩種完全不同的傾向」的浪漫主義中的消極浪漫主義行列。他們進行創作無非是要達到這樣的目的：「或者粉飾現實，想使人和現實相妥協；或者就使人逃避現實，墮入到自己內心世界的無益的深淵中去，墮入到『人生的命運之謎』、愛和死等思想中去──墮入到不能用『思辨』、直觀的方法來解決，而只有由科學來解決的謎之中去。」②這就是消極浪漫主義者反對現實的思想出發點，也是他們所強調的主觀的本質。

面對當時的現實而產生的第二個反響，則是資產階級和小資產階級民主派對法國革命後現實的不滿與反抗。它和資產階級民主運動、民族解放運動聯繫在一起，這是積極浪漫主義形成和發展的階級基礎。面對著「理性王國」竟是一幅令人極度失望的諷刺畫的現實，英國以拜倫、雪萊為代表的積極浪漫主義在十九世紀初期就已形成了。以雨果為旗幟的法國積極浪漫主義運動是在復辟王朝時期所掀起的廣泛的民主運動的條件下興起的。在德國，由於封建貴族勢力強大，消極浪漫主義勢力極為囂張，所以積極浪漫主義發展緩慢，勢力較之英、法也遠為弱小。十九世紀初期可以以侯德林、列希特為代表，海涅作為一個積極浪漫主義作家，在十九世紀二〇年代才登上文壇。和消極浪漫主義作家不同，積極浪漫主義作家不滿現實，卻並不希望回復到中世紀，而是越過中世紀去看每一民族的原始時代，即嚮往人類社會初期的那種自由、平等，沒有剝削與壓迫的社會，因此它是和空想社會主義聯繫在一起的。積極浪漫主義者夢想一個美好的未來，夢想改造社會和解放「全人類」。雪萊在他的《解放了的普羅米修斯》中就曾描繪了這樣一個美好的社會：

許許多多的皇座上都沒有了皇帝，
大家一同走路，簡直像神仙一樣。
他們不再互相諂媚，也不再互相殘害，
人們的臉上不再顯示著仇恨，
輕蔑、恐懼，不再像地獄門前銘刻著：
「入此門者，務必斷絕一切希望！」
……
人類從此不再有皇權統治，無拘無束，
自由自在；人類從此一律平等，
沒有階級、民族和國家的區別；
也不再需要畏怕、崇拜、分別高低；

每個人都是管理他自己的皇帝，
每個人都是公平、溫柔和聰明。

作為積極浪漫主義作家，他們不滿現實，卻不是像消極浪漫主義家那樣妥協或逃避，而是正視現實，勇於反抗，號召鬥爭。拜倫曾在《抒情小詩》中這樣寫道：

一個人在家裏沒有自由可以爭取，
那麼就去爲鄰居的自由戰鬥吧！
你可以回憶一下光榮的希臘和羅馬，
爲了它們腦袋叫人家打破也可以。

他向人們指出：

世世代代做奴隸的人們！你們知否，
誰要獲得解放，就必須自己動手，
必須舉起自己的右手，才能戰勝！
高盧人或莫斯科人豈會對你們公正？
不！他們固然會打敗你們的暴君，
但你們仍然不會獲得那神聖的自由！（《恰爾德・哈羅爾德遊記》第二章，第七十六節）

雪萊不僅真誠地同情人民群衆，而且要求人民起來反抗。他熱情洋溢地寫道：

英國人民呵，何必爲地主而耕？
他們一直把你們當作賤種！
何必爲你們的昏暴的君主
辛勤地紡織他豪富的衣裳？

何必把那些忘恩負義的懶蟲，
從搖籃到墳墓都好好供奉？
吃飯、穿衣、救命，一古腦兒承擔，
而他們卻要搾盡你們的血汗！

爲什麼，英國的工蜂呵，要熔鍛
那麼多武器、鎖鏈和鋼鞭，
因而使無刺的雄蜂便於刼奪
你們被迫勞動而得的收穫？
你們可有閒暇、舒適和平靜？

可有住宅、食糧、愛情的溫存？
不然，你們整天在痛苦和害怕，
究竟爲什麼要付這麼高的代價？

你們播的種子，別人拿收成；
你們找到的財富，別人留存；
你們織的衣袍，別人穿戴；
你們鑄的武器，別人取過來。

播種吧——但別讓暴君搜刮；
尋找財富吧——別讓騙子起家；
紡織吧——可別爲懶人織棉衣；
鑄武器吧——保護你們自己。（《給英國人民的歌》，《雪萊抒情詩選》，五七～五八頁）

而拜倫也曾這樣激憤地高呼：

——只要可能，連街上的石頭，
我也要叫他們來反抗暴君！
絕不讓人說：「我們還向寶座低頭。」（《唐璜》第十一章，第一三五節）

一派積極浪漫主義詩人對於人民要自由、求生存的殊死決鬥，無不給以無限的同情和熱烈的歌頌。拜倫為英國、西班牙、意大利、希臘人民反對本國統治者或外國侵略者的鬥爭，耗盡了自己全部心血、財產，最後獻出了生命。拜倫筆下的西班牙女英雄奧古斯丁娜形象，乃是人民英雄的典型，至今仍活在各民族人民的心中。乞丐王國的群衆圍攻封建主義的象徵——巴黎聖母院的場面，在雨果筆下被描繪得多麼壯烈。《悲慘世界》中復現了一八三二年巴黎的六月起義情景：起義者前仆後繼，視死如歸；街頭流浪兒伽弗洛什為革命戰士收積槍枝彈藥而獻出生命；八十高齡的老公馬白夫為了重新豎起被敵人排槍打倒的紅旗，冒著槍林彈雨爬上了街堡；他綴滿彈孔和血跡斑斑的衣裳成了引導戰士們奮進的紅旗。

改變現實，只有鬥爭。而鬥爭的勝利絕不是輕易取得的。但一派積極浪漫主義卻沒有因此而失去信心，喪失鬥志。他們說：

但自由呵，你的旗幟雖破而仍飄揚天空，
招展著，就像雷雨似地迎接狂風；
你的號角雖已中斷，餘音漸漸低沈，
依然是暴風雨後最嘹亮的聲音。
你的樹木失了花朵，樹幹遍體鱗傷，
受了斧鉞的摧殘，似乎沒有多大希望，

但樹漿保存著；而種籽已深深入土，
甚至已傳播到那北國的土地上，
一個較好的春天會帶來不那麼苦的瓜果。
（《恰爾德·哈羅爾德遊記》第四章，第九十八節）

而人們惋惜他死在二十九歲的雪萊，在為改變現實而號召鬥爭時，更是充滿了樂觀主義精神的。在著名的《西風頌》一詩中，詩人並不為秋天西風的來臨而悲哀恐懼。在他看來，冬天雖然會使宇宙萬物凋零，帶來一片蕭瑟景象，但這同時，新的東西也在醞釀成長，所以他在詩裏充滿了革命樂觀情緒地寫道：

西風呵！
要是冬天已經來到，春天怎會遙遠？

在《悲慘世界》中，當起義即將失敗，個人也即將獻身之際，共和主義者安灼拉昂首挺胸站在街堡上，令人鼓舞地說到未來：「公民們！十九世紀是偉大的，但二十世紀將是幸福的。那時什麼都將不同於以往的歷史……朋友們！我們所生活的和跟你們說話的時刻是黑暗的時刻，但是我們是為了未來付出這個可怕的代價的。革命——就是我們為了這個光明未來所必須繳納的通行稅。」

當然，我們必須承認，積極浪漫主義和消極浪漫主義一樣，也採用古代的題材和形象，但這只是形式上的一致。積極浪漫主義不像消極浪漫主義那樣迷戀過去，號召回到過去，而是借用過去的題材和形象來批判現實，激勵鬥爭。這一點，拜倫、雪萊、雨果的這類作品都是具體的例證。拜倫在《恰爾德・哈羅爾德遊記》中，面對著被土耳其蹂躪的悲慘的希臘現實，充滿著懷古悲今之情寫下了這樣的動人詩章：

美的希臘！光榮的殘跡，使人心傷！
逝去了，但是不朽；偉大，雖已消亡！
有誰來領導你一盤散沙似的後裔，
起來掙脫那久已習慣了的束縛呢？
在早先，你的兒子卻並不如此。
他們是視死如歸的勇敢的青年人，
死守德摩比利隘道，哪怕堆滿死屍。
……
現在不是三十個暴君在蹂躪它，
卻是無論哪一個都能把它作踐！
但你的子孫還不奮起，只是空口咒罵，

他們在土耳其的皮鞭下呻吟得可憐，
只好做一輩子的奴隸；言行都一樣卑賤。
（《恰爾德·哈羅爾德遊記》第二章，第七十三至七十四節）

在這裏，詩人的懷古，絕不是復古主義，而是哀希臘之不幸，怒希臘之不爭。正如魯迅所指出的：「詩人惋惜悲慘，往往見於屏章。懷前古之光榮，哀後人之震落。或以斥責，或以激勵，思使之攘突厥而復興，更睍往日耀燦莊嚴之希臘。」③正因為如此，詩人在「斥責」希臘人們不振奮起來反抗侵略者之後，就緊接著發出號召，指出國家民族的自由獨立，只有依靠自己的鬥爭，依靠自己的雙手才能取得。

由此可以看出，作為當時資產階級、小資產階級民主派的代言人，並且在一定程度上也表現了人民願望、情緒的積極浪漫主義，和消極浪漫主義相反，是「企圖加強人的生活的意志，喚起他心中對於現實、對於現實的一切壓迫的反抗心」④。即「幫助激起對於現實的革命態度，實際地改變世界的態度」⑤。這也就是積極浪漫主義所強調的主觀本質，是它賴以反抗現實的思想出發點；與消極浪漫主義相對照，區別是十分明顯的。

其次，對於兩種不同傾向的浪漫主義各自擁有不同的社會根源、階級基礎，因而各自有自己的政治立場和思想傾向，這還容易被人承認。但在創作方法上是否也不相同呢？對這個問題，人們的回答卻不一定都是肯定的。

所謂創作方法，就是在特定的世界觀指導之下，從客觀現實出發，作家認識、選擇和概括生活現象，構造藝術形象，從而反映生活真實的基本法則。如果從這樣的角度來進行考查，就會發現兩種不同傾向的浪漫主義在創作方法上也是不同的。

關於「浪漫主義底定義」。高爾基曾經這樣講過：「雖然一向有好幾個，但是一切文學史家都承認的完全的定義，現在還不曾有，還沒有完成。」⑥這話說的的確是事實。然而，高爾基本人在比較現實主義和積極浪漫主義時對後者所作的說明，卻是很有特色和富有啟發意義的。

關於積極浪漫主義和現實主義兩種創作方法之間的異同，高爾基有一段精湛的說明。他寫道：「從既定的現實底總體中抽出它的基本的意義，而且用形象體現出來——這樣我們就有了現實主義。但是，如果在從既定的現實中所抽出的意義上面再加上——依據假想底邏輯加以推想——所願望的、所可能的東西，這樣來補充形象，那末我們就有了浪漫主義。這種浪漫主義……是十分有益的，因為它幫助激起對於現實的革命態度，實際地改變世界的態度。」⑦（由於消極浪漫主義根本不能「幫助激起對於現實的革命態度，實際地改變世界的態度」，因此，它不能被包括在這段話裏的浪漫主義概念之內。）在這段話裏，高爾基明確指出，現實主義和浪漫主義有一個基本共同點，即都是紮根在「從既定的現實底總體中抽出它的基本的意義」的基礎之上的。即它們都是依據人的社會真實性格、思想感情來塑造人物形象反映生活的。這個共同基礎，決定了它們成為文學史上平行發展的兩種先進的創作方法，也決定了它們製作出來的作品具有不朽的生命力。但它們同時又是兩種不同的創作方法。它們之間的差異在於浪漫主義還必然在這一共同基礎上「依據假想底邏輯加以推想」，「再加上」「所願望的、所可能的東西」，「來補充形象」。正是在這個「推想」和「補充」的過程，作者有了充分發揮主觀能動作用的自由。積極浪漫主義作家，他們展開幻想的翅膀，翱翔於廣闊的時空領域，用幻想的情節，誇張的形式，在虛構的環境中，塑造典型人物反映現實生活的真實⑧。這就使積極浪漫主義和現實主義之間產生了明顯的差別。現實主義由於要求要在具體的、歷史的社會生活的環境中，用真實的細節描寫典型形象，所以現實主義文學中，生活裏的一切事件和現象都以生活本身的樣式顯示出來。因此它不僅包含著現實的「神」，而且充滿著現實的「形」。而浪漫主義則由於運用了「假想底邏輯」，它的環境不是具體歷史的社會生活中的真實環境，多為異域他鄉，甚至是超現實的非人間的幻境。它的情節也大多曲折、離奇，充滿了偶合的因素。它在渲染環境，構造情節，描寫人物時又慣於採用極度誇張的藝術手法。因此，那些汲取自現實的事件和現象都不是以生活中原來的樣式呈現出來。拜倫的「東方敍事詩」，和雪萊的《解放了的普羅米修斯》等，都是屬於這類作品。這些作品，情節的幻想性質十分明顯，環境是深山幽谷或大海孤島等。而那些異域環境中的主人公，也不是現實生活中能夠常常見到的。但是，只要一對照現實，這些人物卻以巨大的概括力表現了當時西歐整個一代資產階級民主知識分子的精神性格特徵。這是由於這些作品是立足於「從既定的現實底總體中抽出它的基本的意義」的基礎之上，以社會中人的真實性格和思想感情為依據的。所以浪漫主義文學作品和現實生活儘管不像現實主義作品那樣「形似」，但卻也深藏著現實生活的「神」。這一點，和現實主義是完全一致的。正因為現實主義和浪漫主義具有這種最基本的共同基礎，這就使得它們可以互相結合，也可以在發展中互相轉化。因此，往往我們只能說有些作家基本上是屬於現實主義的，如巴爾扎克、斯丹達爾、狄更斯等；有些作家則基本上是屬於浪漫主義的，如拜倫、雪萊、雨果。我們很難鐵板釘釘地劃定誰是百分之百的現實主義者或浪漫主義者。正如高爾基所說的：「在講到像巴爾扎克、屠格涅夫、托爾斯泰、果戈理……這些古典作家時，我們就很難完全正確地說出，他們到底是浪漫主義者，還是現實主義者。在偉大的藝術家們身上，現實主義和浪漫主義時常好像是結合在一起的。」⑨

可是，消極浪漫主義卻完全是另一種情況。他們的創作根本不是植根於「既定的現實底的總體」之中，而完全是建立在主義幻想之上。他們借用浪漫主義手法，構造荒誕的情節、虛幻的環境和超脫塵世生活的人物，反映的不是現實生活的本質真實和社會發展的必然趨勢，而是逆時代潮流而動的思想感情。諾瓦利斯就把詩人和詩歌神聖化，認為詩僅次於宗教，詩人僅次於上帝。霍夫曼筆下的「熱情人」就是一群對社會上一切根本問題都漠不關心，妄圖忘卻現實生活，躲進幻想世界去的人物。夏多布里盎筆下的勒內，是個「世紀病」的感染者。他混跡人間，如同飄零於沙漠中的孤魂野鬼；在人類中他找不到一個「知心人」，並且「越來越討厭事物和人們」；他哀嘆「我孤零零，孤零零，活在人間」，以至於時常窺探「墳墓」。拉馬丁的創作中，更是飄溢著孤獨、虛無、悲觀、讚美死亡的思緒。他把人生看成為顛抖在狂暴的北風中的一片「枯葉」，「對時日一無所求」。他極端厭惡生活和人生，說「要是徵詢我的話，那我是要拒絕出生的」，所以覺得「我的最後一天，是我最美好的一天」。對照下，他對「死亡」卻另眼相看，極盡讚譽之能事，說它是來自天國的「解放者」，「卸下了人類苦難的重負」，「打開了一個更美好的世界」。總之，一派消極浪漫主義作家，他們不是把真實的生活作為自己創作的基礎，而是面對飛快發展著的資本主義現實，感到手足無措，全憑自己的好惡，從主觀主義的幻想出發，閉門造車地製造作品，藉此以發洩內心對於時代潮流的憎恨，阻擋歷史車輪的前進。這種浪漫主義文學，「帶著它的空想和神秘的傾向是不能激起想像，也是不能鼓勵思想的。與現實脫離、分開，它不是建立在形象底的說服性上面，而幾乎完全是建立在『文學底魔術』上面」⑩。

第三，在對待文學遺產，特別是對待古典主義文學遺產上，兩種不同傾向的浪漫主義在形式上也有相似之點，但實質卻仍然不同。

過去有這樣一種看法，即文學的浪漫主義潮流是對文學中的古典主義的一種全面徹底否定。我覺得這種說法過於籠統了，因而不是很確切的。古典主義發展到十八世紀後期，特別是在復辟王朝時代，由於它的唯心主義和世界主義原則，它的毫無生氣的教條主義和形式的雕琢，所以它不僅已經不能反映複雜的現實，而且實際上已變成了完全反動的文學流派。這情況在法國表現得最為突出。這樣，它就不得不成為當時進步作家抨擊的對象。但是古典主義作為一種文藝潮流，它在發展過程中，對於社會和文學的發展還是有過作用的。它對於歐洲民族國家的形成和統一是有積極意義的。在藝術上，它在心理刻劃、性格描寫、情節錘煉、布局結構等方面，對歐洲文學的發展，也有不容抹殺的貢獻。正因為如此，在反古典主義的鬥爭中，不同傾向的浪漫主義也各自採取了不同的態度。消極浪漫主義者打著要求創作「自由」、反對束縛、反對理性、崇尚感情的幌子，對古典主義傳統的一切方面加以否定。實質上，他們是在這個幌子下反對文學的社會功能和反映生活的作用。為他們的「為藝術而藝術」的理論製造社會輿論。德國消極浪漫主義理論家弗利德利希・史雷格爾就竭力宣揚「無所為而為的藝術」，反對「有所為而為的藝術」。他認為詩人的「自我」是詩歌創作的絕對規律，「詩人要任憑興之所至，不受任何狹隘的規律的約束」。霍夫曼提出「天才不受任何限制」。這些都是對文學與現實關係的否定，追求的是脫離現實的自由。而要求「藝術模仿自然」，文學應該有顯明的教育人、改造社會的功能，正是古典主義文學特別強調的美學原則。這原則也是被啟蒙文學繼承了，並且加以鞏固了的。積極浪漫主義者也要求創作自由，反對束縛，但目的是為了更好地反映現實生活。他們對古典主義的美學原則，有批判，也有繼承。拜倫、雪萊、雨果等積極浪漫主義作家不僅在言論上強調文學的社會功能，而且在他們的創作中都具體地肯定了文學認識現實、揭露現實、改造現實的積極作用。他們把自己的創作當作喚醒人們、鼓舞鬥爭的號角。拜倫對於古典主義的三一律還採取了辯證的態度，要求在自己的創作中從時間、空間壓縮動作，從而最大限度地表現社會的本質。雨果反對古典主義是和他當時思想上反君主專制的民主傾向分不開的。他反對古典主義肢解現實的片面觀點和繁多的法則，是由於他認為「天地之間，無一不可入藝術」。而生活本身原是一個整體，「醜就在美的旁邊，畸形靠近著優美」。他不曾反對過古典主義所強調的文學的社會性，相反，他公開宣揚，並且用自己的創作鞏固了它。對於古典主義三一律中的時間、地點的一致，他曾給予尖刻的抨擊。他認為故事發生的地點與故事的內容是密切關係的，不可分割的，所以他把地點視為「無聲的角色」。既然劇情發生的地點要與戲劇內容的氣氛相一致而不能硬性規定在一個地方，那麼劇情經過的時間則更不應該有所限制了：「對不同的事件竟然規定同樣長短的時間！對一切事物竟然用同一種尺度！如果一個鞋匠給大小不同的腳做同樣大小的鞋，豈不可笑。」雨果對三一律中的動作的一致性則不僅不反對，反而認為是應該保留的，因為它並不與生活真實相牴觸。「它是建立在心無二用這一事實上的，也就是說人的眼睛或人的思想都不能同時把握一個以上的事物。」不過雨果所謂的動作的一致性已包含了新的內容，所以與動作的簡單性並不是一個概念。古典主義的動作的一致性含意比較狹隘，是指一個劇本內除一個主要故事外，不得附加次要故事。而雨果則認為：「整體的一致在任何意義上並不排斥那些烘托主要情節的次要情節。只要這些部分巧妙地從屬於整體，始終歸向中心情節，……都圍繞著中心情節。」⑪這便是動作的一致性。

從上面的情況看來，兩種不同傾向的浪漫主義在對古典主義的鬥爭中顯然是站在不同的立足點上的，積極浪漫主義對於古典主義的鬥爭是有所取捨的。所以，說浪漫主義對古典主義是一次全面徹底的否定，是不太確切的。

第四，在浪漫主義潮流產生和發展過程中，曾掀起過一個重視民間文學的熱潮。浪漫主義作家一般都認為民間創作是作家創作的重要源泉，是一塊天然的寶石。這是由於這一時期廣泛的民主運動擴大了作家的視野，使他們開始注意到人民的創作與人民的生活是分不開的。但是兩種浪漫主義由於各自代表的階級以及思想傾向不同，因而在對待民間創作和人民的態度上也顯示出了明顯的差異。有的消極浪漫主義作家也重視民間文學，也描述人民的貧困生活，讚賞他們溫和、恭順、質樸、單純，但這和他們崇拜原始性，推崇直覺和非理性是緊密聯繫在一起的。他們對於民間文學中和人民身上那些能夠培養叛逆思想和反抗性格的因素竭力加以抹殺和歪曲；對比之下，對那些帶有濃厚封建色彩的品質，如忍耐、馴服、樂天知命、愚昧和迷信等，則熱情地加以歌頌，極盡美化的能事，認為這些是勞動者身上最本質的天性。而且他們在描寫這一切的時候，詩裏通常滲透著作者對於古老的宗法族長制生活的嚮往，對於一派消極浪漫主義作家把封建中世紀給予理想化的傾向，別林斯基是尖銳地諷刺過的。消極浪漫主義作家把眼睛死死盯著中世紀，美化宗法制度，一方面當然是由於他們厭棄當代題材，拒絕描寫當時的社會衝突，而更主要的則是因為他們認為，只有回復到古老的宗法族長制時代，人類才能擺脫資本主義文明的災難。積極浪漫主義則恰恰相反，他們嚮往民間，重視民間創作，是一種民主精神的表現。他們歌頌勞動人民忠厚、善良等美好的品德。拜倫在《恰爾德・哈羅爾德遊記》中描寫了一群海上遇險的旅客，懷著「只好冒險」和「也許會遭到他們祖傳的屠刀」的焦慮心情登上阿爾巴尼亞海岸後，遇到的卻是截然相反的情況。詩人寫道：

眞是杞憂！蘇里人熱心招待，

領他們越過山岡，繞過危險的泥沼地，
他們沒有卑微的奴才相，卻更爲和藹，
生旺了爐火，爲客人絞乾潮濕的外衣，
斟酒歡飲，燃亮那慰人的燈光，
雖是家常便飯，卻也盡他們所藏；
這樣的行爲確是難得的古道熱腸，
讓勞苦者得到休息，落難的受到安慰，
他們使好人感動，至少使壞蛋看了慚愧。（《恰爾德·哈羅爾德遊記》第二章，第六十八節）

他們歌頌人民在戰鬥中的英勇和對祖國的深厚感情。當西班牙被法國侵略面臨著亡國之災時，反動統治者仍沈溺在紙醉金迷的狂歡淫樂之中，而人民卻為祖國的命運擔心，為保衛祖國英勇戰鬥。拜倫寫道：

農夫們卻不如此，媳婦發愁，
自己坐著心煩，不願意抬頭。
……
在溫柔的夜晚，當愛情之星顯露，

再沒人敲著拍板跳番旦戈舞；
勇敢的農民在這裏向敵軍的營壘襲擊；
他們現在還誇耀說自己怎樣獲得勝利，
指點著那邊的山岩——曾經一再得而復失。
……
（《恰爾德·哈羅爾德遊記》第一章，第四十七至四十九節）

詩人深深被西班牙人民為祖國而戰鬥的崇高的愛國熱情所感動，並把這種欽敬之情極其細膩而真摯地傾注在對於西班牙民間女英雄奧古斯丁娜的可歌可泣的戰鬥行動的讚美之中。往常，「一道細細的創痕會令她驚心，梟鳥的一聲啼叫也會使她發抖」；而現在面對侵略祖國的敵人，「她泰然自若看著肉搏混戰的刺刀相拚」：

愛人戰死後，她沒有流無用的眼淚。
首領犧牲了，她站上他危險的崗位。
夥伴逃奔啦，她阻止這卑賤的行動。
敵人退了，她率領人馬去追踪。
誰能給死去的愛人更大的安慰？
誰能像她似地爲殉難的首領復仇？

男兒傷心失望時一個女郎卻把殘局挽回！
誰能如此勇猛地追擊那奔逃的法寇，
他們在炮火轟塌的城下，敗於女流之手。
（《哈爾德·哈羅爾德遊記》第一章，第五十六節）

雨果筆下的愛斯梅哈爾達、冉阿讓、吉利亞特等民間人物，都不乏勞動者的崇高品質。他們身上勤勞、樸實、仁慈、善良等美好品德，得到作者由衷的讚美。來自神話、民間傳說中的普羅米修斯、該隱、浮士德等形象，在歌德、拜倫、雪萊筆下，都成為反暴君、爭解放，為創建理想社會而鬥爭的戰士。此外，如前所述，一派積極浪漫主義作家的作品，不是像消極浪漫主義作家那樣，美化民間文學中和農民身上封建宗法性的落後因素，藉以逃避現實，或者引人走回頭路，而是鼓舞人心，敢於面對現實，嚮往未來。上述種種，都說明二者儘管在形式上有某些相似之處，但實質上則是完全不同的。

第五，在許多浪漫主義作品中，都有不少明麗的山光水色的畫面。熱中於自然景物的描繪，也幾乎是所有浪漫主義作品的特色之一。浪漫主義的「返於自然」的口號是從盧梭那兒接受來的，原有回到原始社會「自然狀態」和回到大自然的含意。浪漫主義者由於不滿腐敗的城市轉而崇拜自然，所以繼承了這個口號。這種對於自然的崇拜與當時流行的泛神論也緊密地聯繫著。但是，不同傾向的浪漫主義在喜愛和描繪自然時希望達到的目的卻是不同的。消極浪漫主義作家也經常在他們的創作裏歌詠山川景色，但是他們以清新明艷的自然畫面和陰暗齷齪的資本主義城市相對立的目的，是為了把十分美妙的大自然作為自己逃避現實的精神慰藉和藏身之所，或者把它作為自己玄妙迷離的幻想的寫真，從中獲得神秘的啟示。可是，積極浪漫主義作家筆下的自然景物卻具有另一種性質。在他們的作品中，鮮明美好的自然景物是與貫穿整個作品的主題思想、人物性格緊密聯繫在一起的。它或者用來烘托美好的理想，或者被利用來與社會的醜惡和貧困相對照，作為作者譴責現實的一種手段。積極浪漫主義還重申了盧梭的這一思想：「一切事物從創世主的手中出來的時候是完美的，但被人的手毀滅了。」在《恰爾德・哈羅爾德遊記》中，拜倫面對著葡萄牙艷麗的自然風光這樣寫道：

耶穌呀，這兒的風景可眞好看，
上蒼把這地方裝飾得多麼美善！
芳香的果實結在每一棵樹的枝頭！
一片美麗的景色展開在山野之間！
但人卻要破壞它，用不虔誠的手。（《恰爾德・哈羅爾德遊記》第一章，第十五節）

在這裏，拜倫譴責的矛頭是指向拿破崙的。拿破崙於一八〇七年秋帶領法國軍隊入侵葡萄牙，踐踏了這塊美麗的土地。在《恰爾德・哈羅爾德遊記》和《唐璜》中，拜倫筆下的西班牙境內五色繽紛的瑰麗世界：地中海區域的晨景波光、險峻的山嶺、洶湧的波濤，都不是無動於衷的自然主義寫真。其中有寓意、有象徵、有寄託；有的是作為社會中冷漠、空虛、偽善的對照，有的是作為反抗、鬥爭的意象，如《恰爾德・哈羅爾德遊記》第四章後尾關於海洋的讚歌中，那摧毀一切、不容抗拒的洶湧的波濤，就是人民革命鬥爭風暴的象徵。雪萊在《解放了的普羅米修斯》中所描繪的高聳的冰山懸崖、幽邃的山峽、雄偉的峰頂以及大自然中精靈們歡快的情景，都是作為人物和理想的「大同」世界的陪襯而出現的。

綜合上面各個方面的簡要分析，我們可以得出結論：十八世紀末十九世紀初不同傾向的浪漫主義是有著頗明顯的界限的。由於它們各自表現著不同思想、感情、要求和願望，因而無論在創作方法上，對待遺產、特別是對待古典主義上，對待民間文學和人民的態度上，在自然景物的描繪上，都是有差別的。

上述諸方面，只是在比較的基礎上劃出了兩種不同傾向的浪漫主義之間的界限。當然它們之間的相似和不同點不止這些，同時這也並不是說，產生和發展於這一特定歷史時期的積極浪漫主義，就是盡善盡美、白璧無瑕的了。有些文學史家認為，這一時期的積極浪漫主義「就其性質而論是反資產階級的」，「革命浪漫主義的優秀作品……不能看作是資本主義基礎的上層建築」⑫這種結論是可以商榷的。因為它把這時期的積極浪漫主義的進步性絕對化了，是與歷史的真實相違背的。得出這種結論的原因，在於錯誤地估計了那個時期階級力量的對比，對當時的社會發展狀況沒有正確的認識，並對積極浪漫主義作家創作思想上和創作中的局限缺乏實質的認識。

如前已指出的，這一歷史時期階級力量對比的情況是：資本與勞動之間的鬥爭是推到後邊去了；在政治方面，它被團結在神聖同盟周圍的封建主和政府與由資產階級領導的人民大衆之間的糾紛所遮住了；在經濟方面，它被工業資本與貴族地產之間的爭執所遮住。這就是說，這個時期就整個歐洲來看，社會上的主要鬥爭還是封建階級和資產階級之間的矛盾。就具體國家來說，英國是資本主義發展早而快的國家。這時期，它的主要矛盾是大資產階級和中小資產階級之間的矛盾，但是由於英國資產階級政權是資產階級與貴族階級妥協的產物，不少封建殘餘被合法地保留了下來。所以當面對較徹底的法國資產階級革命時，它就公然站在歐洲封建反動勢力一邊了。法國社會的主要矛盾則仍然是封建階級和資產階級之間的復辟和反復辟的矛盾。此外，當時西歐不少國家的主要社會矛盾還存在於封建貴族和被剝削階級特別是農民之間。當時無產階級的鬥爭僅只在個別國家存在，並且還處於自發階段。這種鬥爭的情況反映到浪漫主義潮流中，就一方面出現了主要是貴族頑固勢力、封建殘餘勢力的代言人的消極浪漫派；另一方面也出現了資產階級和小資產階級民主派的代言人的積極浪漫派。

就西歐這個範圍來考查，這時期的積極浪漫主義和稍後的批判現實主義在承擔的社會任務上是有些不同的。這就是積極浪漫主義文學還擔負著反封建、清除封建殘餘勢力的任務，而批判現實主義文學在這方面承擔的任務，比較起來就要輕微一些。對於積極浪漫派，反封建暴君，反封建殘餘勢力，反宗教勢力，爭取個人自由獨立的鬥爭，是創作中的重要主題。這種鬥爭，從本質意義上講，是十八世紀啟蒙運動反封建和爭取個性解放鬥爭的繼續。十分明顯，這種鬥爭仍然是屬於資產階級思想體系範疇的，仍然是為資本主義發展繼續掃清道路的。所以積極浪漫主義在確立資本主義制度和鞏固資本主義的經濟基礎的鬥爭中，是立有汗馬功勞的。從這方面講，說積極浪漫主義「不能看作是資本主義的上層建築」的觀點，顯然是說不通的。

積極浪漫主義既然是對於法國革命以及與之相聯繫的啟蒙時代的反響之一，所以它有可能，並且也的確對法國革命後西歐的資本主義現實的某些方面作出了揭露和批判。在這一方面，它是和稍後的批判現實主義一致的。在拜倫、雪萊、雨果等的創作中，對資產階級的壓迫和剝削，對法律的不公平和金錢的罪惡，以及殖民主義掠奪等都作過相當直率的揭露和批判。而這些在當時來說，是符合人民的要求的，並且在客觀上有可能引導人民認清現實，甚至有可能激勵人民奮起鬥爭。但是，我們同時也必須十分清楚地認識到，一派積極浪漫主義作家對資本主義現實所作的某些揭露和批判，絕不是從根本上徹底否定這個制度，也遠不是自覺地站在被壓迫人民的立場之上。他們對現存社會現實進行某些揭露和批判的時候，並不是因為對整個歷史運動從理論上有了明確的認識，而往往是由於一種對自己在資本主義的狹窄牢籠裏的生活感到失望的心情。或者是為了自己在生活中的失敗和遭受的屈辱而圖謀復仇的願望。正因為如此，積極浪漫主義作家都仍然只能從資產階級人道主義出發，對居於統治地位的大資產階級驕橫統治下某些最顯著的缺陷作出一些揭發和批判。這種基於人道主義思想基礎上的揭發和批判，雖然對資本主義私有制基礎表現了一定程度的敵對性質，但同時也有相適應的一面。即這種揭發和批判是根據資本主義的自由競爭和自由發展的要求，代表了在野的工商業資產階級的利益。而且，這種批判是有限度的：「這種批判只局限在階級的『戰略』——要闡明資產階級在鞏固政權的鬥爭中所犯的錯誤——所必須的範圍之內。」⑬由此看來，積極浪漫主義對於資本主義現實的揭露和批判，根本不是要求連根搗毀這個制度，而是「要闡明資產階級在鞏固政權的鬥爭中所犯的錯誤」，引起人們注意，從而按照自己人道主義的要求做出某些改良，讓這個制度在不斷改良中完善起來，永世長存下去，也就是：想要消除社會的弊病，以便保障資產階級社會的生存，儘管他們不是人人都是自覺的。如果只看到積極浪漫主義和資本主義基礎之間敵對的一面，同時又根本忽視它們之間相適應的另一面，並據此而斷定它「不能看作是資本主義基礎的上層建築」，這是不符合歷史實際的。

當我們具體地比較兩種不同傾向的浪漫主義的時候，在承認二者在形式上具有某些一致性的同時，必須毫不含糊地弄清楚它們之間的本質差異；同樣，當我們研究積極浪漫主義的時候，對於它的反封建暴君，肅清封建殘餘勢力，揭露和批判資本主義的某些罪惡和缺陷，以及對民族、民主解放運動的支持等，都是應該歷史地予以肯定的，但同時也必須清楚地認識它的根本性質，而不能把它從「資本主義基礎的上層建築」範疇拉出來；此外，對於消極浪漫主義的作家作品，也不能用同一尺子去量度，需要認真細致的研討。只有這樣，才能還歷史以本來面目。

注 釋

①美國文藝理論家、評論家著《現代文藝批評史》第二册，一二六、一六〇頁。

②④⑥⑨高爾基：《我怎樣學習寫作》。

③《魯迅全集》第一卷：《摩羅詩力說》。

⑤⑦高爾基：《蘇聯的文學》。

⑧這是《學術月刊》一九五七年第四期中《試論浪漫主義創作方法》一文的觀點。筆者同意這一觀點。下文關於消極浪漫主義的觀點亦然。

⑩同⑤，二九頁。

⑪均見《〈克倫威爾〉序言》，柳鳴九譯：《雨果論文學》。

⑫伊瓦肖娃《十九世紀外國文學史》第一卷，二八、五一～五二頁。

⑬高爾基《寫給阿・謝・謝爾巴科夫的信》。

孤獨、高傲、倔强的叛逆者

——論「拜倫式的英雄」

喬治・戈登・拜倫是十九世紀初期英國最偉大的積極浪漫主義詩人。他和當時另一位積極浪漫主義詩人雪萊的名字，至今在英國文學史上閃耀著燦爛的光輝。這兩位詩人和他們的創作，在當時英國和歐洲廣大民衆中就有深廣的影響。正因為如此，所以儘管拜倫和他的作品在他生前和逝世之後，都不斷遭到迫害與誹謗，可是這並沒有妨礙詩人願望的實現。這願望就是：「只要還可以聽到不列顛語言，他就存在於人民的記憶中。」而且這不僅如此，我國作者西諦指出：「拜倫是在希臘人的心上，是在近東各民族的心上，是在世界中一切被壓迫民族的心上！」①

拜倫的名字和他的創作，長久以來，不為時間淹沒而深藏在人民心上，這取決於他不只是個善於把自己的思想感情通過藝術形象生動地表達出來的詩人，更重要的是所表達的思想感情根源現實，具有深廣的代表意義。而且，這種思想感情與當時一些消極浪漫主義者不同，它不是「或者粉飾現實，想使人和現實妥協；或者就使人逃避現實，墮入到自己內心世界的無益的深淵中去，墮入到『人生的命運之謎』，愛與死等思想中去——墮入到不能用『思辯』、直觀的方法來解決，而只能由科學來解決的謎之中去」；恰恰相反，這種思想感情，是旨在「加強人的生活意志，喚起他心中對於現實，對於現實的一切壓迫的反抗心」（高爾基語）。因此，我們說拜倫是一位詩人戰士。

拜倫的社會政治活動和全部創作對文學上和政治上的反動勢力進行過不調和的鬥爭。

拜倫的政治生活開始於進入英國上議院為「路德黨」人辯護。他堅決反對統治者用死刑來懲處那些由於貧困和饑餓才被迫破壞機器以示反抗的工人。隨後，他親自參加了意大利人民反抗奧地利民族壓迫和本國統治者的燒炭黨的活動。他認為：

一個人在家裏沒有自由可以爭取，
那麼就去爲鄰居的自由戰鬥吧！
你可以回想一下光榮的希臘和羅馬，
爲了他們腦袋叫人家打破也可以。（《抒情小詩》）

最後，拜倫參加了希臘人民反土耳其的爭取獨立自由的鬥爭，並為此而獻出了自己全部資材和寶貴的生命。拜倫一生所奉行的格言是：「只要你能夠，就為自由而鬥爭。」

然而，使拜倫的聲譽傳之久遠的更重要的原因是他的創作。拜倫給英國、給世界人民留下了一筆不朽的遺產，這就是他的包括抒情詩、敍事詩、詩劇和詩體小說的創作，拜倫以詩歌為武器，跟當代英國和整個歐洲文學上的，特別是政治上的敵人作鬥爭，並鼓舞人民反抗暴政，追求自由，他大聲召喚道：

……我們呀，兄弟，
或者戰死，或者自由地生活，
我們要打倒所有的國王……（《路德分子之歌》）

正是在這一創作，也是戰鬥的過程中，拜倫創造了一系列的、文學史上稱之為「拜倫式的英雄」人物。

拜倫的創作主要是在十九世紀第二個十年和二〇年代最初幾年。這個年代，在英國正是產業革命完成之後。產業革命雖導致了生產力的發達，但為社會廣大人民卻帶來了慘痛的後果。人民日益貧困，抗議的呼聲日益高昂，而統治者則仍堅持著殘酷剝削和壓迫人民，特別在拿破崙失敗後，它變成了全歐反動勢力的堡壘。另一方面，就歐洲大陸而言，法國革命後的現實，根本不是啟蒙者所宣傳的「自由、平等、博愛」的社會。恰如其反，它已經成為對啟蒙者的漂亮諾言的諷刺畫。社會廣大階層對這個革命和整個資本主義發展感到悲觀和失望。與此同時，在法國革命的影響下，人民反封建主義和民族壓迫的解放鬥爭在歐洲許多地區開展起來。這種鬥爭，在「神聖同盟」活躍時期更為廣泛而激烈。所謂「拜倫式的英雄」人物，就植根在這一現實的基礎之上。

法國革命的解體和啟蒙者的理想破滅後，歐洲社會上一般資產階級民主知識分子面對著英國產業革命悲慘的後果和法國革命後的現實，普遍地感到不滿、悲觀和極度失望。這種不滿、悲觀和失望，在拿破崙戰爭時期就已產生，並且隨著法國波旁王朝復辟和「神聖同盟」時期政治上日益反動而加強。拜倫所創造的一系列的「英雄」形象，正概括了當代英國和歐洲其他國家許多資產階級民主知識分子身上的特點和情緒。這種特點和情緒表現為：一方面他們在慘澹的現實面前感到悲觀失望，其精神陷入憂鬱、痛苦之中；但同時又不向現實妥協，往往以一種高出於周圍人群的孤獨的高傲與現實對立起來。他們渴望精神和肉體上的自由、獨立，為此有的甚至以不可摧毀的意志力量和悲壯的行為來反抗既存的社會秩序、權威和暴力，而方式則是個人孤獨鬥爭。「拜倫式的英雄」不僅概括了上述資產階級民主知識分子的情緒與特點，而且就其與現實對立、渴望自由、以行動來反抗惡勢力等方面，他們還客觀上體現了當時勞動人民渴望自由解放和對專制統治者的反抗精神。

拜倫創作的初期，「拜倫式的英雄」就已略具雛型。一八〇九至一八一一年，拜倫由於不滿於英國現實而作了一次國外旅行，遊歷了地中海沿岸一些國家。在隨後寫的《恰爾德·哈羅爾德遊記》中，詩人第一次創造了一個憂鬱漂泊者的形象——貴族青年恰爾德·哈羅爾德。

恰爾德·哈羅爾德是這樣一個類型的青年：他出生「顯赫」的家族，長期沈溺於荒淫腐化的生活之中，後來終因不滿而出走，但卻並沒有走上正確的道路，在苦悶、孤獨中終其一生。

恰爾德·哈羅爾德所過的生活是當代英國典型的資產階級貴族式的。他「花天酒地」，「通宵達旦地笑樂歡狂」，成天與「一班登徒子和幾個情婦，以及大大小小忝不知恥的酒糊塗」混在一起。這種生活天地裏的最突出的特徵就是：現金交易代替出身和爵位，日益成為這個社會的唯一的聯繫，金錢成為社會權力的主要槓桿，即人與人間一切純真的關係都為金錢勢力所腐蝕和破壞。恰爾德·哈羅爾德也終於認識到了和他來往的，「都是些曲意奉承的酒肉朋友」，而愛情也早已變成了金錢的俘虜。

他逐漸意識到了特權社會存在的空虛，感到憂愁和「奇特的痛苦」。因此他要衝出那一生活苦海，決定出國漫遊。

作為一個一直在資產階級貴族生活中打滾的青年，恰爾德·哈羅爾德終於意識到了那種特權社會存在的無益與空虛，他不滿，並且斷然離去，從這一點上講，可以說是有一定反抗意義的。可是，由於階級生活的局限，他的出走並非包含新的、急進的希望和目的，這就決定了恰爾德·哈羅爾德在遊歷中，在激盪的生活面前不能產生任何感受和力量，最後，終至不能不悄悄地隱退。

從上述情況看來，恰爾德·哈羅爾德作為「拜倫式的英雄」最初的形象之一，他所體現的當代歐洲整個一代資產階級民主知識分子的特點與情緒是不夠全面的。恰爾德·哈羅爾德在現實面前表現不滿，滿懷著失望與憂鬱之情，以驕傲的孤獨與現實對立；可是，「拜倫式的英雄」那種特有的與暴力和現存社會制度誓不兩立的「叛逆」性，在他身上卻沒有表現出來，他對他所不滿的並沒有表現出戰鬥的行動。也許正因為如此，作為拜倫的重要作品《恰爾德·哈羅爾德遊記》，和他以後其他作品不同，隨著旅行的行程進展和對客觀事物的評論，詩中另一人物——抒情主人公（即作者）卻愈來愈明朗化，最後排擠了恰爾德·哈羅爾德這一形象。抒情主人公和恰爾德·哈羅爾德是詩中兩個有聯繫又有區別的形象。他們的聯繫在於，恰爾德·哈羅爾德身上那種孤獨、高傲，憂鬱和悲觀等資產階級個人主義的情緒氣質，在抒情主人公身上也不同程度的存在著，在詩中有著共鳴與回響。而且也正是這一點，客觀上妨礙了詩人對恰爾德・哈羅爾德這個人物作出直接的、明確的批判，因此，最後，詩人也只好讓他悄悄地退出詩篇。另一方面，抒情主人公那種勇於正視現實的精神，那種對西班牙人民反侵略鬥爭的讚揚，對希臘和意大利的命運的深切關懷，對英國掠奪策略的本質揭露等的態度，以及對革命未來的堅定的信心，在恰爾德・哈羅爾德身上卻不具備。因此，如果說，恰爾德・哈羅爾德身上更多的體現了當代資產階級民主知識分子身上消極的一面，那麼，抒情主人公則更多的體現了積極的一面。

一八一二至一八一六年，是拜倫創作中不平凡的一個時期。詩人回國後，一方面在議會中維護「路德黨」人和愛爾蘭人民的利益的鬥爭遭到失敗，而在議會外又沒有給自己的抗議找到社會的支持力量，同時，拿破崙失敗後，波旁王朝的復辟和「神聖同盟」的建立在表面上表現出反動勢力的顯然增長。這一切影響了詩人的情緒。於是，拜倫陷入了痛苦的精神危機。這種精神危機表現在一八一三至一八一六年間所創作的所謂《東方敘事詩》中。《東方敘事詩》包括《異教徒》、《阿比多斯的新娘》（一八一三）、《海盜》、《萊拉》（一八一四）、《柯林斯的圍攻》和《巴里西納》等，這些詩篇中，在體現詩人對現實的悲觀失望的同時，也表達了詩人對反動的黑暗勢力強烈的反抗情緒。

拜倫在《東方敘事詩》中塑造的人物，都是一些與整個社會處於尖銳對立，並被一切人遺棄的孤獨主人公。所謂「拜倫式的英雄」在這些詩篇中完全形成了。別林斯基指出，這些「英雄」的共同特徵是：「……這是一個對一般事物都憤慨激昂而在自己驕傲反抗的時候只依靠自己的人的性格。」②

《東方敘事詩》中的「英雄」們，都不見容於社會。這些人物被排擠出社會，並不是他們生來罪孽深重，或者一貫為非作歹，殘暴凶狠；相反的，他們身上有著許多非凡的、美好的東西。他們能恨，恨使他們走向鬥爭，在鬥爭中視死如歸；他們能愛，他們的愛是純真而深沈的。他們有著卓越的才能與驚人的驍勇，他們有對人的特有的溫存；可是，殘酷的社會踐踏他們身上美好的東西，蹂躪他們的善良人性。為了復仇和自衛，他們起而和整個作踐他們的社會為敵。異教徒（《異教徒》）和上帝之間永遠不得調和；康拉德（《海盜》）做了一群海盜的首領；萊拉（《萊拉》）成了農民起義的領袖；阿爾普（《柯林斯的圍攻》）離開祖國而成了叛徒。

這些人物，就要在這種「叛逆」之中，求得自身肉體和精神的自由。

《東方敘事詩》中的「英雄」們，其意志的堅定，行為的倔強，都是稀有的。任何事情一經決定，或者一經行動，就絕不反悔和改變。當阿爾普的愛人勸他放棄復仇重歸祖國時，他說：「不論什麼是我的命運，太遲了——我不是没有恆心的」；康拉德被總督囚禁後所表現的是「……他注視著死，死了也不開口」；異教徒雖死於寺院裏，但他最後的懺悔，不是向著上帝祈求饒恕，而是通過對往事的追憶來減輕自己的精神負擔；萊拉則永遠「對偉大的人冷酷，對高貴的人藐視」。總之，這些「英雄」正如魯迅所指出的：「力戰而斃，亦必自救其精神；不克厥敵，戰則不止。」③

可是，這些「英雄」也自有他們致命的弱點。他們把自己視為至尊，鄙視一切，和周圍一切人格格不入；他們反抗、鬥爭，只是為了追求一己的自由；他們自己鬥爭，或者領導別人鬥爭時，從來沒有什麼明確的綱領；他們從自我中心出發，把整個時代的苦悶集中於自己一身，可是，又不能面向現實和群衆，從而把自己那種雄厚的精力用到有利於整個時代的目的上去。這種矛盾使得這些「英雄」總是陷入憂傷、苦惱之中，在孤獨的鬥爭中懷恨而終。

《曼弗雷特》（一八一六～一八一七）中的主人公曼弗雷特是「拜倫式的英雄」的最突出的形象之一。拜倫塑造這個形象時，正是詩人被迫害第二次出國留住瑞士的期間。與祖國的分離、家庭生活的破滅，歐洲反動勢力表面上的勝利，以及漂流異地心靈上的孤寂，所有這一切，使詩人的浪漫主義的內在矛盾極度的尖銳化起來，悲觀失望的情緒達到前所未有的程度。這種情況反映在作品中，曼弗雷特身上所表現的那種個人主義的反叛志向達到了最高峰，同時，作品中也顯示了個人主義叛逆的破產。

十八世紀啟蒙者認為，知識、理性是改造世界的全能手段。但拜倫從慘痛的現實教訓出發，通過曼弗雷特，對這種超歷史的唯心觀念進行了批判。在曼弗雷特看來，「知識之樹」並不是「生命之樹」。他這樣反對啟蒙者：

唉……在我年輕的時候，我也曾
有過那些世俗的幻想與高貴的抱負，
想把別人的智慧變爲我自己的，

成爲人類的啓蒙者……
……但是這已經過去了，
我的想法原來是錯誤的。

但是，我們不能據此而認為拜倫的思想中存在著不可知的因素，認為他完全否定人的知識、理性的作用和意義，企圖和消極浪漫主義者一樣，引人墮入「人生的命運之謎」中去。我們只應該這樣來理解，拜倫反對啟蒙思想家，只是對啟蒙思想所造成的後果不滿，只是對啟蒙者所肯定的理性的個人主義的失望。這一點，可以從曼弗雷特在詩劇中始終是作為一個有自由思想的人而活動著，並且能獨立自主，顯得強壯有力，得到說明。

正因為曼弗雷特雖然批判了啟蒙者，但卻不是根本否定人類的知識和理性的作用及意義，所以他身上才有可能始終保有一種力量，使他行動起來什麼也不懼怕。他有堅定的意志，這意志不為「王權，即統治世界的權力」的誘惑動搖。而且，他還能在任何事情面前堅持自己的尊嚴、獨立和思想自由，在臨死前，他還憤怒地詛咒那個奉命來召喚他生命的「惡魔」。直至生命終止，他也沒有遵從修道院長的請求——「作一次祈禱」來表示自己對超人間的力量——上帝的屈從。可是，曼弗雷特仍然有著沈重的痛苦。這痛苦的根源在於，他原本想通過科學、哲學及其他學問的研究來明確人生的目的和意義，但對於脫離生活和鬥爭的各種乾枯的學問的鑽研，並沒有使他明確人生的目的和意義之所在。曼弗雷特企圖在各種學問，特別是在哲學的鑽研中探索一條改變現實的道路的努力失敗後，仍然不能自覺其迷途，改變探索的途徑，反而一個人住到一個人跡少有的高山上的堡壘裏，進一步繼續與人世隔絕，這就使他在痛苦中愈陷愈深，終至悲觀絕望而不能自拔。高爾基在《個性的毀滅》一文中，曾這樣批判曼弗雷特式的人物：「孟弗列特（即曼弗雷特——引者注）——是十九世紀的蛻化的普羅米修斯，是小市民個人主義的漂亮的寫照，這種人，除了看到自己和擺在眼前的死路而外，便永遠不能感覺到世界上有別的東西。即使他有時談及世界的痛苦，但也不會想到世界為了剷除痛苦所作的努力，就是他想到了這點，那也不過是為著宣揚痛苦之不可克服。他所以覺得痛苦是不可克服的，是因為零丁孤苦的心靈是盲目的，它看不見集體底自發的積極性，勝利的思想，它是不會有的。留給這個『我』的只有一件樂事——那就是去訴苦，去歌詠自己的病態、自己的垂死掙扎。自從孟弗列特以來，『我』總是為自己，為像他那樣孤獨的渺小人物高唱悼亡之曲。」高爾基的這段評語，尖銳地揭示了曼弗雷特式的人物的個人主義實質。

和《東方敍事詩》中的「英雄」相比，曼弗雷特與他們之間有著內在關係，亦有其不同。如果說《東方敍事詩》中，詩人更多的肯定了他的「英雄」們孤獨的抗議與鬥爭，那麼，在曼弗雷特身上，我們看得出，一方面仍然、並且更突出地表現了「英雄」對社會一切權力的蔑視，對現實否定一切的抗議；但同時，卻也展示了個人主義的叛逆是軟弱的，是不能解決任何社會衝突的。儘管曼弗雷特的理智有著能指揮自然的無比強大的力量，但這種體現著人類理性和意志的潛在力量的曼弗雷特的智力，在生活鬥爭中是無用的。由於脫離人民，他說：「我對那生存著的人類，並沒有同情」，「我憎恨做他們中間的一個，獅子總是孤獨的，我就是這樣」，所以他不能在生活鬥爭中結合著解決自身的矛盾，因而在極度痛苦之餘，他只好向自然要求一種根本不可能得到的虛幻的精神安寧——「忘懷」，要求「忘掉……心中的一切」以擺脫心靈上的痛苦。而最後終於不可能得到「忘懷」，只有在死亡中了結痛苦。內心的無限潛力，終致不能為改變現實的鬥爭作出任何貢獻，這是曼弗雷特悲劇的實質所在。

一八一六年冬，拜倫終因政治社會壓力第二次出國，經瑞士，後來僑居意大利（威尼斯、羅馬、波倫亞、拉溫那等地），到威尼斯不久，即與燒炭黨接近，特別在拉溫那時期，他直接參加了燒炭黨活動，成為地方組織的成員之一。直接參加革命起義的準備工作，把住宅變成了該黨的軍火庫。這明知是有危險性的，但他激動地說：「只要意大利能獲得自由，犧牲了什麼或誰犧牲是並不重要的。」隨著拜倫參加意大利人民的解放鬥爭，詩人的思想意識有了進一步的發展。這種發展表現在詩人對反抗現實的鬥爭有了新的認識。即鬥爭的目的應該是為了改變生活中大多數被壓迫的人的處境與命運。這就決定了《該隱》（一八二一）這一詩劇具有了新的內容，該隱這一形象身上增加了人道主義思想和對人的深切的同情。因此，該隱作為「拜倫式的英雄」，可以說是詩人對現實採取浪漫主義抗議的一個總結。

該隱這個形象，採自《聖經》之中，但詩人賦予了他以完全嶄新的意義。在《聖經》中，該隱是個萬神唾棄的「第一個殺人者」，而在拜倫筆下，該隱則成了「第一個反叛者」。透過神話外衣，該隱體現出尖銳的政治主題，即對暴力反抗和追求解放的美好志向。

該隱和曼弗雷特有著顯然的聯繫，他是曼弗雷特，也是所有《東方敍事詩》中的「英雄」的進一步發展。該隱追求知識，並力求保持思想自由，堅決不和傳統的專橫規定妥協。但和曼弗雷特一樣，人類的知識除了使他認識到人類生存的盲目性，使他不了解死亡的必然而外，並不能給他帶來什麼幸福，人，生而必死，生而不知所為，對此，該隱深感痛苦。可是，當他得知人類的命運乃是上帝的安排——「勞動，勞動完了死去」——時，當他了解到父母的「犯罪」要牽連子孫萬代受苦，而所謂「犯罪」又只不過是尋求知識——偷食「知識」之果——時，他非常憤慨，因為上帝對人類命運的這種安排和懲罰是多麼荒謬而不公正。憤於此，因而，該隱和恭順的，安於自己命運的亞當、夏娃、亞柏不同，他拒絕向上帝祈禱，對上帝「一無所求」，「也無所感激」。最後終至殺死了強迫他向上帝獻祭，並阻止他毀壞祭台的亞柏。該隱之殺弟，絕不是如有些人所認為的那樣，是對兄弟的嫉恨，而只是上帝暴虐專橫的統治在他心中所激起的憤懣情緒的外洩而已。

該隱以其堅定的「叛逆」性格接近了拜倫筆下過去的那些「英雄」，但同時又以其人道主義思想和對人類的同情而高於他們。《東方敍事詩》中的主人公以及曼弗雷特關心的只是自己，他們在鬥爭中追求的也只是一種無政府的個人自由。因此，恰爾德・哈羅爾德愈到後來愈「不適合與人群為伍」；康拉德作為海盜們的首領，對同生死、共患難的夥伴是冷漠得怕人的；曼弗雷特則「對那些生存著的人類，並沒有同情」。總之，這些人物，他們身上所特有的那種強烈的唯我主義壓倒了、窒息了對周圍人群的同情心。可是，該隱和這些人物不同，他痛苦，不只是因為自己必趨死亡和受苦的命運，主要是焦慮於全人類將永遠陷於苦難之中。該隱對他的妻子說：

我們的父母生下了你我這幾個，

以後還要產生千千萬萬，

無窮無盡的兒孫後代，

都來繼承這歷代傳下來的痛苦！

他為自己孩子的心裏已藏著「一粒對千萬兒孫永遠受難的種子」而悲愁。該隱雖然因為對上帝的憤怒而殺死了兄弟，但他對弟弟的死卻是悲痛欲絕的。該隱反抗暴力與專橫，首先是因上帝荒謬地規定了人類的不幸和永遠受苦——必趨死亡和對人類不公正的懲罰。所以，該隱這個形象作為全人類的幸福而鬥爭的戰士，閃耀著特有的光輝。當然，這裏的所謂為「全人類」仍然是以一種從人道主義出發去同情人的思想為基礎的。不過，從唯我主義過渡到關心別人，在當時卻是一種進步現象。

通過上面對一些主要的「拜倫式的英雄」的簡單介紹和分析，他們的基本面貌已略具輪廓。對於這群植根於十九世紀初期特定的現實土壤之上的「英雄」，如何去接近和評價他們呢？這是一個非常重要而嚴肅的問題。

有一些人，當他們接觸到「拜倫式的英雄」時，不是用唯物的歷史觀去辨別他們身上的精華與糟粕，而是超歷史地、生吞活剝地毫無批判地去接受。這些人，或則因為氣質上的某些一致，或則因為心境和性格上有某些處所相近，引起思想上的共鳴，因而就極力仿效「拜倫式的英雄」。有的把曼弗雷特的信條「獅子總是孤獨的」作為座右銘，並在生活中實踐起來，以顯示自己的「獨特」與「超群」，有的甚至學習「拜倫式的英雄」，皂白不分，把自己置於和現實尖銳對立的狀態，對生活中一切現象指手劃腳加以抨擊，以示其精神的「獨立」、意志的「堅強」和性格上的「叛逆」。這些人，有的幸而能迷途知返，但也有少數人執迷不悟以致在生活中碰得頭破血流。

要正確地評價「拜倫式的英雄」，我們必須從十九世紀初期的現實特點出發，歷史地肯定他們在當時的積極作用和在以後的影響，同時，也要恰如其分的指出其局限性。

關於拜倫創作時期的現實特點，前面已略為述及，面對著掠奪者得勢和憲兵橫行無忌的時代，面對著封建反動和「神聖同盟」的統治，面對著勞動者開始覺醒，特別是南歐的民族解放運動正在開展的情勢，拜倫創造了一系列的寧可戰死也絕不向壓迫者妥協投降的形象，是有其深刻意義的。這些形象在直接揭露和打擊反動統治者、號召和鼓舞人民大衆起來鬥爭等方面，是有著不容懷疑的積極作用的。這用「拜倫式的英雄」在當時歐洲青年群衆中得到廣泛傳頌、拜倫的作品在民衆中間擁有很多讀者的事實就可以得到證明。不僅如此，在以後的年代，在英國憲章運動時期，在二十世紀初期，拜倫的創作及其「英雄」，仍然保有對人民解放鬥爭的激勵作用。在英國，十九世紀三、四〇年代，民衆在爭取經濟和政治權力的鬥爭中，拜倫是憲章派最熱愛的詩人。一九〇七年，魯迅在《摩羅詩力說》中，將拜倫作為包括雪萊、普希金、萊蒙托夫、密茨凱維支、斐多菲等一派天摩詩人的開創者介紹給我國的讀者，其用意是深遠的，魯迅敍說這些天摩詩人，目的在於號召反抗，推翻一切傳統的重壓的東方文化的故國僵屍。由此可見，拜倫和他的「英雄」，在後代歷史的長河中，也仍然有著革命作用。

當我們歷史地肯定了「拜倫式的英雄」曾起過的歷史作用之後，進一步來明確那些「英雄」的局限性也是十分必要的。不論是《恰爾德·哈羅爾德》中的流浪公子，或是《東方敍事詩》中的孤獨英雄，以及曼弗雷特和該隱，雖然他們中間有共同的、富有積極意義的特點：不滿現實、勇於反抗現實，力爭個性的解放和意志的獨立自由；但他們卻始終沒有把自己的反抗與人民大衆的鬥爭結合起來，成為人民反抗壓迫、爭取自由的鬥爭中的一員。正因為這些「英雄」和人民缺乏血肉的聯繫，只是孤獨一人橫衝直撞，所以最後都不能不以失敗告終。恰爾德·哈羅爾德默默無聲地隱退了；康拉德放棄海盜生活，懷著深深的失戀而失踪了；曼弗雷特向大自然要求「忘懷」終於不能而死去；即使是該隱，最後也攜妻帶子走向流放。

正因為「拜倫式的英雄」的反抗是個人主義性質的，所以在反抗和鬥爭的過程中，他們看不到遠景，沒有明確的綱領，而且儘管他們信任自己的力量，但客觀的反動勢力比個人的力量更雄厚的情勢，他們也畢竟不能視若無睹，因此當他們以英雄的氣概在反抗和鬥爭的同時，內心裏總是滿懷著失望、痛苦的情緒，有的甚至充滿了絕望之情。

拜倫同時代的俄羅斯偉大詩人普希金，曾在長詩《茨岡》中通過，阿樂哥的形象揭露了「拜倫式的英雄」的無政府主義和個人主義的真面目，並且藉茨岡老人的口明顯地批評道：「你只是為了自己而尋求自由……。」不過在十九世紀初期，那些「英雄」的積極方面在客觀現實中所起的革命作用掩蓋了、削弱了其弱點的消極影響。

最後，我們應該闡明一下「拜倫式的英雄」的弱點存在的根源。「拜倫式的英雄」有著共同的憂鬱、悲觀、脫離群衆、孤獨高傲、個人奮鬥、沒有明確的鬥爭綱領和遠景等弱點。這些弱點，不是詩人超現實地捏造出來的，它有著深遠的歷史根源和詩人本身的原因。

關於十九世紀初期歐洲社會上的政治鬥爭形勢和經濟發展狀況，已在前面《論十八世紀歐洲啟蒙運動和啟蒙文學》一文中作過說明：當時社會上主導性的矛盾，在政治領域是團結在「神聖同盟」周圍的封建主和政府，與由資產階級領導的人民大衆構成的；在經濟方面，是工業資本與貴族地產之間的爭執。這就是說，在拜倫活動和創作的年代，資產階級和封建階級的鬥爭，將勞資間的不協調，暫時地掩蓋了起來，促其退居次要地位；這也就限制了以工人為代表的貧苦大衆的覺悟，使他們不能像後來的三、四〇年代那樣，作為一種自覺的、獨立的社會力量登上政治舞台。現實的這一前提，使拜倫還不能清晰地認識到以工人群衆為代表的廣大貧苦大衆的力量和他們的歷史使命，因而也就不能明確地看出社會發展的趨向。這一情況反映到創作中，就導致了他的「英雄」總是走著脫離人民大衆的孤獨鬥爭的道路，沒有明確的綱領和遠景，因而儘管鬥爭是堅決的，卻又具有濃厚的悲觀情緒。

除歷史的根源外，「拜倫式的英雄」的弱點的形成也有詩人本身的原因。作為十九世紀初期的一個積極浪漫主義詩人，拜倫自始至終存在著矛盾。關於這點，別林斯基寫道：「在讀拜倫的時候，你會看出他是一個深刻地抒情的、深刻地主觀的詩人，而在他的詩中有對英國現實的斷然否定；但同時，畢竟不能不看出拜倫是一個英國人，而且是一個英國勳爵，雖然同時也是一個民主主義者。」④「英國勳爵」和「民主主義者」兩種因素集於拜倫一身，這顯然是個矛盾。「民主主義者」使拜倫真誠地同情被剝削的勞動群衆和被壓迫的民族求解放的志向，並且對英國現實採取「斷然否定」的態度；可是「英國勳爵」卻又規定了拜倫的世界觀中歷史觀的唯心性質，以至於使他不能和極端個人主義斷絕關係。拜倫把個人在改變現實的鬥爭中的作用和力量估計過高，而對人民大衆的力量卻又估計不足，以致不能把個人和人民結合起來，因而在鬥爭中，面對著包圍自己的黑暗勢力，有時就失去必勝的信心，陷入失望與悲觀之中。拜倫的唯心的歷史觀點和個人主義，雖然在參加意大利和希臘的解放鬥爭中有所克服，但最後也沒有能夠達到徹底肅清。即使最後在希臘的軍隊中，他也不是把自己作為自由解放而鬥爭的希臘人民中平等的一員，而是居高臨下以總司令的姿態行動著的。因此一直到死，他也沒有能夠從思想上明確個人自由和人民大衆的自由之間，個人和人民之間的正確關係。如果把拜倫本身的侷限性和他的作品對照一下，就可以看出，詩人世界觀中的唯心的歷史觀點和資產階級個人主義，是深刻地影響了他的人物塑造的。這種影響，在恰爾德・哈羅爾德、《東方敍事詩》中的「英雄」們和曼弗雷特等的身上都突出地表現了出來，即使在高出上述人物的該隱身上也存在著。雖然該隱反抗的動機是崇高的，但當他行動起來時，仍然只是單槍匹馬，帶有明顯的個人英雄主義氣質。

綜括上面的論述，可以得出如下簡要的結論：拜倫和他的「英雄」，是具有鮮明的個人主義的局限性的，但他們為獲得自由、獨立而對非正義的現實和反動統治者所表現的那種不共戴天的決絕精神，至今猶具有生命力。

——只要可能，連街上的石頭
我也要叫它們來反抗暴君！
絕不讓人說：「我們還向寶座低頭。」（《唐璜》）

——拜倫如此地宣布了自己的卓絕的鬥爭精神。拜倫戰鬥的一生和他的「英雄」都充分地表達了這種精神。

注釋

①西諦：《詩人拜倫的百年祭》，見一九二四年《小說月報》。
②《別林斯基文集》，一九四八年俄文版，第一卷，七一三頁。
③魯迅：《摩羅詩力說》。
④《別林斯基三卷集》第二卷，五一四頁。

略論《恰爾德・哈羅爾德》的人物形象和藝術特色

《恰爾德・哈羅爾德遊記》是英國積極浪漫主義詩人拜倫輝煌創作中占有重要地位的作品之一。它為詩人雄立英國文壇奠定了基礎，同時也較全面地體現了詩人創作的思想和藝術特徵。《恰爾德・哈羅爾德遊記》由四章組成。第一、二章寫於第一次出國旅行途中（一八〇九～一八一一），一八一二年三月正式出版。第三章寫於第二次出國旅行的瑞士旅次，發表於一八一六年年底。第四章是一八一七年在意大利寫成，出版於一八一八年。詩篇全部工程的竣工，前後歷八年之久。

出國旅行，對於拜倫的生活和創作都具有極其重要的意義。這使詩人突破了往昔狹隘而沈悶的生活圈子，走上了社會生活的新階段。他遊歷了許多國家，無窮無盡的新鮮事物不斷地像波濤撲向海岸似地湧向詩人眼前：優美的自然景物、各國的風俗習慣、西班牙人民反拿破崙的鬥爭、呻吟在土耳其統治下的希臘現實、大不列顛的反動政策……這一切都在詩人的心靈上留下了深刻的印象，擴大了詩人的社會政治眼界，並且成為了《恰爾德・哈羅爾德遊記》這一不朽詩篇的基本素材。在詩篇中，拜倫不僅把旅途的所見所聞作了細膩而充滿感情的記述，而且一一都予以了概括性的評判。正是在這一記述和評判過程中，顯示了詩人的思想傾向和非凡的藝術才能。水光山色、怒海驚濤、強暴的掠奪、正義的反抗、勾心鬥角的外交、荒野成堆的白骨、英雄豪傑、亂臣賊子、神話古蹟、藝術雕塑，無一不成為作者描繪並藉以抒發自己感受的對象。字裏行間，情緒千變萬化：有溫柔的微笑，有刻骨的哀傷，有誠摯的歌頌，有憤怒的詛咒與尖刻的諷刺。我們從這幅龐大而複雜的五光十色的圖畫中，不能不感到這是作者第一部可以完全適應別林斯基的精采評語的作品。別林斯基這樣寫道：「拜倫為歐洲而寫歐洲；這個如此有力而深刻的主觀精神，這個如此偉大、高傲而不屈不撓的個性，他所致力的與其說是描寫現代人類，不如說是審判人類過去和現代的歷史。」①

《恰爾德・哈羅爾德遊記》是以貴族公子恰爾德・哈羅爾德決定出國旅行作為開端，詩篇的情節就是順著旅行的進展而逐步展開的。

詩篇的主人公恰爾德・哈羅爾德是一家顯赫貴族的後裔。「花天酒地」、「通宵達旦地笑樂歡狂」，成天與「一班登徒子和幾個情婦，以及大大小小忝不知恥的酒糊塗」混在一起，這就是他的日常生活。他也真心愛過，但由於感到：

姑娘們，像飛蛾，只愛輝煌的燈火，
瑪蒙的力量有時竟會超過薩拉芙。（第一章，第九節）

因此，到頭來終不免被「委棄」。他也有不少「朋友」，但大都是些「曲意奉承的酒肉朋友」。這種生活實際上是當時英國貴族資產階級生活的縮影。它壓傷了這個剛剛成年的「公子」。也許是因為年齡關係，腐化的生活還沒有完全使他的肉體和靈魂墮入深淵，漸漸地他不再願意過那種酒醉飯飽、荒淫無恥的日子，他對圍繞著他的環境中的一切覺得「厭膩、看夠」，並隨之感到心靈的極度空虛與苦悶。這就促使他「但求變換情調」，決定要離去那罪惡的漩渦，「去浪遊海外炎熱的地方」。

恰爾德・哈羅爾德向家庭道別遠行是無所依戀的。他不像「小書童」有父母之戀，也沒有「莊稼漢」的別妻離子之愁。可是，他也不是毫無感觸地離去的。他有比一般人更為深沈的悲哀，這是因為像他自己所說的：「沒有什麼東西值得我流淚，這卻使得我最傷懷。」作為一個年紀輕輕的人，而世界上卻沒有任何東西占有他的感情、心靈，這的確是一種最深切的悲哀。

恰爾德・哈羅爾德之所以決定出走，遠離故國家園，顯然是由於不滿和要逃避那種行屍走肉似的生活。從這一點上來看，是有著一定的反抗現實的意義的。但是由於過去生活的局限，進步的時代精神與他沒有絲毫牽連，他有的只是空虛、鬱悶。因此，雖然他為不滿和逃避現實而出走，可是，出走這一行動本身對他來說，沒有、也不可能帶有新的祈求、希望和目的。這一情況，就決定了他在以後的浪遊中、在激盪的生活面前不能生長出任何感受和新的力量的本質原因。葡萄牙優美的自然風光，他視若無睹；西班牙人民勇敢的反侵略者的鬥爭，他也是無動於衷；他「飄然離去那戰火和罪惡彌漫的國度」；對「舊日的戰場」、「流血的廝殺或英勇的激戰」、「刺客」、「軍人」等都漠不關心。總之，對上述那一切他都是「厭惡」的。即使對於愛情，他這時也冷若冰霜。他對生活的態度是：「……不願窺探墳墓的秘密，但又不能希望在死以前得到休息。」這種生活態度表明：一方面動物的自然的貪生欲望使他沒有勇氣斷然死去；另一方面，安閒的「休息」，勢必使他在無所事事中陷於比死還難受的空虛。因此，唯一的手段就只有永遠無目的地浪遊，藉長途跋涉的艱苦以耗盡生命力，最後無聲無息的倒下。詩篇中的恰爾德・哈羅爾德，實際上也就是按照這條道路而慢慢地隱沒的。

那麼，是什麼原因促使恰爾德・哈羅爾德要如此地糟蹋自己青春的生命呢？本質原因，在他吟哦的「給伊湼兹」中已經道破，那就是「既不是愛情，也不是恨，更非卑微的野心難實現……」，而是經歷、目睹和耳聞所引起的厭倦心情，即對當時現實感到絕望。在當時的現實社會中，由於金錢日益增長著它的破壞力量，它使人和人之間完全變成了豺狼關係。人間一切高尚、真摯、美好的感情，都被「金錢」給徹底摧毀了。在這種醜惡的現實面前，原屬貴族階層中的青年，對於自己的生活道路，可以有兩種極端不同的選擇。一般的是屈服、沈溺在紙醉金迷的生活之中，醉生夢死地活著死去，甚至斷然成為那種醜惡現實的捍衛者；另一種是屬於少數，他們斷然擺脫本階級的羈絆而尋求和從事改變現實的鬥爭。詩篇中的抒情主人公就作了這種選擇。這是在同一事物面前所採取的兩種截然不同的態度。但除了上述兩種選擇外，在那個特定的時代，也還有走第三條道路的可能。這種人不滿現實，甚至感到絕望；但同時，由於階級的局限找不到前進的方向，看不見遠景，因此，只好孤獨、憂鬱、失望，以終其一生。恰爾德・哈羅爾德就是屬於這一類型的人物。他不滿意於現實生活，逃出了青年時代的生活圈子；但由於長時期置身於與廣大人民隔離的境地，他不曾、也不能想到再有別種生活方式。他厭膩了原有的生活，卻不能另有作為。因此，在詩篇第三章中恰爾德・哈羅爾德出現時，他愈來愈「不適合與人們為伍」了，甚至連以前的那種「多愁善感」的氣質都沒有了，他已「不再為失望而去憂慮」了。這就等於宣布人生的樂趣的全盤瓦解。這時，恰爾德・哈羅爾德只有對於往事的一絲柔情的記憶和對於姐姐的懷念，是他作為一個活人的唯一標誌。這就是恰爾德・

哈羅爾德在詩篇中逐步消隱，終於完全失去地位的原因。拜倫最初的企圖，是想把恰爾德·哈羅爾德作為自己的見解和心情的表達者的。但在詩篇的發展中，詩人不能不放棄這種企圖，因為恰爾德·哈羅爾德的內在發展邏輯，不可能把那種渴望自由解放的光輝願望與熱情表達出來。如果詩人一直讓他存在下去，那會妨礙詩人的筆觸去作自由的描繪與大膽的抒發。因此，代恰爾德·哈羅爾德在讀者心中逐漸明朗化的是另外一個人物——抒情主人公，也可以說就是詩人自己。

對於恰爾德·哈羅爾德這個人物，作者在第一、二兩章的序言中作過這樣的說明：「為了讓這作品多少有些連貫性，於是就放進了一個虛構的人物，而這個人物的描寫又並不求其完整。」我認為，儘管作者聲言恰爾德·哈羅爾德這個人物是「虛構的」，但如前述，他在當時英國社會那個特定的歷史年代裏卻不是沒有代表意義的。而且作者之所謂「這個人物的描寫又並不求其完整」，也許只是就沒有首尾一貫地站立在作品之中而言。如果就其社會代表意義來說，我覺得恰爾德·哈羅爾德是自屬一種類型的。這種代表性，我以為還不止在於十九世紀初期英國貴族資產階級上流社會的青年群裏，而且就其不滿現實、悲觀絕望、而又無所作為等方面來看，實際上反映了當時歐洲整個一代貴族資產階級民主知識分子精神、性格的某些特點。在十九世紀俄羅斯文學中出現的「多餘的人」的類型，如奧涅金身上，就隱約地能看到恰爾德·哈羅爾德的影子。

此外，恰爾德·哈羅爾德這個形象和抒情主人公也有許多內在的聯繫。在恰爾德·哈羅爾德身上的那種孤獨、高傲、憂鬱等資產階級個人主義的精神特質，抒情主人公也在不同程度上具有著。這正是詩人精神思想上的局限與矛盾的反映。這種精神氣質上的某些一致性，如果我們對照一下拜倫出國前的那一段生活，那就不能不承認，這正是作者對自己生活、思想上黯淡面的寫真。而且也許正由於這點，在主觀上就妨礙和限制了詩人對恰爾德・哈羅爾德這個人物作出直接的、明確的批判。因此，恰爾德・哈羅爾德只好在詩篇中悄悄隱退，他的結局究竟如何，詩人没有交代，實際上他也很難明確指出。

說恰爾德・哈羅爾德與抒情主人公有某些相通之處，絕不等於就認為這兩個人物在精神實質上是完全一致的。這是兩個有一定聯繫但又有較大差別的人物。《恰爾德・哈羅爾德遊記》具有廣闊、深厚的思想內容。關於這點，連拜倫自己也認為：「這部詩是我所有作品中……包括的思想最多和內容最廣泛的一部。」②這種最多的「思想」和最廣泛的「內容」之所以能夠得到淋漓盡致的表現，不是得力於恰爾德・哈羅爾德這個形象，而是取決於抒情主人公內心感受和對客觀事物評價的抒發。因此，恰爾德・哈羅爾德這個人物，可以說只起了為抒情主人公作旅行嚮導的作用，他只是這次旅行事件的主要人物，而抒情主人公則是旅途中作者由於所見所聞而引起的見解和心情的表達者。從這點上看，抒情主人公在詩篇中所占的地位自然要比恰爾德・哈羅爾德重要得多。正因為如此，如果我們要探討抒情主人公的精神實質，那就不能不從詩人對一切歷史的和當代的事件與人物所表示的態度——歌頌、嚮往、號召、批判、諷刺，有時也有懷疑和憂鬱等——來進行較為具體細致的分析。

詩篇的第一章是以西班牙人民反拿破崙侵略的鬥爭為中心題材的。關於這場鬥爭，詩人一開始就畫龍點睛地指出了它的正義性和人民性。詩人這樣寫道：

目之所及，原野無邊無際，
有許多牧羊人的西班牙出現了，
……
但現在牧羊人必須保護他的羊群：
因爲西班牙已被強敵所捉住，
必須大家保衛大家，否則難逃奴隸的厄運。（第一章，第三十一節）

詩人的筆觸是鋒利的，幾行詩，就把拿破崙向外擴張的侵略性質給和盤托出來了，而西班牙人民所面臨的則就不能不是一場擺脫「奴隸厄運」的反侵略、反民族壓迫的戰爭。但是，從西班牙這方面來講，參加戰爭的成員卻是十分複雜的。這裏面有爭取祖國的自由的人民，有賣國媚敵的王室，還有在形式上是保衛西班牙而實際上則只不過是通過聯盟以鞏固自己在比利牛斯半島的統治勢力的大不列顛的軍隊。詩人以十分明亮的眼光，透視了這種錯綜複雜的關係，並且給予了截然不同的評價。

戰爭的災難是慘重的，詩人寫道：

死亡的火焰在高空燃燒、飛馳——
每一陣轟鳴聲中有幾千個人慘死；
死神來了，他乘著硫磺味的熱風，
戰神在頓腳，許多國家都被震動。（第一章，第三十八節）

面臨著國家的深重災難和民族存亡的關頭，西班牙上層統治者的態度怎樣？「盜寇垂涎的城！」——塞維爾，卻沈浸在醉生夢死之中：

……大家都不覺到臨頭的災禍，
這兒有的是玩樂，酒宴和弦歌；
在離奇古怪的狂歡中消磨著時光，
這些愛國者還沒有痛感到祖國的創傷，
聽不到戰爭的號角，只有悱惻的琴聲，
貪歡的人們還在逸樂中沈浸；
俏眼的蕩婦半夜出來遊逛；
這兒充滿著都會的罪行③，
罪惡之神死守著這搖搖欲墜的城。（第一章，第四十六節）

西班牙統治者就這樣淫樂於傾城滅國的危機之中。詩人還藉一個「趕騾的壯漢」唱出了王室和寵臣禍國殃民媚敵的罪行，唱出了人民對統治者的詛咒。但是，當詩人在寫到人民時，卻表現了完全不同的態度：

農夫們卻不如此，媳婦發愁，
自己坐著心煩，不願意抬頭，
……
在溫柔的夜晚，當愛情之星顯露，
再沒有人敲著拍板跳番旦戈舞。（第一章，第四十七節）

在決定祖國和民族的存亡興敗的關頭，這是兩種多麼不同的表現啊！問題還不止在於人民在為民族國家的命運而憂傷，更重要的是，他們在以壯烈的行動、拚著血肉之軀、捍衛著祖國的每一寸土地：

勇敢的農民在這裏向敵軍的營壘襲擊；
他們現在還誇耀說自己怎樣獲得勝利，
指點著那邊的山岩——曾經一再得而復失。（第一章，第四十九節）

詩人被西班牙人民為祖國而戰鬥的高昂的愛國熱情所激動，並把這種發自內心的欽敬之情，非常細膩而真摯地傾注在對於西班牙女英雄奧古斯丁娜的可歌可泣的戰鬥行動的讚美之中：

她把放鬆弦線的琴掛在柳樹上④，
而和短劍結了好，不再像女性，
勇敢地走向戰場，把戰歌來高唱？
以前一道細細的創痕會令她驚心，
梟鳥的一聲啼叫也會令她抖顫；
現在她泰然看著肉搏混戰的刺刀相拚，
看著閃閃的刀槍，在還未冷卻的屍體中間，
不慌不忙地行走，雖然戰神也會趑趄不前。
……
愛人戰死後，她沒有流無用的眼淚，
首領犧牲了，她站上他危險的崗位，
夥伴逃奔啦，她阻止這卑賤的行動，
敵人退卻了，她率領人馬去追踪，
誰能給死去的愛人更大的安慰？

誰能像她似地爲殉難的首領復仇？
男兒傷心失望時一個女郎卻把殘局挽回！
誰能如此勇猛地追擊那奔逃的法寇，
他們在炮火轟塌的城下，敗於女流之手？（第一章，第五十四至五十六節）

這是一個多雄偉的英雄形象！詩人對這位能為祖國安危而獻出一切的女性的敬仰，還表現在與他本國那些有閒階級的女性的對比上，詩人說：

然而西班牙女郎不是母大蟲，
她們是懂得愛的秘訣的多情種，
雖然她們扛著槍和男兒一起作戰，
大膽地走上千軍萬馬的前線，
無非是鴿子般溫柔的憤怒，
把欺凌她伴侶的莽漢痛啄。
比起遠方的那些嚼舌出名的女性⑤，
她們實在溫柔而且堅韌得多；
心靈更加高貴，外表一樣的娉婷。（第一章，第五十七節）

反對侵略、捍衛祖國的鬥爭，是人們愛國主義的試金石。真正的愛國者，在祖國的千鈞一髮之際會挺身而出，而絕不是可恥的旁觀者、逃避者，更不用說是叛徒了。詩人在寫到面臨戰爭威脅的加的斯時，他以驚人的深刻性，對西班牙人民和統治者之間的巨大區別，作了一個總結：

這裏除了貴族，人人都稱得上高貴，
只有墮落的貴胄甘心做敵人的奴才！（第一章，第八十五節）
卿相都逃亡了，庶民卻忠誠到底……（第一章，第八十六節）

對於希臘人民被奴役的命運的關懷和對希臘光輝歷史傳統的回顧，構成了長詩第二章的中心內容。在這一章裏，詩人用激昂，有時也以哀愁的調子，描述了呻吟在土耳其統治者鐵蹄下的弱小民族的情景；同時以對古希臘英雄時代的追憶，互相穿插著。古代建築雄偉的遺跡，希波戰爭的古戰場，馬拉松和費爾莫鼻兩地廝殺的英雄形象，這些都和當代希臘被奴役的可憐的現實構成了顯明的對比。詩人帶著深深的敬仰之情，追敘著古希臘為保衛祖國的自由和獨立的英雄形象：

他們是視死如歸的勇敢的青年人，
死守德摩比利隘道，哪怕堆滿死屍。（第二章，第七十三節）

可是面對當前現實，詩人不禁憤恨地寫道：

除了外表，眞是什麼都變了！（第二章，第七十五節）

但你的子孫還不奮起，只是空口咒罵，
他們在土耳其的皮鞭下呻吟得可憐，
只好做一輩子的奴隸；言行都一樣卑賤。（第二章，第七十四節）

作為一個積極浪漫主義詩人，拜倫對「在土耳其的皮鞭下呻吟得可憐」的希臘人民不只是停留於責備，因為責備的前提是熱切地希望他們繼承先輩們的傳統，用鬥爭求得解放。所以，詩人在責備之餘，緊跟著就指出了求得解放的道路，並發出了激情的戰鬥的號召：

世世代代做奴隸的人們！你們知否，
誰要獲得解放，就必須自己動手，
必須舉起自己的右手，才能戰勝！
高盧人或莫斯科人豈會對你們公正？
不！他們固然會打敗你們的暴君，
但你們仍然不會獲得那神聖的自由。
希洛人的魂呀！戰勝你們的仇人！（第二章，第七十六節）

對於豪邁而淳厚的阿爾巴尼亞人的讚美，也突出地表現了詩人對人民品質的了解。在當時西歐和北歐的「文明」人看來，阿爾巴尼亞只是一塊蠻夷之地，凶殘似乎是阿爾巴尼亞人的野蠻本性。詩人筆下的阿爾巴尼亞人，卻全然是另一副面貌。在戰鬥中：

阿爾巴尼亞人是凶猛的，卻不缺乏，
各種道德，也許比一般更加崇高。
他們的敵人看到過他們回身逃奔嗎？
誰能在戰爭的困苦中這樣不屈不撓？
在環境不利的患難時期，
他們的意志比他們的碉堡還要堅牢，
對敵人是多麼決絕；對朋友仁義，
爲了恩義或榮譽，可以把頭顱拋掉，
在首領的指揮下，衝鋒陷陣，毫不遲疑。（第二章，第六十五節）

在平時，一群海上遇險的旅客，懷著「只好冒險」和也許會嘗到「他們祖傳的屠刀」的焦慮心情登上阿爾巴尼亞海岸時，他們所遇到的完全不是想像中的情況。阿爾巴尼亞人是「既恨土耳其人，也恨西歐佬」的，但這種「恨」絕不是他們生來就粗野，喜歡與人為敵，而只是一個受盡外民族的壓迫與蹂躪的民族非常自然的反抗罷了。阿爾巴尼亞人民對一群陌生的遇險者的接待，正是他們品德崇高的具體說明，詩人寫道：

眞是杞憂！蘇里人熱心招待，
領他們越過山岡，繞過危險的泥沼地，
他們沒有卑微的奴才相，卻更爲和藹，
生旺了爐火，爲客人絞乾潮濕的外衣，
斟酒歡飲，燃亮那慰人的燈光，
雖是家常便飯，卻也盡他們所藏；
這樣的行爲確是難得的古道熱腸，
讓勞苦者得到休息，落難的受到安慰，
他們使好人感動，至少使壞蛋看了慚愧。（第二章，第六十八節）

而在同樣的情況下，換在「文明」的國度裏，落難者的遭遇將又如何？詩人作了一個尖銳的對比：

換了更「文明」的人，絕不會這麼殷勤，
如果是他的同胞倒可能袖手觀看；
世態炎涼，有幾個人的良心經得起考驗！

這種對照，褒貶是多麼分明，愛憎是何等強烈！

在經過比利時的當兒，抒情主人公和恰爾德・哈羅爾德來到滑鐵盧戰場。這給詩人一個機會來發表對不久前結束的這場戰爭的意見。拿破崙因為劫奪了法國革命的成果變成了暴君，並且不斷向外侵略擴張，因而他的毀滅就成為必然。但是他的敵人——一群暴君的勝利絕不等於自由高奏凱歌，因為這只不過是舊式的暴君對新式專制的新勝利，而詩人則對任何一種形式的壓迫都是抱著敵對的態度的，所以他寫道：

天網恢恢！高盧也許就此變一匹馬，
受繮繩的束縛，但世界能更自由了嗎？
究竟是各國聯合討伐那一個人，
還是合力教訓所有帝王好好地施政？
啊，難道那復活起來的奴隸制度
又將成爲時代的偶像，那醜陋的怪物？
難道我們，打倒了獅子又向豺狼朝禮！
奴才相地朝皇座屈膝，低聲下氣？
不，應先把效果估計，再來頌讚這種勝利！（第三章，第十九節）

瑞士如畫的景色，使詩人回想起出生在日內瓦的法國偉大啟蒙思想家盧梭。在各式各樣的反動派玷污著十八世紀啟蒙思想的傳統的時候，拜倫卻在指出了他的不足的同時，肯定了他的思想對於推進歐洲資產階級革命的偉大意義：「……他的預言，……把整個世界投進熊熊的火焰，直到所有的王國化為灰燼。」這正如後來人們把盧梭看成是為了未來的革命而照亮了法蘭西智慧的偉人一樣。

意大利的印象，構成詩篇第四章的內容。拜倫為在奧地利統治下受苦的意大利的命運而深感憤怒與悲傷。這一章的主要內容是對於意大利歷史的追述。古羅馬的廢墟使他緬懷這個國家昔日的強盛和光榮。但應該說明，詩人在這裏向意大利人指出來的不是驕傲的帝國羅馬，而是高舉義旗的里耶齊的羅馬共和國，並以此號召意大利人民爭取民族的自由和獨立，恢復祖國往昔的強大和光榮。

從上述抒情主人公對西班牙人民和統治者分明的愛憎，對希臘民族悲苦命運的關懷，對阿爾巴尼亞人民的讚美，對滑鐵盧戰爭和啟蒙思想家的態度以及對意大利人民的希望可以十分明確的看出，詩人是從進步的民主立場出發，站在渴求自由、解放的人民一邊的，對於侵略者、暴君們是恨之入骨的。他在對當時和歷史的事件的「審判」中，應該說是和人民的願望相一致的。特別是對那些參與過並且還在從事反侵略鬥爭的人民英勇行為的讚美與鼓勵，對那些正呻吟在侵略者鐵蹄下的人民所發出的「誰要獲得解放，就必須自己動手，必須舉起自己的右手，才能戰勝」的號召，使我們不能不把抒情主人公和那些對陷於奴役之中的人民僅限於同情、惋惜的民主主義者劃分開來，而把他看成為一個革命的民主主義者。

基於這種革命民主主義立場，詩人不僅僅對人民正義的鬥爭唱出了讚美之歌，對統治者給予了無情的、尖刻的諷刺與詛咒，而且為了維護弱小民族的利益，即使對自己的祖國，也毫無袒護之情。他一針見血地揭露了大不列顛政府在比利牛斯半島和地中海沿岸許多地方所進行的陰謀與掠奪。在看到古希臘文明遭到破壞時，詩人不禁慷慨激昂地寫道：

搶劫一個多難的國家的最後一批盜黨，
是自由的不列顛、海上女皇的兒郎。
有慷慨之名的她竟以禽獸的行爲，
殘酷地折下古代的遺跡，這些東西，
連善妒的眼光和暴虐的君王都不敢損毀。（第二章，第十三節）

拜倫對於祖國這些敗類的無恥行為所表示的這種憤慨，正如十九世紀後期和二十世紀初期美國偉大批判現實主義作家馬克・吐溫對美國北方暴發户們殘酷地破壞歐洲古蹟時而感到憤怒一樣。在馬克・吐溫筆下，美國北方那群資產階級都被表現為魯莽無知而又忝不知恥的人物。他們為了不讓自己被當作無知的人，就信口開合地讚美歐洲。其實他們對於歐洲文化歷史和藝術古蹟是一竅不通的。他們裝作崇敬羡慕歐洲古老的文化藝術，而手中卻拿著小錘在那具有上千年歷史的人首獅身的石象面前想敲下幾塊頷骨作為自己的標本。拜倫的這種揭露是正中了英國資產階級政府傷疤的。因而資產階級文人就把拜倫説成是一個仇恨祖國的叛臣逆子。這當然只是對一個真正的愛國者的誣衊罷了。因為，揭露英國資產階級政府的搶劫、掠奪行為，正表現了詩人維護祖國榮譽的崇高品質。拜倫的這種愛國主義和資產階級反動文人的「愛國主義」是根本風馬牛不相及的，他們為本國政府對外的一切罪行辯護，甚至發出無恥的歌頌。這種「傳統」一到英國資本主義發展到了帝國主義階段時被繼承和發展了。英帝國的「著名」歌手吉卜林就是他們的嫡系子孫。這只要聽一聽吉卜林為帝國主義向世界各個殖民地伸出貪婪的魔爪殘酷屠殺和掠奪殖民地人民時所發生的讚美之音就明白了：

把優秀的子弟——
送到天涯海角
進行艱巨的工作；
爲新征服的，
憂鬱的部落服務，
爲擾動不安的，
又可怕又天眞的野人服務。

而積極浪漫主義詩人拜倫則與之相反，他把對祖國的愛和對別國的自由、獨立的尊重結合起來。他把奴役別國的政策看作「古代野蠻政策的殘餘」。

可是，我們對於抒情主人公的接近與了解，卻不能只限於他對上述一些社會政治事件所表示的見解與態度上。如果這樣，那是不全面的。因為在讀者面前，抒情主人公敞開了他的內心世界的大門。這個內心世界是十分豐富，也是十分複雜的。抒情主人公有著非常強烈的感受能耐，有著稀有的敏感性。在詩章中，時或揚起一陣對女性美的禮讚，時或飄起分別時父親對兒女的柔情，時或是對初春般美好的初戀的追憶，時或又是對世事、人生感到失望的悲愁、痛苦。因而讀者在詩章中除了為不斷起伏著對人民力量和勇敢的讚頌，並號召鬥爭，從鬥爭中爭取自由的這樣一種莊嚴主調所激動外，也還有陣陣清淡的輓歌似的餘音，傳給人們以淡淡的哀愁。詩人心海裏所透露出來的這種哀愁之情的淵源是多方面的：有的是來自生活道路上的不幸遭遇，有的是來自離鄉背井飄流異鄉的孤寂心情；有的是因為覺得為自己的自由而鬥爭的人民與侵略者、壓迫者力量懸殊的想法；有的是因為他自己反抗，也號召被壓迫的人民反抗，但卻沒有具體的行動綱領，因而對解放運動的遠景模糊不清；有的也還因為是他渴望、追求自由，但一直不明確人民大衆的自由和個人自由的關係與界限，以至不能使自己與人民的鬥爭融為一體，不能把自己看成人民隊伍中的一員。所有這一切，都是在詩中時隱時現地起伏著的那種哀愁之情的根源。不過，這種哀愁之情並未壓倒詩人，他對自由最後會獲得勝利，始終是沒有失去信心的。因為他感到人類已經「自覺到自己的力量」，任何東西都是阻止，抵制不住這種「力量」的。詩篇第四章中獻給自由的旗幟的頌詩，充分表達了詩人對人類未來勝利的信心。詩人寫道：

但自由呵，你的旗幟雖破而仍飄揚天空，

招展著，就像雷雨似地迎接狂風；
你的號角雖已中斷，餘音漸漸低沈，
依然是暴風雨後最嘹亮的聲音。
你的樹木失了花朵，樹幹遍體鱗傷，
受了斧鉞的摧殘，似乎沒有多大的希望，
但樹漿保存著；而種籽已深深入土，
甚至已傳播到那北國的土地上⑥，
一個較好的春天會帶來不那麼苦的瓜果。（第四章，第九十八節）

而詩篇最後對海洋的讚歌中，那摧毀一切、不容抗拒的洶湧的波濤，正是人民革命鬥爭的風暴的象徵。

以上情況說明，恰爾德・哈羅爾德和抒情主人公是既有聯繫又有區別的兩個人物。其聯繫，前面已經說到，其區別是，恰爾德・哈羅爾德身上更多的表現了當代資產階級民主知識分子的消極面，抒情主人公身上則更多的體現了他們的積極面。

總的說來，《恰爾德・哈羅爾德遊記》中所表達的思想，是體現了作為積極浪漫主義詩人的拜倫的思想特徵的。這種思想，就其主要方面來講，是指在「加強人的生活意志，喚起他心中對於現實、對現實的一切壓迫的反抗心」（高爾基語）。而在藝術表現上，《恰爾德・哈羅爾德遊記》也體現了拜倫的浪漫主義創作的藝術風格的某些方面。

《恰爾德・哈羅爾德遊記》從形式上看，是篇旅途散記式的敘事詩。全詩並未貫穿完整的故事情節，連作為全詩骨架的旅行事件，也時常為詩人的主觀評判所打斷。有時，詩篇甚至根本沒有依據旅行的行程順序來處理，如詩篇的第二章就是如此。因此，與其說《恰爾德・哈羅爾德遊記》是一部敘事詩，還不如說它是一篇長篇抒情詩來得確切。從全詩來看，詩人並沒有拿許多具體事件組合起來嚴謹地構成一個故事情節整體。旅行事件在作品中是時斷時續的。只有詩人那種熱烈的追求自由、解放、蔑視一切暴力的思潮，才是貫穿全詩的一條紅線。這種思潮，就像江河裏的波浪，後浪接著前浪奔騰在詩篇的章節之中。這樣，才沒有使詩篇顯得支離破碎。普希金對拜倫作品的組織結構的分析是精闢的，是完全符合《恰爾德・哈羅爾德遊記》這篇詩作的實際情況的。普希金寫道：「拜倫很少考慮到自己作品的計畫，甚至根本沒有考慮過，好些作品相互間的聯繫極其薄弱，但他認為只要能傳達那深淵般的思想、感情和景象，就可以了。」⑦

強烈的主觀抒情因素在作品中占著特別重要的地位，這幾乎是所有的浪漫主義作品的突出特徵。這一特徵在浪漫主義創作中得到形成，這是因為在當時的浪漫主義者的眼光中，周圍的資本主義現實，只能引起人們的蔑視，根本沒有給予描繪的價值，因而他們都不屑對現實本身作具體描寫，只把自己對現實的態度表達出來。這樣，很自然地就在創作中產生了強烈的主觀抒情傾向，詩人自己往往是以一個主要人物在作品中出現的。《恰爾德・哈羅爾德遊記》中的情況正是這樣。恰爾德・哈羅爾德只是旅行事件的主人公，詩篇的全部進程實際上都取決於詩人主觀情緒的抒發。詩中，旅行事件不斷地為詩人對於事物的見解的表達所打斷，往往一直要等到詩人的見解淋漓盡致地作了抒發之後，才重新把中斷了的旅行事件聯接起來，並轉入新的場景。在那些對事物抒發自己的見解，並作出判決的過程中，詩人的想像是十分活躍的，並且是熱情澎湃的。在詩行中，詩人一任自己想像翱翔於時間的長河和空間的廣闊領域之上。仙女、英雄、暴君、叛賊、古蹟、戰場、山川、草木等，無不一一都成為詩人藉以抒發感受的對象。過去，未來和當代的情景，都五光十色地呈現在讀者面前。而這一切都充滿著作者的情緒色彩。他時而憤怒，時而哀傷，時而抗議，時而號召。狂熱的激情，不斷地在讀者心中引起共鳴和反響。

熱中於自然景物的描寫，這也幾乎是所有浪漫主義作品的特色之一。消極浪漫主義作家們，也經常在他們的創作中描繪美好的大自然，並以之和陰暗齷齪的資本主義城市相對立。但是他們對於自然景物的描繪是具有其十分消極的目的的。消極浪漫主義作家們是把清新、明艷的大自然作為自己逃避現實的精神安慰和藏身之所。但是，積極浪漫主義作家筆下的自然景物的描繪，卻完全具有另一種意義。在他們的作品中，一方面，自然景物美好而鮮明；同時，又和貫穿整個作品的主題思想緊密地聯繫在一起，被利用來和社會醜惡與貧困相對照。他們重申了盧梭的這樣的一種思想：「一切事物從創世主的手中出來的時候，是完美的，但被人的手毀滅了。」在《恰爾德・哈羅爾德遊記》中，拜倫面對著葡萄牙艷麗的自然風光寫道：

耶穌呀，這兒的風景可眞好看，
上蒼把這地方裝飾得多麼美善！
芳香的果實結在每　顆樹的枝頭！
一片美麗的景色展開在山野之間！
但人卻要破壞它，用不虔誠的手。（第一章，第十五節）

在《恰爾德・哈羅爾德遊記》中呈現出的西班牙境內那種五彩繽紛的瑰麗世界，地中海南部的自然風光，險峻的山嶺、波濤洶湧的海洋，都絕不是無動於衷的自然主義的寫真，而是飽含著詩人的沈思默想，其中有寓意、有象徵、有寄託。因此，詩中所有的對於自然的描繪都有抒情性的激情性質，處處和資本主義社會中的那種冷漠、空虛、偽善構成了明顯的對照。

在文學藝術領域中，對比的表現手法，這也是浪漫主義作家最愛採用的。《恰爾德・哈羅爾德遊記》中，對比手法的運用，是顯得十分突出的。上面談到美好的自然風光和醜惡現實的對比就是例子。其他如希臘和意大利今昔的對比，西班牙統治者和人民在面臨民族國家興亡時的表現的對比等都是極為突出的例子。在對比之下，詩人的褒、貶、愛、憎，都以針鋒相對的形式表現出來。

《恰爾德・哈羅爾德遊記》這部長詩，是植根於十九世紀初期的現實土壤之上的名作。詩篇中的形象和意境，浪漫主義氣息是相當濃厚的。但透過形象和意境，都不難看出詩人對於現實的深刻理解。這個時期歐洲歷史上的反動事件，資產階級和貴族英國的社會情況，西班牙人民的鬥爭，阿爾巴尼亞人民的精神面貌，希臘和意大利的現實等都通過抒情主人公的感受而反映出來。因而《恰爾德・哈羅爾德遊記》是一部具有巨大認識價值的長詩。這種在濃郁的浪漫主義色彩中所蘊藏著的現實主義因素，正好說明了積極浪漫主義和現實主義之間的密切關係。

注釋

①《別林斯基選集》，俄文版，六三三頁，一九四九年莫斯科版。

②《恰爾德・哈羅爾德遊記》，一六八頁，一九五六年新文藝出版社。

③原注，「都會的罪行」，指賭博、謀殺等等。

④原注，「掛在柳樹上」，聖經詩篇第一三七篇二節，「我們把琴掛在柳樹上」，表示悲哀。

⑤原注，「遠方的……女性」，指英國女人。

⑥「北國的土地上」。「北國」指英國。

⑦《普希金全集》，俄文版，第三卷，五三頁，一九五〇年莫斯科版。

論雨果的浪漫主義文藝觀

雨果是法國文學史上的巨人。他不僅以豐富的創作實踐為法國積極浪漫主義文學開拓了道路，成為這派作家公認的領袖，而且他的文藝理論方面的著述、文字，也是他們文藝思想的理論綱領。

（一）

雨果的文藝理論著述活動，是和他的創作實踐同時開始的。早在一八一九年，雨果和他的兄弟創辦《文學保守者》的年代，他就已經開始撰寫文藝隨筆和作家、作品評論。他的關於司格特和拜倫的論文寫於一八二三年和一八二四年。二〇年代後期和三、四〇年代，雨果寫作並出版了大量的詩歌、戲劇和小說。這些作品的前面一般都附有作者的序言。這些序言不僅是雨果捍衛自己作品和抨擊官方書報檢查制度的工具，更重要的是作為闡發他文藝思想和進行反對偽古典主義鬥爭的有力武器。《〈克倫威爾〉序》、《〈短曲和民謠集〉序》、《〈瑪麗容・德・洛爾美〉序》、《〈歐那尼〉序》、《〈秋葉集〉序》、《〈留克萊斯・波日雅〉序》、《〈光與影〉序》等都是這類性質的序言。這些序言，加上《莎士比亞論》等文藝論著，較為完整地體現了雨果的文藝思想。

雨果的文藝思想，也如同他的社會政治思想一樣，有一個複雜的發展變化過程。在二〇年代中期以前，雨果深受具有堅定的保皇主義和天主教信仰的母親的影響，「他在十七歲時便是一個斯徒亞特分子、詹姆士王黨、封建騎士；他以前愛旺岱甚於愛法蘭西」①。二〇年代中期以後，他逐漸脱離這種保守的政治立場，三、四〇年代，搖擺於共和與君主立憲政體之間；一八四八年二月革命之後，雨果終於堅定地站到共和主義的立場上。這種政治觀點和立場的變化，影響著、制約著作為作家的雨果。雨果是法國積極浪漫主義公認的領袖人物，可他卻曾經不僅醉心於消極浪漫主義的代表作家夏多布里盎的作品，並且是他的虔誠的崇拜者。一八一六年七月十日的一則日記中他這樣寫道：「我要做夏多布里盎，不然，什麼也不做。」雨果在二〇年代中期之後成為反對偽古典主義的盟主，用創作實踐和理論文字進行過頑強的鬥爭，可他也曾公開地站在偽古典主義立場上，仿效古典悲劇和頌詩，為復辟王朝和天主教唱過頌歌。雨果在政治和文藝思想上的這種顯著變化，自然不是來自「內省」和「自知」，而是和當時法國與歐洲的政治形勢緊密地聯繫著。一方面，國內查理第十極端反動的保皇主義政治、經濟措施，引起群情激憤，社會上廣泛地掀起了抗議反動政策的浪潮；另一方面，希臘、西班牙、意大利、俄羅斯等國人民爭取獨立、解放的革命浪潮衝擊著神聖同盟的反動統治。這兩股浪潮互相吸引，互相推動。正是這些社會政治鬥爭，撥開了雨果眼前的重重霧障，沖垮了他本來就很薄弱的保皇主義和天主教信仰的根基，使他的政治觀點和文藝思想發生了極為明顯的變化。雨果認識了「不論是古典主義的還是專制主義的」都是「形形色色的極端頑固派」，其活動目的就是要「在社會領域和文學領域裏恢復舊制度」②；他明確了「藝術創作上的自由和社會領域裏的自由，是所有一切富有理性、思想正確的才智之士都應該同步亦趨的雙重目的」，而且「文學自由正是政治自由的新生女兒」③；雨果還認識到了隨著社會歷史的發展，「新的人民應該有新的藝術」，因而他呼喚著：「讓人民的文學隨著宮廷的文學接踵而來吧。」④

（二）

戲劇是一面反映自然的鏡子，作家是社會這個歷史家的書記，這是莎士比亞和巴爾扎克著名的美學觀點。雨果也有著近似的看法。「存在於自然中的一切也存在於藝術之中」，「世界上、歷史上、生活裏和人類中的一切，都應該而且能夠在舞台上得到反映」，「戲劇描寫人生」⑤等理論，是雨果面對偽古典主義肢解現實、歪曲人生的嚴重傾向而提出來的。它們真實地表達了他的關於文藝與生活關係的基本看法，說明積極浪漫主義和現實主義一樣，也是面向社會、人生，是紮根在現實的深厚土壤之中的。

雨果提出，天地之間無一不可入藝術，是有著迫切的現實性和尖銳的針對性的。它一方面針對著偽古典主義反映現實的狹隘性、片面性，同時也正好體現了新興積極浪漫主義作家要求文藝擴大反映範圍的強烈願望。十九世紀二〇年代，古典主義文藝教條仍禁錮著人們的頭腦，古典主義戲劇仍然頑固地統治著舞台。這種戲劇執扭地固守著古老的傳統，眼睛死盯著宮廷貴族世界，只表現帝王將相和所謂優美、雄偉的事物。雨果反對人為地把生活割裂開來，針對古典主義「對自然僅僅從一個方面去加以考察，而毫不憐惜地把世界中那些可供藝術模仿……的一切東西（指滑稽、醜怪的事物——引者），全都從藝術中拋棄掉」的狹隘性和片面性，提出

「萬物中的一切並非都是合乎人情的美，……醜就在美的旁邊，畸形靠近著優美。醜怪藏在崇高的背後，美與惡並存，光明與黑暗相共」⑥。作家有責任把這種善惡美醜，是非黑白，雜陳並列互相襯托的大千世界反映在自己的創作之中，卻沒有權力把人、生命與萬物都割裂成兩方面，並且將其中的一個方面拋棄掉，像古典主義作家所做的那樣。雨果這種對於生活的看法，對於作家的要求，是正確的，是有助於擴大和加深文學藝術反映生活的廣度和深度的。

雨果要將「自然中的一切」反映在藝術之中的主張，還和要求給予作家以充分的創作自由的思想直接聯繫起來。古典主義到十九世紀二〇年代，已處在發展過程的迴光返照階段。它借助正在作垂死掙扎的復辟王朝的威勢，在文藝領域成為新興文藝發展的巨大障礙。它對於題材、體裁的狹隘的嚴格的規定，以及種種清規戒律，變成了捆縛作家手腳的沈重枷鎖。偽古典主義者在歪曲古希臘、羅馬的《詩學》、《詩藝》的基礎上，愈益走向極端。他們「把車轍當作了道路」，認為「誰要是不亦步亦趨地追隨前人踏出的腳印，那便是離開了真與美之路」⑦。所以他們偏重形式，嚴守詩體章法；對文藝類別嚴加區分，不容混同；喜劇情節絕對不能插入悲劇，中心情節不容許附有次要故事；作品中只表現天地間的優美性、雄偉性，一切醜惡、怪誕均在摒棄之列。這種種，都與雨果的看法格格不入。他認為，「真正的詩，完整的詩，都是處於對立面的和諧統一之中」，所以文學藝術的「真實」，全在於「崇高優美與滑稽醜怪的非常自然的結合」⑧。特別是對於古典主義所極力推崇的「三一律」，除了其中情節的一致，「是唯一正確而有根據的」，應予保留外，其餘「二一律」，均應「推翻」。在雨果看來，地點在戲劇中，應該是個「不說話的人物」；「一齣戲中，並不是只靠有台詞、有動作的人物把事實的忠實印象銘刻在觀衆的腦海裏。發生事變的地點也是事件的不可少有的嚴格的見證人」，因此，「準確的地方性是真實性的一個首要的因素」⑨，這就是說，不同的「事實」，或同一「事實」的不同的發展階級，應該有各自相應的獨特的物質環境，這樣才能增強人們的真實感。雨果這種強調物質環境應該成為無聲角色的觀點，正是他世界觀中唯物主義思想因素的表現。至於時間的一致，雨果認為更是經不起一駁，他諷刺性地寫道：「對不同的事件竟然規定同樣長短的時間！對一切事物竟然用同一種尺度！如果一個鞋匠給大小不同的腳做同樣大小的鞋，豈不好笑」⑩。總之，雨果對於古典主義的一切清規戒律都給以了嚴厲的批駁，並大膽地宣稱：「我們要粉碎各種理論、詩學和體系。我們要剝下粉飾藝術的門面的舊石膏。什麼規則、什麼典範，都是不存在的。或者不如說，沒有別的規則，只有翱翔於整個藝術之上的普遍的自然法則，只有從每部作品特定的主題中產生出來的特殊法則。」⑪雨果對於古典主義舊的傳統、舊的教條的大膽否定，正是新的一代浪漫主義作家，在創作上反對一切束縛，追求無限自由的要求的具體反映。由於僞古典主義最本質的職能是維護復辟王朝和天主教的反動統治，因而雨果的反對古典主義，爭取創作自由的鬥爭，實質上也就是反對復辟王朝。爭取社會自由的鬥爭。所以，雨果在查理・多瓦勒的詩集《天神》的序文中寫道：「如果從戰鬥性這一方面來考查，那麼總起來講，……浪漫主義其真正的定義不過是文學上的自由主義而已。」⑫

雨果反對古典主義文學對待自然、現實的片面性，主張全面地反映生活的整體，不是要把

「混雜在生活中的一切」等量齊觀，對善惡、美醜、是非、光明黑暗一視同仁，更不是要顯耀後者，而是要在對照中突出前者。「同樣的印象老是重複，時間一久也會使人生厭。崇高與崇高很難產生對照。人們需要任何東西都要有所變化，以便能夠休息一下，甚至對美也是如此。相反，滑稽醜怪卻似乎是一段稍息的時間，一種比較的對象，一個出發點，從這裏我們帶著一種更新鮮更敏銳的感受朝著美而上升。鯢魚襯托出水仙；地底的小神使天仙顯得更美。」⑬這段文字，說得很清楚。雨果主張寫惡、醜、非、黑暗、畸形、粗俗等等。不是目的而是手段，只是作為一種對照、強調和突出善、美、是、光明、優美、崇高。這就是雨果的美學理想。這一點同時也正是雨果區別於那些讚美死亡、歌頌黑暗、欣賞醜惡、眷戀絕望與悲哀的消極浪漫主義者的顯著標誌之一。

雨果主張文藝應該表現「混雜在生活中的一切」，反映包羅萬象的「自然」；他拒絕古典主義的嚴峻法則，要求給作家以充分的創作自由；他號召作家遵從歷史的真實，保持地點和時間的特色。這些，不只是從字面上接近於現實主義的理論，而是實際上呼應了現實主義藝術的要求，使文學接近了現實。他的戲劇屢遭禁演的事實，也更加具體生動地說明他的創作和生活之間的密切關係。但是，不能因此就把雨果拉進現實主義作家行列，他仍然是一個浪漫主義作家，是這個流派的理論代表。他特別強調作家的主觀思想和心靈在藝術創作過程中的能動作用，他推崇天才、創造，提倡想像、對照……。

在《蘇聯的文學》一書中，高爾基在比較現實主義和浪漫主義的異同時寫過這樣一段文字：

「從既定的現實底總體中抽出它的基本意義，而且用形象體現出來——這樣我們就有了現實主義。但是在從既定的現實中所抽出的意義上面再加上——依據假想的邏輯加以推想——所願望的、所可能的東西，這樣來補充形象，那麼我們就有了浪漫主義。」這一比較說明，這兩種創作方法的共同之處就在於它們的基礎都是奠定在「從既定的現實底總體中抽出它的基本意義」之上的；不同點，則在於浪漫主義還要依據「假想的邏輯加以推想」，「加上」「所願望的、所可能的東西」，「來補充形象」。正是在這個「依據假想的邏輯加以推想」，用「所願望的、所可能的東西，這樣補充形象」的過程中，作家的主觀能動性，獲得了能夠充分發揮的機會，作家的思想、心靈、想像，有了非常廣闊的活動空間。雨果正是這樣一位作家。

藝術是如何產生的？雨果回答說：「大自然加上人類，被提升到二次方，就產生藝術。」⑭這裏所謂的「提升到二次方」，正如他在《〈克倫威爾〉序》中指出的，世間一切，只有「在藝術的魔棍作用之下」才能進入藝術一樣，指的是在作家世界觀的制約下對現實所作的藝術加工過程。雨果認為，自然與藝術，雖然相輔相成，缺一不可，但卻是很不相同的兩件事。雨果提出：「藝術不可能提供原物。」⑮這是說，作品中的藝術真實雖然植根於自然的真實之中，但卻已經不是絕對的自然、絕對的現實，因為中間已經經歷了一個藝術加工過程。而在這個過程中，作家的思想、作家的心靈起著極其重要的作用。因此，雨果認為，文學藝術不是反映自然的普通、刻板的平面鏡，而「應該是一面集聚物像的鏡子」。為什麼？因為平面鏡「只能映照出事物黯淡、平板、忠實、但卻毫無光彩的形象」，也就是只能對自然作自然主義的反映，而

「集聚物像的鏡子」則「非但不減弱原來的顏色和光彩，而且把它們集中起來，凝聚起來，把微光變成光彩，把光彩變成光明」⑯，也就是說，這是在作家的思想作用下，塑造典型，反映客觀世界的。

文學藝術的加工製作過程，離不開作家世界觀的制約。這本來是十分正常的現象。問題在雨果把作家的主觀思想和心靈的能動作用強調到了絕對程度。他說過：「人心是藝術的基礎，就好像大地是自然的基礎一樣。」⑰文學藝術都是來自心靈：「從配合著行動的情欲裏，……產生出戲劇」；「從混合著夢想的情欲裏，則產生出純然的詩」⑱；或者說，詩是「從那被生活的震撼造成的內心裂縫裏源源而出」的⑲；「小說不是別的，而是有時由於思想、有時由於心靈而超出了舞台比例的戲劇。」⑳詩也好，散文也好，「一切形式都不過是盛著思想的花盆」㉑。所以他肯定：「每個偉大的藝術家都按照自己的意念鑄造藝術。」㉒甚至認為：藝術美完善與否的根本原因完全在於「心靈的不同，靈智的差異」㉓。這樣一來，文學藝術似乎都成了作家純主觀的產物，作家所從事的加工創造，也似乎是完全超脫物質世界的純精神活動，而自然與現實卻都是主觀意念的物化，成了第二性的東西。這種種認為心靈在藝術加工過程中具有絕對權威性，直至把自然和藝術的位置顛倒過來的言論說明，雨果的世界觀中，的確潛藏著濃重的唯心主義因素。

把作家的主觀思想、心靈活動的能動性強調到絕對化的程度，創作中就難免失於偏頗，出現敗筆。雨果的創作實踐中就有這樣的例證。有的時候，雨果對於通過人物的言行以充分表達自己某種主觀思想和意圖的關懷，遠遠勝過對於人物性格的完整性、內在邏輯性的關注。雨果是一個著名的人道主義作家，他幾十年如一日一直崇信仁慈、情愛的感化教育，是解決社會問題和改造人的重要手段。這種思想，在他的創作中，有時被表現達到極端的程度。在《悲慘世界》中，雨果不惜集中一百多頁、整整兩卷的篇幅來描繪卡福汝主教的形象，把他塑造成為仁慈、情愛的化身，超脫精神與物質欲望的道德純淨、透明的榜樣。他把仁愛的光輝撒向人間。救人於苦難，導人走向光明，在狄涅教區，衆望所歸，人心嚮往，顯然，這是個活在人間的有形的上帝。可是，卡福汝怎樣從貴族浪蕩公子，走向改惡從善，最後成為超凡絕俗的主教的？作者沒有，也不可能提供解答。實際上卡福汝主教只是雨果上述思想的形象化，而不是社會生活的典型概括。

在雨果看來，仁慈、情愛是有著神奇的力量的。當社會的迫害、法律的懲罰使冉阿讓變成為具有「凶狠殘暴的為害欲」的「猛獸」之後，他的品行和生活道路出現了一個根本轉變。作為工廠主，他和工人與社會之間建立了一種非資本主義的關係；既有的市長的社會地位也不足以阻止他自投法網，去法庭上解救無辜的商馬第；他整個後半生，是立志為善者言行的活標本。這種變化的基礎是什麼？雨果一點没有把目光投向冉阿讓的出身經歷、原有勞動者的善良本質以及他對於苦難生活、社會迫害的深切感受，而是歸結為一點：卡福汝主教的感化教育。當他因偷盜銀器再次被捕後，主教解救他之後對他說：「冉阿讓，我的兄弟，我贖的是您的靈魂。我把它從黑暗的思想和自暴自棄的精神裏面救出來，交還給上帝。」對此叮囑，冉阿讓刻骨銘心，成為他在此後的生活道路上，改惡向善，做出那麼多善行義舉的動力，直到生命的終結。仁愛不僅可改造在社會迫害下一時迷途的窮苦勞動者，對於那一輩子都在作惡造孽的人，也不是無感化力量的。《悲慘世界》中的沙威，是統治階級的忠實鷹犬和爪牙。他是法律的化身，以警官身分盡忠「官府」，鎮壓「反叛」，無情地踐踏貧窮的弱小者。就是這樣一個冷酷、殘暴的劊子手，也因為抵擋不住仁愛的感化而放棄了又一次逮捕冉阿讓的良機，又因此而痛感自己沒有盡忠職守，所以終於投河自殺。雨果對於冉阿讓後半生生活道路的安排和沙威這個人物的最後處理說明了什麼？很明顯，他所關心的是自己某種思想能否得到充分體現，而不是人物性格的本身。為了實現這個要求，他甚至不惜犧牲人物性格的完整性和內在邏輯性，給這兩個本來頗具典型意義的人物，塗上了一層非典型的神秘色彩。

推崇天才、創造，提倡想像、對照，這些創作思想上的特點，雨果同時在理論文字和創作實踐兩個方面都突出地表現了出來。這也是浪漫主義作家強調主觀心靈作用的自然結果。雨果認為：「詩人既是人，也是超人。」「既是人」，是因為詩人的「腳踵上有著大地的塵土」，是「置身於群衆之中」㉔，和群衆的心靈是「相互溝通」、「相互結合」的；「也是超人」，是因為詩人是「這樣一個天才，上帝故意沒有緊緊地加以羈勒，使他得以勇往直前，並在無限之中自由地展翅翱翔」㉕。正因為詩人是這樣一個「超人」，他才有能力承擔按歷史法則行事的職責。這法則是「強者扶助弱者，偉人幫助小人，自由的人解放被奴役的人，思想家教育無知者，孤高之士指導群衆，這便是從以賽亞到伏爾泰的法則」㉖。也正因為詩人是這樣一種

「超人」，陳規舊習的束縛自然不能忍受，革新創造才是他們迫切追求的。雨果說：「模仿……總是藝術的災禍」、「反光怎比及上光明？」「巨人身邊的寄生者充其量也不過是個侏儒。」因此，他極力貶斥古典主義，說在他們的文體中，「沒有一點新發現的東西，沒有一點想像的東西，也沒有一點創造性的東西。只有雕琢、誇張、老生常談、中學的佳文妙句、拉丁文的詩。思想全是抄襲來的，上面還裝飾著一些劣等的形象」。他呼籲人們進行大膽的創造：「還是讓我們別出心裁吧！如果成功了，當然很好，如果失敗，又有什麼關係呢？」㉗由此可見，雨果關於天才、創造的思想，也是和古典主義教條大相逕庭的，也是和創作自由的要求相一致的。

想像、對照在雨果的文藝思想中，也占著重要地位，並由此而可以看出他的浪漫主義見解和美學趣味。雨果十分推崇莎士比亞，其中原因之一就是莎翁特別富於想像。他讚賞莎士比亞能夠自由地駕馭想像，把整個大自然聚集在自己心中，把滑稽醜怪和崇高優美，靈魂和肉體，悲劇因素和喜劇因素，天衣無縫地結合在自己的劇作之中。他甚至認為「莎士比亞首先是一種想像」。想像在雨果的心目中既然如此得到重視，在創作中，自會有它的地位。在他的戲劇和小說中情節線索的安排，場面的配搭，環境的描寫，人物的塑造，理想的表達，無不充滿著豐富的想像。他的浪漫主義代表作《歐那尼》、《巴黎聖母院》就是最生動的說明。

對照，是雨果文藝思想中一個突出的觀點，並在《〈克倫威爾〉序》中，針對偽古典主義割裂生活、片面地反映生活的作法，進行了詳盡的駁斥和論述，在創作中，雨果也成功地運用了對照藝術。在《歐那尼》中，場面之間和登場人物之間的對照，在《巴黎聖母院》中，人物塑造上以愛斯梅哈爾達為中心的人物的縱、橫，內、外的對照，都收到了強烈的效果，美與醜、善與惡、真與假、明與暗、崇高與卑劣，界線極為鮮明，作家的思想傾向因此而被表現得十分鮮明、充分。

（三）

作家的社會職責和文學的社會功能是什麼？對於這些問題，雨果不僅用自己的創作，同時也用他的理論著述作過明確的回答。

雨果認為，人類社會的「進步」，是在「破壞」和「建設」中演進的，正如德國啟蒙作家歌德認為事物是在「毀」與「成」之中發展變化一樣。「破壞是一件苦差事」，但對「累贅的古老文明」，「破壞」是勢在必行，是一件「有益的工作」。這裏的所謂「累贅的古老文明」指的就是扼止歷史發展、阻礙社會進步的舊的傳統，舊的法律、習俗以及種種陳腐的醜惡現象。「清除」這種「累贅的古老文明」是各個時代，包括作家在內的「有才智的人」的神聖責任㉘。雨果對英國作家司格特圓滿地完成了小說家對於自己的藝術和時代所負擔的職責表示非常讚賞，並且說：「如果詩人不獻身，那麼誰獻身呢？如果豎琴的聲音不去平息風暴，那麼什麼聲音會在風暴之上升起？……」㉙雨果自從在創作思想上有了變化之後，就一直承擔著這一神聖的職責。他的《巴黎聖母院》有著鮮明的反封建、反教會的主題；他的《瑪麗容・德・洛爾美》因「對當今皇上祖先不敬」而被禁演；《歐那尼》的演出，也遭重重攔阻；《國王尋樂》又因「有許多影射國王的地方」而被勒令中止演出等等，都是具體的明證。直到六〇年代，他的《悲慘世界》的序文中還這樣寫道：「只要因法律和習俗所造成的社會壓迫還存在一天，在這文明鼎盛時期人為地把人間變成地獄，並且使人類與生俱來的幸運遭受不可避免的災禍；只要本世紀的三個問題——貧窮使男子潦倒，饑餓使婦女墮落，黑暗使兒童羸弱——還得不到解決；只要在某些地區還可能發生社會的毒害，換句話說同時也是從更廣的意義來說，只要這世界上還有愚昧和困苦，那麼，和本書同一性質的作品都不會是無用的。」這就是說，面對黑暗的社會和種種非正義的事物，作家應該堅持與之鬥爭。這是作家的社會職責，也是文學作品的社會功能的一個重要方面。

但是，「破壞」只是手段，目的是為了「建設」。所以雨果說：「建設，則是一番大事業。」因而他熱情地號召道：「有才智的人，現在起來吧，大家投身到創作中去，投身到工作中去，忍受辛苦，完成職責！現在的問題就是要建設。」㉚

那麼，建設什麼？以什麼作為手段，拿什麼去建設？對於這些，雨果都有十分明確的想法。對於第一個問題，雨果回答說：「建設人民」，亦即要培養一代新型人民，作家「擔負著靈魂的責任」，「對人民做工作，這是最迫切的需要」，「給人類指出目標」，「創造人民，這是多麼崇高的目的」。因此，雨果認為作家的天職就是通過舞台、書本，通過各種體裁的作品，潛移默化地去「建設」人民，移風易俗，給社會帶來文明。這就是說，雨果不僅接受了他的先輩作家——整個一代啟蒙主義者把自己當成「人民的啟蒙導師」的思想，同時也還接受了他們把教育作為改造人，最後變革現實的重要手段的主張。雨果提出「美為真服務」的原則，和「為藝術而藝術」的口號對立起來。肯定戲劇「唯一的目的就是……教育觀衆」㉛，說「劇院就是宣教台，劇院就是講壇」㉜，「書籍便是改造靈魂的工具」㉝。特別是文學藝術的美感教育，在整個文化教育中，尤其占有極其顯著的位置：「詩人的作品中所始終保持著的美，使得他們居於這一教育事業的頂巔。」㉞雨果的這些觀點，很明顯地把文化教育，特別是其中的文學藝術的美感教育的作用，作了十分不恰當的誇大。在這個基礎上，他為變革社會開出了藥方，即只要普及文化教育，擴大書籍的影響，提高人民的文化素養，那麼，社會的革命變革就能得以實現。這顯然是歷史唯心觀點。但是，雨果的這套觀點，也不是毫無可取之處的。普及文化教育，啟蒙人民，有效地提高他們的文化和覺悟水平，這對於加強當時人民反封建和教會的鬥爭，是有促進作用的，特別是他針對那些認為「為進步而藝術」「便會破壞美」的「純粹熱愛藝術的人」，即「為藝術而藝術」者，提出的「美並不因為服務於廣大人群的自由和改革而降低了自己」，反而會「愈是多一種用處，藝術就愈增添一種美」㉟的觀點，對比之下，無疑是進步的、革命的。

那麼拿什麼通過教育這個手段去「建設人民」？雨果觀察了當時的社會，認識到了人們普遍存在著重物質而輕精神的傾向，即人都執著於物質的追求而輕視理想的探索。而在雨果看來，理想卻又是區別動物與人的重要標誌。因此，他提出「要在人類的靈魂中再燃起理想」㊱。這是作家職責，也是文學社會功能的另一重要方面。雨果要求人們心靈中充滿理想的光輝，為理想而鬥爭，為探索理想而前進，這是和他深切地同情人民，認為「人民有一顆偉大的心靈」、「有高度的道德感」、「能夠深刻地接受理想」㊲的民主主義思想密切地聯繫起來的。同時，正當一派消極浪漫主義作家企圖用創作「或則粉飾現實，想使人和現實妥協；或則就使人逃避現實，墮入到自己內心世界的無益的深淵中去，墮入到『人生命運之迷』，愛與死等思想裏去」㊳的時候，雨果提出要給人民灌輸理想，要求詩歌「是雄鷹不是燕子」，要「在政治風暴中冒險」㊴等等，這就是要「加強人的生活意志，喚起他心中對於現實、對現實的一切壓迫的反抗心」㊵，即「幫助激起對於現實的革命態度，實際地改變世界的態度」㊶。從上述兩個方面看雨果要求作家通過創作用理想去培養人民，達到「建設人民」的目的。這種思想，在當時是有很大的積極意義的。可是，進一步涉及理想的由來及其社會作用，雨果難免又陷入唯心主義泥潭。人們應該到哪裏去取得理想？雨果講得很清楚：「詩人、哲學家、思想家都是帶著理想的孢子」，理想就在歷代詩人、哲學家、思想家的身上和作品裏；「請把從伊索到莫里哀的所有才子，從柏拉圖到牛頓的所有智者，和從亞里斯多德到伏爾泰的所有學者都傾倒出來吧！這樣，你便能醫好時弊，一勞永逸地締造人類精神的健康。」㊷人民所需要的理想，不是來源於現實鬥爭中。而是來源於歷代精神文明，而且這種理想一經傳播，就能清除現實生活中的弊端，人民的精神面貌，就能獲得永恆的淨化。這不能不說明雨果的社會歷史觀是唯心的。雨果的這種思想，完整地充分地表現在他的全部創作之中。用仁慈、博愛的理想解決社會問題，改造人的思想，這是雨果創作思想中最重要的一種觀點，較之同時代的其他作家。在這一點上，他是顯得最為突出的。雨果的這一思想，幾乎可以說是貫串在他的全部詩歌、戲劇、小説創作之中。為了使它實現，他用口、用筆，呼喚了六、七十年之久，但歷史的回答是無情的。將近一個世紀過去了，實踐證明，在階級對立存在的社會中，雨果的理想，永遠只能是天真的幻夢！

以上的種種情況看來，雨果的文藝思想是相當複雜的，其中既有唯物的、正確的、進步的因素，也有唯心的、錯誤的、落後的成分。作為遺產，還有待於進一步進行清理，不過，就有關文藝基本問題的論述，雨果的理論文字，卻的確是十九世紀法國積極浪漫主義文學運動的理論綱領。

註釋

①柳鳴九譯《雨果論文學》，一〇三頁。
②③④同①，九三頁。
⑤同①，四〇、四五、六二頁。
⑥同①，三〇頁。
⑦同①，九一頁。

⑧同①，四四～四五頁。
⑨㉜同①，五〇頁。
⑩同①，五一頁。
⑪同①，五八～五九頁。
⑫同①，九二頁。
⑬同①，三五頁。
⑭同①，一二七頁。
⑮同①，六一頁。
⑯同①，六二頁。
⑰同①，九九頁。
⑱⑳同①，一一八頁。
⑲同①，一〇一頁。
㉑同①，一六六頁。
㉒㉓同①，一三九頁
㉔㉖同①，一八八頁。
㉕同①，一六七頁。
㉗同①，五七、六〇、六七、九〇頁。

㉘同①，一六八頁。
㉙同①，二頁。
㉚同①，一六八～一六九頁。
㉛同①，一六九、一七六、一七五、一八二頁。
㉝同①，一〇七頁。
㉞同①，一二六頁。
㉟同①，一八四頁。
㊱同①，一八四～一八五頁。
㊲同①，一八〇頁。
㊳㊵高爾基：《我怎樣學習寫作》。
㊴同①，一〇〇頁。
㊶高爾基：《蘇聯的文學》，新文藝出版社，一九五六年版，二八頁。
㊷同①，一八一～一八二頁。

從《高老頭》的人物塑造看巴爾扎克的世界觀與創作之間的聯繫

兼論拉斯蒂涅、高里奧、伏脫冷等人物

關於巴爾扎克的世界觀及其與他的創作之間的關係這些問題，已經是討論了許多年的老問題了。目前，儘管在闡述這些問題中的某些具體問題時，還存在著不盡相同的意見，但對這些問題的基本方面，或者說前提，卻已經有了基本一致的看法。

巴爾扎克是站在什麼立場來觀察、研究和反映生活的呢？當前有四種意見，即小資產階級的、自由資產階級的、工業資產階級的和保皇黨貴族的。四種意見，各有理由，但又共同承認：巴爾扎克是反對金融資產階級的統治和憎惡在其統治下的罪惡現實的；就巴爾扎克世界整體而言，是屬資產階級的。在這兩個共同認識的基礎上，他們還一致認為，一方面，從政治上講，巴爾扎克是個保皇黨，其作品是對於上流社會必然崩潰的輓歌；但同時，他是世界上著名的對現實關係有著深刻理解的作家。

至於巴爾扎克的世界觀與創作之間的關係，目前也有了大體上一致的看法：巴爾扎克世界觀中的各種觀點間是有矛盾的，反映在創作中就產生了相應的矛盾的創作意義；巴爾扎克的世界觀是各種矛盾著的觀點的統一體，因而他的創作也是各種相應矛盾的創作意義的統一體；矛盾的世界觀，矛盾的創作意義，前者制約後者，這也是矛盾的統一。

對上述這些大家都基本上同意的看法，我也是同意的，沒有什麼新的看法發表。但是，由於長時期來，國內外有些人都曾以巴爾扎克的世界觀和創作為例，宣揚過二者可以完全對立，並且這種論調也曾在一些人的思想中引起過混亂，因此，通過《人間喜劇》中具有代表性的作品的分析，進一步更有說服力地澄清問題，我認為是現在和以後都仍然具有現實意義的工作。本文就試圖通過《高老頭》中的人物塑造的分析，比較具體、細致地說明巴爾扎克的世界觀與創作之間的聯繫；同時，也在這一過程中，對目前一些評論家、一些評論文章和一些讀者對拉斯蒂涅、高里奧、伏脫冷等幾個人物所持的看法，提出自己一些意見。

歐也納・特・拉斯蒂涅

對於歐也納・特・拉斯蒂涅這個人物，目前有兩種看法是具有代表性的，並且彼此是針鋒相對的。其一是：認為他聰明伶俐，頭腦清醒，胸襟寬大，教育使他風度翩翩，感情細膩，尊重個人的人格；這些正面特徵使他很可以成為一個正面主人公，成為一個有益於祖國與人民的人物；他懷著高尚與無私的動機開始自己在巴黎的生活；在巴黎，他最初過的是一個有德行的大學生的生活，他希望用頑強的勞動來維持自己以及住在外省的家庭的生活；後來，只是由於置身於巴黎那個「金錢王國」之中，才造成了他天才的毀滅、青年幻想的破滅與高尚的人類感情的消失。於是，他的正面特徵喪失殆盡，成了一個開始昧著良心做事，道德墮落了的年輕的野心家。其二是說，小說一開頭，展示在我們面前的拉斯蒂涅就是一個道地的資產階級化的貴族青年，巴爾扎克對這樣一個野心家的生活道路卻是肯定的、讚頌的，並企圖以超階級的抽象的道德和「良心」的觀念，把拉斯蒂涅加以美化。而拉斯蒂涅拒絕伏脫冷的計畫，對高老頭的同情等等，無不以個人利害為前提。

對於上述兩種看法，我認為不是失之過右，就是失之過「左」。前者，不僅完全按照巴爾扎克保皇黨的思想感情的尺度，從一個極端估計了拉斯蒂涅原有的精神品德，並且還以無端的捏造，進一步美化了他。結果是，不止完全抹殺了拉斯蒂涅的掠奪性格形成過程中，其主觀因素所起的作用，同時也歪曲了這個形象的典型性。而後者，則又完全忽視了拉斯蒂涅的出身、來巴黎前所受的教育及生活經歷所必然要留下的影響，從另一個極端把他原有的精神面貌單一化。結果是：對形象發展過程中內心裏產生鬥爭的原因，找不到正確的解答，從而也就不可能恰如其分地評價這個人物，最後也勢必歪曲人物的典型性。

那麼，拉斯蒂涅究竟是一個什麼樣的人物？

歐也納·特·拉斯蒂涅是一個從安古蘭末鄉下到巴黎讀法律的青年。他出身在一個「人口衆多」、貧寒、沒落的古老貴族之家。他是一個「大家子弟」，幼年時代的教育，只許他有「高雅的習慣」。但同時，「因為家境清寒……從小就懂得父母的期望」。這「期望」是，他得把家庭從清寒的處境中解放出來。因此，在他心裏，早就在「打點美妙的前程，考慮學業的影響，把學科迎合社會的動向，以便捷足先登地去搾取社會」。如果不是從主觀臆斷，而是實事求是地從上述作者的交代出發，這裏顯然表現出了兩種情況。首先，那種認為拉斯蒂涅是「懷著高尚與無私的動機開始自己在巴黎的生活。他希望用頑強的勞動來維持自己以及住在外省的家庭的生活」的斷言，是毫無根據的。因為，拉斯蒂涅之來到巴黎，其目的是十分明確的。這目的是要「出人頭地」，為自己開闢「美妙的前程」。這就是說，拉斯蒂涅來巴黎之前和來巴黎之初他已經有明顯的名利欲望。清晰地明確這點，是十分重要的。因為它是這個形象發展、變化的內在因素，是基礎。從這一點來講，把拉斯蒂涅看成是一個在某種程度上已經資產階級化的貴族青年我認為是恰當的。可是，說他一開頭就是一個道地的資產階級化的貴族青年，卻又是與實際相背離的。持這種看法的人，沒有看見，或者忽略了下面的情況：拉斯蒂涅出身在一個雖已沒落，但卻仍不失為一個古老貴族之家，他曾長期生活在工商階級尚未達到絕對統治的偏僻鄉村。而且，他所受的教育，無疑也更多的帶有封建宗法性質（這從他母親信中以及他姊妹的信裏談及弟弟所受的教育都能證明）。這一切在拉斯蒂涅心中留下了痕跡，從而使他初到巴黎時還保有「童年的幻想和內地人的觀念」。即拉斯蒂涅身上還具有和道地的資產階級人物不同的道德和良心。這一點，從下列言行中，就能得到說明。

首先，我們可以從拉斯蒂涅對高老頭的對女兒的愛及其遭遇所表示的態度來看。

當拉斯蒂涅在鮑賽昂夫人府上聽到高老頭如何愛女兒，如何把財產平分給女兒作陪嫁，最後又如何像「檸檬榨乾了，……空殼扔在街上」一樣被女兒遺棄時，先是驚奇於「她們不承認父親！」繼而想到夜裏高老頭為給女兒還債在扭絞鍍金盤子的情景時，又不禁叫了一聲：「高老頭真偉大！」而回到公寓後，還理直氣壯地當著那些時常嘲弄高老頭的房客表示：「從今以後，誰再欺負高老頭，就是欺負我，……他比我們都強……。」最後，他成了高老頭最接近的人，成了高老頭病中僅有的「為了感情而照顧他」的人；他強迫伏蓋太太交還了高老頭藏著兩個女兒頭髮的胸章，重新撬開釘死了的棺木，把胸章掛在死人的胸前；他也是高老頭唯一的送葬者。對於這種種，一概視之為虛情假意，一概視之為是以個人利害為前提的，是沒有理由的。

其次，在拉斯蒂涅對於家庭成員的態度上，也構成了這個人物和道地的資產階級人物之間的某些不同。

拉斯蒂涅和娜齊、但斐納不同。她們或是為了淫亂的生活，或是為了虛榮，「即使踩著父親的身體走過去也在所不惜」。在這點上，拉斯蒂涅卻在一定程度上有著有別於她們的表現。當拉斯蒂涅提筆寫信向母親要錢時，他「覺得慚愧」，「他的心亂如麻，在屋子裏亂轉」。直到寄信的最後時刻，「他還是猶疑不決」。及至收到回信和錢時，他深感這是從母親身上擠出的「最後幾滴血」，所以「大學生肚子裏有些熱不可當的感覺。他想放棄上流社會，不拿這筆錢」。

拉斯蒂涅和泰伊番的兒子也有些不一樣。泰伊番的兒子為了獨得遺產，可以無動於衷地看著姊妹處於貧困中。而拉斯蒂涅在追求名利之時，姊妹的命運，在他心裏卻有一定的地位。他曾這樣向皮安訓表示過：「……我有兩個姊妹，又美又純潔的天使，我要使她們幸福。……」這裏可以看出，拉斯蒂涅和娜齊、但斐納、泰伊番的兒子在某些方面顯示出差異。這不止是形式上的不同，而且具有思想基礎上的差別。這就是：拉斯蒂涅對待高老頭、母親和姊妹的態度，逼迫著我們必須承認一個事實：在他身上，封建的、宗法的和淳樸的關係，還沒有被人與人之間那種赤條條的利害關係破壞；他心中存在的這一切，構成了拉斯蒂涅身上所謂的「童年的幻想和內地人的觀念」的具體內容。

恰當地估計拉斯蒂涅如何拒絕伏脱冷的殺人計畫，我認為也是正確認識這個人物的重要事件之一。有的評論文章在分析這個問題時，敘述了許多因素，就恰恰不提上述因素所起的作用，而我認為這個因素才是具有決定意義的。不錯，我們完全應該估計到拉斯蒂涅在拒絕伏脱冷計畫時其原因的複雜性：㈠當時，他表姐鮑賽昂夫人應允給介紹紐沁根太太，他想通過女人的「愛情」以取得金錢地位，還不是完全没有可能。㈡在伏脱冷提出具體計畫前所作的自我介紹，可能使閱歷尚淺的拉斯蒂涅害怕與這個凶狠的人結成「聯盟」。㈢當時拉斯蒂涅心中還可能像皮安訓那樣考慮過：對於這種事，不謹慎從事，而採取「快刀斬亂麻」的方式，「結果是坐牢也難説」。但是，這些都不是主要的，拉斯蒂涅拒絕伏脱冷計畫的那一瞬間，有的甚至根本没來得及考慮。我們來研究下面一段對話是有意思的。這段對話發生在伏脱冷答應幫他「弄到一百萬陪嫁」，但尚未説明「弄」的對象和手段時，拉斯蒂涅先是「急不及待的打斷了伏脱冷的話」問：「要我怎麼辦呢？」接著是下面的對話：

「可是哪兒去找這樣一個姑娘？」歐也納問。

「就在眼前，聽你擺布！」

「維多莉小姐嗎？」

「對啦！」

「怎麼？」

「她已經愛上你了，你那個特·拉斯蒂涅男爵夫人！」

「她一個子兒都沒有呢！」歐也納很詫異的說。

在這段對話的內容和語氣中，沒有絲毫拒絕之意，只有十分赤裸的求之不得之情。根據這時拉斯蒂涅已經有了想通過紐沁根太太的關係去取得財產和地位的企圖，我們完全可以推想，只要有他認為合適的手段，他是絕對會樂得而去騙取維多莉的愛情，以便取得一百萬陪嫁的。可是，當伏脱冷把計畫說穿，即要致泰伊番之子於死地後，他才有獲得一百萬陪嫁的可能時，拉斯蒂涅先是說：「可怕可怕！你不過是開開玩笑吧，伏脱冷先生？」繼之又道：「別說了，我不能再聽下去……。」一場交易就此而終。伏脱冷心安理得、一本正經提出的計畫，對拉斯蒂涅卻是感到「可怕」，懷疑「不過是開開玩笑」，最後連聽都「不能再聽下去」，這說明什麼呢？只能說明，在形象發展的這一時期，殺人流血的事件，和人物身上殘留的封建宗法式的倫理道德觀念，對照之下，太強烈了，他接受不了。所以，我認為在拒絕伏脱冷計畫的那一瞬間，很難說拉斯蒂涅是以個人利害為前提的。假如，拉斯蒂涅一開頭就是一個道地的資產階級化的人物，伏脱冷的計畫，不是意味著馬上發大財，不是意味著比挖空心思去追求其他女人以達到這個目的的要輕易、簡單得多嗎？他有什麼理由不接受呢？

這裏，還有一個情況必須加以說明。在有的文章裏，論者企圖拿拉斯蒂涅以後並沒有完全拋開伏脫冷的計畫這一事實，來證明他的拒絕只不過是出於資產階級所標榜的虛偽的仁義道德罷了。的確，當拉斯蒂涅「眼見沒有錢，沒有前途」時，就想到伏脫冷的計畫，「想從泰伊番小姐身上發財」，他用這樣的話問過皮安訓：「你念過盧梭沒有？……他著作裏有一段，說倘身在巴黎，能夠單憑一念之力在中國殺掉一個年老的滿大人而使自己發財……那麼你怎麼辦呢？」這探問的用意是明顯的。特別是當拉斯蒂涅被紐沁根太太「磨得絕望」時，他的心「完全向伏脫冷屈服」，居然和維多莉小姐「親熱得了不得」。所以後來皮安訓問他：「咱們的滿大人砍掉了吧？」他回答說：「還沒有，可是喉嚨裏已經起了痰。」上面這些，都是不容否認的事實。但是，這些既根本不能是他拒絕計畫時是出於資產階級所標榜的虛偽的仁義道德的根據，更不能當作否定他拒絕計畫那一瞬間，封建宗法式的觀念發生了作用的理由。因為拉斯蒂涅的上述言行，是在形象發展變化過程中的後來時期表現出來的。我認為時間的觀念，對於迅速地在起著變化的拉斯蒂涅形象，是極為重要的。拉斯蒂涅的發展變化過程，從時間上講，作者不是安排在二十年、十年內，甚至不是幾年和幾個月之內，作者著重表現的只是幾十天內的情況，即一八一九年十一月底和十二月的一段時間裏的情況。所以巴爾扎克不斷地用「下一天」來加強時間觀念，以便突出人物在極短的時間裏所經歷的巨大變化。可是持上述論點的人，卻偏不看這一重要事實，而把人物在不同時期、不同情況下的言行混同起來。這樣，人物發展變化過程中所顯示出來的複雜性就不見了。而這與作者的主觀意圖和作品中的具體表現，都是不相符合的。

至此，也許有人會問，我完全根據作品中的具體描寫來強調拉斯蒂涅這個人物絕不是一開頭就是一個道地的資產階級化的人物，是否也是用巴爾扎克的觀點看問題呢？是否也是為了肯定他身上具有正面特徵，並且也認為他很可以成為一個正面主人公，成為一個有益於祖國與人民的人物呢？對於前一問題，這裏不加解釋，後文另有敍述。對於後一問題的前半，我回答說，當然不是。如果硬要說拉斯蒂涅具有什麼「正面特徵」，那也只是和道地的資產階級人物相對比下，他具有一些封建宗法式的「正面特徵」。至於這問題的後部分，根據拉斯蒂涅來巴黎前就已經有了較強烈的個人欲望，而後來他生活的地方又是一個典型的「金錢王國」，這兩種情況決定了他身上那些屬於封建宗法範疇之內的最後殘餘的正面特徵，不是在暴發户的威迫之下逐漸滅亡下去，就會被這種暴發户弄得墮落起來。因此，他連成為封建宗法式的正面主人公的可能性都是沒有的，當然就更不可能成為一個有益於人民的祖國的人物了。

現在我們來研究一下，巴爾扎克是怎樣把這個人物安排在特定的環境中，逐步地完成對他的塑造的。

在小說裏，巴爾扎克對拉斯蒂涅這個人物描繪的重點，顯然是放在他的掠奪性格如何最後趨於定型這點上，即這人物的發展變化過程。我認為，這一過程是人物身上那些封建宗法式的因素，逐漸消亡，最後，喪失殆盡，身上那種極端個人主義成分，在客觀條件影響下激遽強大起來，最後取得徹底勝利的過程。

在拉斯蒂涅的發展變化過程中，有主觀和客觀兩方面的因素。主觀方面，如前所述，又有兩種成分統一在一起，即殘餘的封建宗法式倫理道德的因素和資產階級名利欲望。前者和後者存在著一定的矛盾，也和整個客觀因素相矛盾；而後者又使人物與資本主義現實協調起來具備了有力的條件。前者，在與客觀因素鬥爭和由於客觀因素所引起的自我鬥爭中，節節敗退，終至於消亡；而後者，則在客觀因素影響下，愈趨鞏固強大，它是拉斯蒂涅掠奪性格最後定型化，是他成為一個道地的資產階級化的人物的內因和基礎。另一方面，客觀因素通過內因所起的作用，對拉斯蒂涅掠奪性格的形成，也是必不可少的條件。

拉斯蒂涅初到巴黎時，由於對巴黎那個典型的「金錢王國」缺乏認識，他的確想過走另一條道路「捷足先登的去搾取社會」。這條道路是「沒頭沒腦」的用功，讀完法律，取得一個年金幾萬法郎的律師地位。可是，這條道路他很快就放棄了，他決定「投身上流社會去征服幾個可以做他後台的婦女」，把她們當作「平衡棒」支持自己的重心，最後達到名利雙收的，在社會上「顯露頭角」的目的。拉斯蒂涅對於這條生活道路的選擇，是他對巴黎社會的了解強化了他個人欲望的必然結果。而拉斯蒂涅對於巴黎社會的了解，是通過物的條件，特別是人來完成的，二者從不同的方面，對他起著作用。

從物的，即物質環境條件方面講，在巴黎，拉斯蒂涅經常來往於塞納河兩岸，而兩岸卻偏偏有天堂與地獄之差。右岸是華麗的聖・日耳曼區的豪門貴户；左岸是以伏蓋公寓為代表的拉丁區窮室陋巷。這兩個環境對比得太強烈了，使拉斯蒂涅心中產生了兩種絕然對立的情緒。一方面，華麗的貴族排場，「高雅的社會，新鮮可愛的面目，有詩意有熱情的生活」，使他神往；另一方面，陰慘的、污濁的公寓使他極端厭惡。這兩種情緒結合起來壓迫著他，使他「嘴裏嚼著伏蓋媽媽的起碼紅煨牛肉，心裏愛著聖・日耳曼區的山珍海味；睡的是破床，想的是高堂大廈」。很明顯，巴黎的這兩個環境，對拉斯蒂涅形象的發展變化起著巨大作用，震撼了他的思想，刺激了他的意志，使他的原有的個人欲望，激變成了一種要求鑽進上流社會的狂熱。不僅巴黎的環境如此，家庭環境也起著同樣的作用。當他暑假回到故鄉時，家中的「儉省習慣」，「家常飲料」，都無一不「把他對於權位的欲望與出人頭地的志願，加強了十倍」。這就是說，環境從物質享受方面，加強了拉斯蒂涅要改變家庭，特別是改變自己清寒處境的信念和追求享樂的野心。

物的——物質環境的條件，是拉斯蒂涅形象發展變化的因素之一，但更重要的是人的條件。或者說在人的影響下，在對於現實本質的認識過程中，他所增長起來的社會經驗。這裏的人，指的是鮑賽昂夫人、伏脫冷和鮑賽昂夫人的被遺棄、高老頭的被遺棄和最後死亡。

鮑賽昂子爵夫人對拉斯蒂涅來說，不僅是他在社交生活中的保護人，更重要的是，通過與她的接近，拉斯蒂涅對久所嚮往的上流社會開始有了認識。即使像子爵夫人那樣被他所崇拜的人物，在她的言行中，他也清楚地辨認出了貴族的性格和習慣：「他在絲絨手套下面瞧見了鐵掌，在儀表萬方之下瞧見了本性與自私，在油漆之下發現了原來的木料。」

特別重要的事實是，子爵夫人是拉斯蒂涅人生道路上的第一個「教師」。子爵夫人從自己的經歷和處世之道出發，如此地「教」他道：「噯，拉斯蒂涅先生，你得以牙還牙的去對付這個社會。……你越沒有心肝，就越高升的快，你毫不留情的打擊人家，人家就怕你。只能把男男女女當作驛馬，把它們騎得筋疲力盡，到了站上丢下來；這樣你就能達到欲望的最高峰。」這是多麼典型的資本主義社會中人與人之間的關係的總結。這種教育對拉斯蒂涅的影響是深遠的。它在削弱拉斯蒂涅身上封建宗法式的因素的同時，也強烈地刺激和鼓舞了他的個人欲望，使他在某些方面，立即開始實踐了。

拉斯蒂涅人生的第二課，是在伏脫冷那裏上的。拉斯蒂涅雖然沒有當面接受伏脫冷提出的殺人計畫，可是他那一長篇談話，卻對拉斯蒂涅產生了兩種重要作用：㈠伏脫冷在對於社會的一針見血的剖析中，徹底把拉斯蒂涅那條想通過學習法律，逐步地登上首席檢察官寶座去搾取社會的道路給堵死了。伏脫冷告訴他：「首席檢察官的缺分，全法國總共只有二十個，候補的卻有兩萬，其中盡有些不要臉的，為了升官發財，不惜出賣妻兒子女的。」㈡在伏脫冷對於現實的淋漓盡致的揭發中，鮑賽昂夫人「文文雅雅」說的，他卻更加「赤裸裸的說了出來」。這時，社會、人生的種種罪惡與黑暗，對拉斯蒂涅來說，都已經歷歷在目了，「他的眼界和心胸都擴大了」。可是，從人物的內在邏輯看，當他「看到了社會的本相」時，沒有、也不可能正視人生和為改變現實而進行鬥爭，恰恰只能進一步強化他的個人主義欲望。所以這時，他內心的語言應該是：世事、人生既然如此，我又何必獨潔其身呢？

拉斯蒂涅的掠奪性格，在下列兩個事件中，最後形成了，定型化了。其一是鮑賽昂夫人的被遺棄。這個事件，最後抹去拉斯蒂涅給上流社會塗上的一層淡淡的幻想色彩。原來在他久所嚮往的那個境域裏，金錢勢力是那樣蝕透了人的心靈。子爵夫人之被遺棄，只是因為其情人阿瞿達要與另一位小姐簽定一份能帶來大筆財產的婚姻合同，因此，當拉斯蒂涅送別了鮑賽昂夫人去鄉下隱居回到公寓後，他對皮安訓說道：「朋友，既然你能克制欲望，那麼就走你平凡的路吧！我是入了地獄，而且還得耽下去。不管人家把上流社會說得怎麼壞，你總相信就是！沒有一個諷刺作家，能寫盡金銀珠寶底下的醜惡。」其二是高老頭被女兒遺棄後，在孤苦中悲慘的死亡。過去，他只是耳聞高老頭被女兒女婿攆出家門，而今他卻親見高老頭如何被拋棄，如何在孤憤中走向死亡。這使拉斯蒂涅心中最後殘留的一點封建宗法式的親子之情也徹底破滅了。當高老頭在悽慘地呼喚女兒，而女兒卻因為他早已被搾乾，再不能拿出分文去填補她們的虧空，不來和父親作最後訣別時，面對此情此景，拉斯蒂涅不能不承認這是一個「錢可以買到一切，買到女兒」的現實。這就是說，人的、和與人相關聯的事件的條件，從精神上解除了他的武裝。

至此，現實的一切細微末節，都已經赤裸裸地呈現在拉斯蒂涅面前了。他認清了現實，現實也為他完成了人生的「教育」。由於本身渴求名利的欲望，對於醜惡現實的認識，根本沒有可能使他奮起與現實相對抗，進而提出改造它的要求；相反，對於現實的認識，只更加熾了他追求名利的欲望。當拉斯蒂涅在埋葬高老頭時，作者這樣寫道：「他瞧著墓穴，埋葬了青年人的最後一滴眼淚。」在巴爾扎克心目中，這是一滴「神聖的感情在一顆純潔的心中逼出來的眼淚」，實則只是封建宗法式的感情「逼出來的」封建宗法式的「最後一滴眼淚」。這就是說，拉斯蒂涅和所有封建的、宗法的和淳樸的思想、觀念、感情，徹底的、全面的斷絕了關係；他在人生的十字街口最後決定了去路。他把「他的欲火炎炎的眼睛」，停在那「不勝嚮往的上流社會的區域」說：「現在咱們來拚一拚吧！」這不是戰鬥者的誓詞，而是一個利己主義者向污濁的社會宣布：他將以更卑鄙、自私、虛偽與殘酷的手段，開闢自己「美妙的前程」，奪取自己一份財富。所以緊接著他就「上紐沁根太太家吃飯去了」。到此為止，何去何從，道路已經確定，拉斯蒂涅掠奪性格形成過程結束了，他的性格定型化了。

作為一個現實主義大師，巴爾扎克成功地描繪了一個殘存著封建宗法式的倫理道德觀念，同時在一定程度上已資產階級化的青年，在「金錢王國」中，如何符合規律地、逐漸地變成了道地的資本階級化的人物的道路。那麼，作者對這個人物的這段「生活道路」的本身，是抱什麼樣的態度呢？有評論文章斷定，巴爾扎克對於這樣一個野心家的生活道路卻是肯定的。對於拉斯蒂涅的個人主義道路不是批判而是讚頌。不僅如此，巴爾扎克還企圖以超階級的抽象的道德和良心的觀念，把拉斯蒂涅加以美化。巴爾扎克的態度果真如此嗎？依我看，上述斷言是缺乏實事求是的精神的。我認為，我們必須弄清楚巴爾扎克肯定的、讚頌的是些什麼，而且，美化是沒有的，如果這裏「美化」意味著言過其實，意味著誇大的話。在拉斯蒂涅掠奪性格的形成過程中，由於人物原來的精神世界中殘存著封建宗法式的因素，巴爾扎克描寫了人物由此而產生的內心矛盾，我們絕不能把這種內心矛盾的描寫，看成是作者對人物的「美化」，因為這種矛盾的產生，是完全符合人物的出身、教育以及內心世界發展的邏輯的。巴爾扎克符合規律地展示了人物複雜的心理狀態，而不是把它簡單化，這不是作者的弱點，而恰恰是其成功之處。正是從這種理解出發，我才根據作品中的具體表現，指出了拉斯蒂涅身上除了居核心地位的個人欲望之外，還殘存著封建宗法式的觀念。因此，這裏根本就不存在前面所提出的是否是以巴爾扎克的觀點來看問題的問題。

至於說到巴爾扎克對拉斯蒂涅這個野心家的生活道路，是肯定的、讚頌的，我認為是非常不中肯、不確切的。不錯，巴爾扎克在政治上是一個保皇黨，他的偉大作品是對於上流社會的輓歌，這是衆所周知的事實。而且，巴爾扎克對於那些把他所同情的人物弄得滅亡或者墮落起來的庸俗的銅臭的暴發户，一向是憎惡的，這也是大家所承認的。這樣一個作家，對野心家的生活道路怎麼會給予肯定和讚頌呢？如果這種邏輯推理不能算數的話，那麼，我們就拿作者對待拉斯蒂涅的具體情況來看吧！

先看巴爾扎克是如何描寫拉斯蒂涅這個野心家的生活道路的起點的。拉斯蒂涅是抱著什麼目的來到巴黎的呢？巴爾扎克不無傾向地寫道：

> 他……自己在那兒打點美妙的前程，考慮學業的影響，把學科迎合社會的動向，以便捷足先登的去搾取社會。

拉斯蒂涅到巴黎後又如何生活的呢？巴爾扎克又不無傾向地告訴我們：

> 寄寓巴黎的第一年，法科的功課並不忙，他盡可享受巴黎的繁華，追求那些虛浮的快

樂。要弄清楚每個戲院的戲碼，摸出巴黎迷宮的線索，學會規矩、談吐，把城裏特有的好玩事兒攬上癮，走遍好好壞壞的地方，選聽有趣的課程，背得出各個博物院的寶藏，……一個大學生絕不會嫌時間太多的。他會對無聊的小事情入迷，覺得偉大之至。他有他的大人物，例如法蘭西學院的什麼教授之流，其實只是拿了薪水充數的。他整著領帶，對歌劇院樓廳裏的婦女搔首弄姿。……大太陽的日子，在天野大道上輻輳成行的馬車他剛會欣賞，跟著就眼紅了。

上面這兩段引文所描述的，該承認是典型的野心家的生活道路上的一個階段了吧！可是，誰能看得出、嗅得出、品味得出作者是肯定的、讚頌的呢？恰恰相反，諷刺倒是鋒芒畢露的。再看看作者如何描寫拉斯蒂涅這個野心家的生活道路的終點吧！

拉斯蒂涅一個人在公墓內向高處走了幾步，遠眺巴黎，只見它蜿蜒曲折的躺在塞納河兩岸，慢慢的亮起燈火。他的欲火炎炎的眼睛，停在王杜姆廣場和安伐里特宮的穹窿之間。那便是他不勝嚮往的上流社會的區域。面對這個熱鬧的蜂房，他射了一眼，好像恨不得把其中的甘蜜一口吸盡。同時他又氣概非凡的說了句：

「現在咱們倆來拚一拚吧！」

然後拉斯蒂涅爲表示向社會挑戰起見，上紐沁根太太家吃飯去了。

從這段結論性的交代中，說是有肯定、讚頌之意，實在太令人難以想像了。相反，諷刺、鄙視之情卻是多麼露骨。還要特別指出的是，巴爾扎克對拉斯蒂涅掠奪性格形成的終點，在時間和地點的安排上，絕不是信手寫出來的。時間不是朝陽燦爛的早晨或艷陽高照的中午，而是「白日將盡，潮濕的黃昏」時刻；地點不是心曠神怡的光明之境，而是陰風慘慘、屍體滿地的墓場，這難道是巴爾扎克對拉斯蒂涅這個野心家的生活道路的肯定和讚頌，而不是含意深刻的貶責嗎？

但是，這只是問題的一個方面，問題還有另一個方面。我們說巴爾扎克根本沒有對拉斯蒂涅這樣一個野心家的生活道路，加以肯定、讚頌，絕不妨礙我們實事求是的承認，他對拉斯蒂涅身上另一些成分卻是加以肯定和讚頌的。承認這點，是出於作品的實際所要求，而且也絕不會因此提高巴爾扎克的思想水平和人物的品德；相反，卻能更好地、更確切的認識作者的思想局限和人物品德的本質。因此，對這方面，必須稍加論述。

我們說，巴爾扎克是一個對於現實關係有深刻理解而著名於世的作家，這是完全切合於巴爾扎克的實際情況的。

巴爾扎克的《人間喜劇》，主要是在十九世紀三、四〇年代寫成的。三、四〇年代是法國金融資產階級獲得勝利及其統治鞏固的時代。這是一個銀行家、交易所大王、鐵路大王、煤鐵礦和森林所有主以及接近他們的一部分大土地所有者占絕對統治地位的時代，也是一個人欲橫流的時代。這些統治者認為：「黃金可以生長出一切來，黃金可以使一切實現」；「人間只有一種幸福是相當可靠的，是值得人去追求的，這就是黃金。」①為了得到黃金，他們變成了一群父不父、子不子、夫不夫、妻不妻的野獸。巴爾扎克在《夏倍爾上校》中通過人物但爾維律師說道：「哼，我執行業務的期間，什麼事都見過了！我親眼看到一個父親給了兩個女兒每年四萬法郎進款，結果自己死在一個樓閣裏，不名一文，那些女兒理都沒有理他！我也看到燒毀遺囑；看到做母親的剝削女兒，做丈夫的偷盜妻子，做老婆的利用丈夫對她的愛情來殺死丈夫，使他發瘋或者變成白癡，為了要跟情人逍逍遙遙過一輩子。我也看到一些女人有心叫兒子吃喝嫖賭，促短壽命，好讓她的私生子多得一分家私。我看到的簡直說不盡，因為我看到很多為法律治不了的萬惡的事。總而言之，凡是小說家自以為是憑空造出來的醜史，與事實相比之下真是差得太遠了。」一句話概括，在這個社會裏，金錢是一切權力的樞紐，因而它使人與人之間的關係變成「你吞我，我吞你，像一個瓶裏的許多蜘蛛。」它使法律變成為一張「蜘蛛網，大蒼蠅漏網，小蒼蠅落網」②。它使政治服務於個人；它使人類的思想和才華變成為齷齪的可以買賣的商品；它使文學藝術變成為「娼妓」；它使新聞界變成「不法、欺騙、變節的地獄」③。這一切，巴爾扎克是看得非常清楚的。現實的圖景，對啟蒙思想家的預告——隨著革命後將實現一個自由、平等、博愛的幸福樂園——是一幅令人多麼失望的惡毒諷刺畫。而巴爾扎克認為，現實之所以如此，那完全是由於金融資產者統治的結果。所以他憤慨地說道：「我公開聲言：……如果我不能生活在絕對君權制下面，那我寧願要共和國，可不要這個沒有作為、沒有道德、沒有原則、沒有方針的卑劣低能的政府」④，「我寧可跟一些有良心的、不忘記彭斯的窮人在一塊兒，也不願意跟人面獸心的傢伙住在王宮裏」⑤。

面對著庸俗的銅臭的暴發户統治著生活和社會不平日益增長和利己主義橫行無忌的現實，巴爾扎克是要尋求拯救社會的方法和道路的。對於具有明顯階級同情和政治偏見的巴爾扎克來說，儘管由於他對現實關係有深刻理解，發現民衆身上有許多品質是資產階級統治者所望塵莫及的，但他是不會認識和相信人民的力量，從而把拯救社會的擔子託之於人民肩上的。這一點，巴爾扎克在其言論和創作中都表現得很明白。在《人間喜劇》前言中，巴爾扎克這樣寫道：「選舉如果普及到各個階層去的話，就會給我們一個由群衆統治的政府，這是唯一不負責任的政府，在這個政府裏，暴力是沒有防範的，因為暴力就叫做法律。」巴爾扎克對工人和農民的看法，更是錯誤的。在他看來，「無產階級是民族中未成年的人，應該永遠受人監護」。而對於農民，巴爾扎克在長篇小說《農民》中，顯示了這樣的觀點：普通農民正如任何一個有產者一樣，都是一個貪婪的和個人主義所有主，唯一不同的只在他們是一無財產的所有主。但他們願意猛烈鬥爭，從有財產的人的手中奪取財產。所以農民的革命是不會、也不可能消滅資產階級惡德，它的結果只是重新分配物質財富而已，人們將會再度像豺狼一樣互相打起來。

金融資產階級把社會弄糟了，而工人、農民又沒有能力和可能拯救和改變社會，於是巴爾扎克在《人間喜劇》前言中就拿出了他著名的拯救社會的靈丹妙藥的處方：「我在兩種永恆真理的照耀下寫作，即是宗教和君主政體，當代發生的事故都強調二者的必要，凡是有良心的作家都應該把我們的國家引導到這兩條道路上去。」

在這裏，對於巴爾扎克為拯救社會所開出的處方，需要一些說明。和僧侶階級與正統的保皇黨人不同；巴爾扎克不是想通過二者去恢復教會和王室失去了的歷史上曾擁有過的特權，而是當成改變社會面貌的兩種互相呼應的手段。巴爾扎克把眼光轉向貴族保皇黨陣容的原因是，他以為只有君主集權，專斷的政權才能維護法紀、制止高利貸者和銅臭暴發户在極端利己主義思想支配下所作的各種罪惡，這就是說，集權政治以憲兵的形式對人的行為進行限制。有此一端，巴爾扎克認為還不能保證引導國家入於和平安靜之鄉，因為這還不是治本，而是治標的辦法。所以巴爾扎克又同時拿出「宗教」。關於「宗教」，巴爾扎克在其論文《社會解答》中寫道：「宗教的目的，是在壓制壞傾向，發揮好傾向，宗教……它也許不是神的設施，而是人的需要。」在《人間喜劇》前言中，他又重申了「宗教」的上述作用：「基督教，特別是天主教，我在『鄉村醫生』中說過，既然是壓制人類的邪惡的一整套的制度，因此它也是穩定社會秩序的最大的因素。」而「宗教」之所以在社會生活中能起如此巨大的作用，那是因為「宗教界實施的教學，或者更確切地說：教育，是民族最偉大的生存原則，是一切社會裏把惡的數量減少，把善的數量增加的唯一的手段」⑥。這就是說，「宗教」以教會教條，以地獄的形式，抑制著人，使其從精神道德上純潔起來。根據巴爾扎克的設計，一邊是「君主政體」——憲兵，一邊是「宗教」——地獄，人就夾在這兩種暴政中間。這樣一來，一切人都會走上光明正道，而社會上的一切罪惡自然也就隨之而滅絕了。

在歐洲，王權和基督教，特別是和天主教，可以說是一對孿生子，二者一千多年相依為命地結合在一起。一般封建貴族在表面上都是虔信宗教的。因此，按照邏輯推理，貴族們在精神道德上似乎是最純潔高尚的典範了。於是，面對人欲橫流、無德無行的資本主義現實，在政治上有著明顯的保皇黨傾向的巴爾扎克，把古老貴族們的精神世界，即封建宗法的倫理道德給予肯定、讚頌，就是十分自然和可能的事情了。這就決定了巴爾扎克保有這樣一個信念：儘管他深感社會上到處彌漫著資產階級的有強烈腐蝕性的市儈風氣，他卻相信有勇氣堅持誠實與無私，在生活中終究還有人在。這時，他就經常把眼光投向那些還保存著封建宗法式的生活觀念的老貴族。《禁治產》中的老貴族特・埃斯巴侯爵，為了消除祖先所做下的不公道的行為，他可以毫不吝嗇，毫無顧忌地犧牲家庭物質利益，並以此來求得自己「良心」上的安寧，表白自己在「道德」上是白玉無瑕的。其他如特・愛格里、德・卡尼、菲爾米安等老貴族們，都是作者在上述觀點指導下所探求的理想。他們在生活裏，誠實與無私是自身行為的準則。

明確了上面這些情況之後，現在我們來看看，巴爾扎克到底肯定和讚頌了拉斯蒂涅身上一些什麼吧！

從作品的具體情況看，巴爾扎克對拉斯蒂涅有時是有所肯定、讚頌的。但如上述，作者肯定、讚頌，不是因為他是個「道地的資產階級化的」人物，不是因為他走的是一條「野心家的生活道路」；只有當拉斯蒂涅對高老頭的父愛與遭遇感到欽敬、同情和不平的時候，只有當他要改變自己在生活中的地位的同時，也顧念到要改變家庭清寒處境的時候，只有當他想下水為非作歹而心裏殘存的封建宗法式的觀念就起來作微弱抵制的時候，這時。也只在這時，我們才聽到一絲肯定、讚頌的聲音。而這一切，一點也說明不了拉斯蒂涅已是「道地的資產階級化」

了，恰只能證實他心中殘存的那一副家庭關係上面所籠罩著的溫情脈脈的紗幕還沒有徹底被撕破，他那一點稀薄的義俠血性與俗人溫情還沒有被一概淹沒在利己主義計較的冰水之中。巴爾扎克所肯定、讚頌的，只此而已，別無其他。正因為如此，在這個作品裏，巴爾扎克才沒有像否定和批判泰伊番、紐沁根等典型的資產階級人物那樣，完全否定和全面批判拉斯蒂涅，才把拉斯蒂涅稱之為一個「高尚」的、具有「神聖的感情」和「一顆純潔的心」的青年，才惋惜他被資產階級關係、被銅臭的暴發户從道德和良心上弄得墮落起來。所以，在這裏根本不是什麼巴爾扎克還企圖以超階級的抽象的道德和良心的觀點，把拉斯蒂涅加以美化的問題，而是一個對封建貴族階級的道德和良心加以肯定、讚頌，從而也肯定和讚頌了殘存著封建宗法式的道德和良心的拉斯蒂涅的問題。這才導致巴爾扎克在塑造拉斯蒂涅這個形象時，把他掠奪性格形成的原因，更多的歸結為環境的影響。相對的講，人物主觀欲望所起的作用，卻估計得很不夠。這樣一來，拉斯蒂涅這個人物就清楚地打上了巴爾扎克的保皇黨思想傾向的烙印，作者所肯定、讚頌的都是屬於封建宗法範疇之內的東西。因此，那種不問人物品德是何種屬性，而籠統地認為都是正面特徵的論調，只能視之為一種抽象的人性論觀點；同時，那種抹殺人物內心世界的複雜性，把人物所體現的社會本質主觀臆斷地給單一化的論調，也只能看作是一種非實事求是的作法。

為了徹底弄清楚問題，必須再從拉斯蒂涅在《高老頭》以後的一些作品中的發展和一系列的活動，進一步作些探討。

拉斯蒂涅是《人間喜劇》中的重要人物之一。《高老頭》的結尾處，是這個人物掠奪性格形成的終點，而對他的掠奪行為來講，只是起點。此後，他遵循著他的人生的「教師」伏脱冷和鮑賽昂夫人的教導，在巴黎那個「金錢王國」之中，橫衝直撞，大顯身手了。

在《紐沁根公司》中，拉斯蒂涅已取得了第一個戰役的勝利。他和高老頭的二女婿紐沁根狼狽為奸，在投機買賣中，撈到了每年有兩萬法郎的進款。而這筆為數不小的進款，這時他卻認為還不夠做車馬費的開銷。在《禁治產》中出現時，拉斯蒂涅又撈到了一個「特・拉斯蒂涅男爵」的頭銜。這時，作為他人生道路上的第一匹「驛馬」，但斐納已完成了任務，「到了站上」，命定要被「丢下來」。拉斯蒂涅又在物色人生道路的第二匹「驛馬」——追求特・埃斯巴侯爵夫人。但斐納之所以命定被「丢下來」，以特・埃斯巴侯爵夫人代之，是因為，在拉斯蒂涅看來，前者已有許多不如後者之處。㈠但斐納這時已是一個三十六歲的中年婦人，而侯爵夫人在户口簿上雖已三十三歲，但在交際場中卻只報了二十二歲，而且由於善長裝飾打扮，特別是由於有一套嚴格的隱瞞年齡的清規戒律，所以別人看去最多也只有二十六歲；㈡據説侯爵夫人有十萬法郎的進款，拉斯蒂涅以為有朝一日會娶她，可以利用她的錢來還債；㈢鮑賽昂夫人失戀隱退後，侯爵夫人成了巴黎上流社會的紅人，她的沙龍是宮廷部長之流的人物每晚必到之處，而且她的意見，可以通過議員們傳遍歐洲。拉斯蒂涅就想通過這一裙帶關係，撈上一個部長職位。這一切，使拉斯蒂涅決心扔掉那匹老的，換上這匹新的「驛馬」，向名利的頂峰飛馳。不僅這樣，在《高老頭》中，拉斯蒂涅還是個受「教」者，而此刻，也已躍升為別人的人生

「教師」。他開導老朋友皮安訓道：「老糊塗！得了吧！別這麼俗氣，想法去掙一個爵位，得一個勳章，進貴族院，招幾個公爵做女婿。」拉斯蒂涅最後出現《不知道自己是演員的演員》中時，他已經如願以償地成了個手提公事皮包的部長大人，成了個「最有權勢的代表人物」的代表人物。他「一年有三十萬法郎的收人，他是法國貴族院議員，國王封他的伯爵，他是紐沁根的女婿，他是七月革命製造出來的兩三個政治家中的一個」。他可以口若懸河在大庭廣衆之前發表一通冠冕堂皇的演說，隨後，馬上又可以和幾個朋友厚顏無恥地譏笑自己親口說出的那些內容空洞的長篇大論。

拉斯蒂涅在《高老頭》以後的這一段發展和一系列的活動中，表現出是一個非常典型的掠奪者了。巴爾扎克在描繪他的時候，我們已看不到一絲肯定和讚頌的痕跡了。這時，作者已經完全把他看成是紐沁根、泰伊番、提累、凱萊爾等這一類型的人物了。而這些人物，則是巴爾扎克在《人間喜劇》中以憤恨的筆調加以鞭撻的野獸般的資產階級掠奪者。對於這個時期的拉斯蒂涅，巴爾扎克之一反在《高老頭》中在某些方面給予肯定、讚頌的態度，本質的原因在於，拉斯蒂涅在埋葬高老頭時，也「埋葬了他青年人的最後一滴眼淚」——和封建宗法式的觀念徹底決絕後，作者的肯定和讚頌沒有了依據。

根據上面所論述的一切，從今天的觀點看來，巴爾扎克在《高老頭》中所塑造的拉斯蒂涅形象，我認為，既根本不是一個具有什麼正面特徵，很可以成為一個正面主人公，成為一個有益於祖國與人民的人物；也根本不是，小說一開頭，展開在我們前面的拉斯蒂涅就是一個道地的資產階級化的貴族青年;他是一個既突出地具有資產階級個人主義名利欲望,同時心中又還殘存著一些封建宗法式的倫理道德觀念的青年。這樣一個青年,生活在「金錢王國」中,環境不斷刺激他的個人欲望,個人欲望又日益以強大的力量,擴大和加強了他的野心,最後定型為一個道地的資產階級化的人物。

高里奧

不只是由於《高老頭》這部長篇小說是以高里奧的名字命名的,而且就其內容看,高里奧也是作品中的重要人物。特別是這個人物的晚年遭遇及其死亡,正好是當時社會中人際關係正在發生根本性變化這一典型現象的形象化說明,即金錢制約下的家庭關係是如撕破籠罩在宗法制家庭上面的溫情脈脈的紗幕,並取而代之的。

和對於拉斯蒂涅一樣,對高里奧這個人物,特別是對他的父愛,國內外也存在著兩種完全不同的看法。其一是把高里奧奉之為父愛的基督,他身上表現了人類崇高的至性,讀了叫人驚心動魄。其二是,高老頭對女兒的愛是以金錢為基礎的,他的父性愛,處處都打上資產階級金錢關係的烙印,是自私自利的資產階級的父愛。

巴爾扎克在塑造這個人物時,有一段自述,他說:他企圖「描寫一種感情」,「不管你使這個人怎樣傷心,怎樣難堪,或者對他怎樣不公平,也不能消滅這種感情」。「這個人是一個父親，正如一個聖徒，一個殉道者，是一個基督徒一樣。」顯然，上述第一種看法和作者的觀點是絲絲入扣地相吻合的；而第二種看法，則在批判第一種看法所具有的人性論特點的同時，自己卻陷入了簡單化的泥坑，從而也部分地歪曲了人物的典型意義。

要對這個人物及其對女兒的愛，下確切的結論，必須先解決下面這些問題：高里奧是屬於那個階級的人？他對家庭和妻女具有一種什麼性質的觀念與感情？他企圖用什麼作手段來維護這種觀念與感情，結果如何？高老頭的遭遇和死亡是否符合客觀規律？把他對女兒的愛，誇大到不能理解的程度，暴露了作者思想上什麼弱點？

高里奧出身於市民階層，最初是一個「熟練、省儉、相當能幹」的麵條司務，但時刻夢想著有自己的鋪子。在一七八九年後，他終於如願以償地盤下了東家的鋪子，開了一個麵條商店。在大革命的動亂年代裏，由於他善於看風使舵，當了區長，並製造和利用大饑荒，以囤積居奇的方式，發了大財。大革命時代過去後，他繼續做麥子、麵粉和穀子生意。從他經營商務上講，「看他調度生意，解釋糧食的出口法，進口法，研究立法的原則，利用它們的缺點等等，他頗有國務大臣的才器。辦事又耐煩又幹練，有魄力有恆心，行動迅速，目光犀利如鷹，什麼都占先，什麼都料到，什麼都知道，什麼都藏得緊，算計策畫如外交家，勇往直前如軍人」。

從上面的情況可以看出，高里奧最初是自食其力、想往上爬的小資產階級人物；在事變中，他成了暴發户、資產階級剝削者。他的發家史，是建立在人民的饑餓和死亡之上的。在這方面，他和一般平庸的商業資產者沒有區別，只是更狡猾、更狠毒。

可是，在另一方面，在高里奧看來，「社會、世界，都靠父道做軸心的」，父母愛其子女，子女也愛其父母，這是天經地義的道理；他還認為：如果「兒女不愛父親」、「做父親的給踩在腳底下」，那是一件「天翻地覆」的、國家也會亡的反常背理的事情。很顯然，這正是那種「君君，臣臣，父父，子子」的典型的封建宗法社會的倫理道德觀念的反映。因此，高里奧心中的家庭關係上面所籠罩著的溫情脈脈的紗幕才沒有化成單純金錢的關係，還保有著一般俗人溫情。這一點，對認識這個形象是十分重要的。它不僅使高里奧和一般資產階級，特別是金融資產階級有了一些區別，而且還是構成這個人物走向死亡的主觀條件和作者展開對於這個形象描繪的基礎。

正由於有上面的後一情況，這就決定了高里奧對妻子和女兒的態度。高里奧對妻子是愛的。他發過誓：「永遠不做對不起妻子的事，那怕在她身後。」高里奧是遵守了這誓言的，當他妻子死後，「一般爭取著要把女兒嫁他做填房的商人或莊稼人，儘管提出如何優越的條件，他都是置之不理」。也正是由於有上面的情況，當「死神奪去了他所愛的對象，他便把愛轉移到兩個女兒身上」，這也是極為自然的事情。

高里奧從封建宗法式的家庭觀念和感情出發愛女兒，也希望得到女兒們回他以同一性質的愛。但他以什麼手段去獲得呢？他是資產者，有錢，也懂得金錢的呼神喚鬼的力量，所以他以大量的金錢去滿足兩個女兒各種奢侈欲望。效果是有的，女兒們也「回敬」了他的愛。可是女兒「回敬」的愛和他對女兒的愛卻已經不同了。前者包含著明顯的金錢勢力的作用。因此，娜齊和但斐納對父親的「回敬」，與其說是愛，不如說是父親為自己花了錢，滿足了欲望後，所表示的一種充滿了銅臭氣味的感激。高里奧的錯誤就發生在這裏，他原想維護的那一幅家庭關係上面所籠罩著的溫情脈脈的紗幕，父母之間的愛，本來是與金錢勢力相牴觸的，但他卻企圖拿金錢來鞏固它。結果是，事與願違，女兒們的生活、思想、感情日益化成了單純的金錢關係，和他距離越來越遠。

為了自己，為了女兒的虛榮，他各以八十萬法郎的陪嫁為釣餌，把女兒送進了上流社會。大女兒娜齊當了雷斯多伯爵的夫人，二女兒但斐納做了紐沁根男爵的妻子。為了不辱沒女婿們的貴族身分，為了不影響女兒們的夫婦關係，高里奧被迫歇了他們認為下賤的麵條生意。這是決定高里奧命運的一著。原因是：㈠過去他愛女兒，但還有一份生意分占他的精力，而歇業後，無所從事，他就只有把全部感情傾洩在女兒身上了。從此以後，只有提到他的女兒，他才動情，「他的眼睛就發亮，像金鋼鑽」。㈡由於對女兒的那種極端狹隘的愛，他對外界一切冷漠視之，四周也報之以冷漠，從而更強化了他對女兒的愛。㈢這是最重要的一點，假如他不歇業，還有可能在較長時期內，用自己強取豪奪來的金錢，去維持與女兒之間的關係，而歇業後，財源枯絕，他總有一天會像「檸檬搾乾了……空殼扔在街上完事」的。

事實果真如此，當高老頭還存餘幾個錢的時候，他還有權力偷偷和女兒見面；女兒為了搾取油水，也還隔三間四來走動；可是，當高老頭為了對女兒的癡情而花完了最後一個錢，只能躺在床上在幻夢裏為女兒搞錢時，父女關係完全給斬斷了。病中的高老頭，瞪著兩隻遲鈍、衰老的眼睛盼著女兒來作最後的訣別，他呼天叫地的召喚女兒時，大女兒為了財產和丈夫吵架，不來；二女兒晚上跳舞太累需要休息，也不來。高老頭被遺棄了，他終於像一只被搾乾了的檸檬殼，被扔進了公墓，如此而已。

那麼，高老頭的遭遇和死亡，是一件絕無僅有的偶然事件呢，還是具有社會歷史的必然性呢？

高老頭的被遺棄和死亡，兩個女兒自然是直接的兇手，但她們只是社會歷史規律的具體體現者。

高老頭從始到終都是具有封建宗法式的家庭觀念的。憑此，他愛女兒；憑此，引起他唯一關心和同情的是被父親遺棄的維多莉姑娘；也憑此，他指責以泰伊番為代表的遺棄女兒的父親：「難道他們是野獸嗎？」在父女關係愈趨淡薄的過程中，高老頭絕不是一無所知的。他早看清了，只是不敢承認。他之不敢承認，是因為不敢正視它。他之不敢正視它，是因為他無力改變和挽回。所以他只好盡一切可能掙扎，省吃儉用地抽出錢來，去換取女兒的一點溫情。但這是無濟於事的。在臨死前，他再不能不把早已明白的事理說穿：「錢可以買到一切，買到女兒。啊，我的錢到哪兒去了呢？……人生並不美，我是看到了，我！」於是，他在恐怖中狂叫，抗議：「做父親的給踩在腳底下，國家不要亡了嗎？」這抗議是軟弱無力的，因為當他喚呼出這種抗議時，那種「君要臣死，臣不得不死；父要子亡，子不得不亡」的時代早已一去不復返了；而現實是資本主義取得勝利和走向鞏固的時期。在這現實裏，人與人之間的那種赤裸裸的現金交易關係，要破壞，並最後代替高老頭所企圖維護的那種家庭和親子之間的關係。這是現實發展的鐵的規律，這是不以個人的意志為轉移的。所以高老頭的遭遇與死亡，是完全符合社會歷史發展的必然性的。

根據上面的分析，高老頭是一個資產者，而且是一個狡猾、狠毒的商業資產者；他懂得金錢的力量，並企圖以它來爭取女兒的愛，而他的父性愛是極端狹隘和自私自利的；兩個女兒對高老頭的感情都處處打上了金錢關係的烙印。這一切都不容有絲毫懷疑。但是，只有一點卻不是事實，即高老頭對女兒的愛是以金錢為基礎的，也處處都打上資產階級金錢關係的烙印，因而是完完全全的資產階級的父愛。因為這種觀點，在抹殺了人物所體現的社會本質的複雜性的同時，也就拆毀了作者賴以描寫和處理這個人物的基礎。所以，我認為，高老頭這個人物是個殘留有封建宗法式的家庭觀念與感情的商業資產者。他在從事商業活動，掠奪金錢和對金錢的看法等方面，表現了一般資產階級的特點；但他對妻子，女兒的愛，卻是以封建宗法式的家庭觀念與感情為基礎的。正因為如此，巴爾扎克才一方面在描寫、表現他的過程中，諷刺、嘲笑其自私、狹隘、凶狠；另一方面，在其企圖維護原有的家庭和父女間的關係的掙扎中又給予同情。這種同情，突出地表現在臨死前對於社會，對於忘恩負義的女兒的那些控訴性的哀嚎中，表現在對於他孤單地死去和殯葬場面的描寫中。這種同情，正是巴爾扎克的保皇黨思想傾向的反映。不過這裏有兩個情況需要說明。

第一個情況，有人企圖拿我國《西廂記》中的老夫人和高老頭相對比，以證明高老頭的父愛是反映了資本主義制度下的社會本質，它不是封建地主階級的父愛。但可惜這是證明不了的。因為無論從老夫人所處的歷史社會條件，和她的全部倫理道德觀念，都是較典型的封建宗法社會的，自然她不會、也不可能認為幫助女兒和別人通姦是對女兒愛的表現。可是，高老頭卻完全不是生長在老夫人那樣一個歷史社會裏，其倫理道德觀中，也只有家庭、親子的觀念是屬於封建宗法範圍之內的。更何況在高老頭形象的塑造中，還表現了下文將著重指出的作者思想中另一種落後因素呢。

第二個情況，由於高老頭本身殘留著封建宗法式的因素，作者在表現這方面時傾注了自己的同情，而部分讀者，甚至個別研究者又不是以今天我們的思想高度去看待這個人物。因而，自覺或不自覺地接受了巴爾扎克的思想觀點，為高老頭的遭遇不平，為他的孤單無靠地死灑以同情之淚；也還有人把高老頭和莎士比亞筆下的李爾王形象相提並論。實際上，這兩個人物是大不一樣的。在莎士比亞的劇作中，開始，李爾王的專橫暴戾，令人厭惡，但由於他能在事件面前清醒過來，並在痛苦生活中，最後體驗到無數無家可歸的窮人的苦楚，因而讀者對他也逐漸由厭惡轉為同情。可是，高老頭則執迷不悟，始終不能越出狹隘的圈子，而且始終也只有一種極端自私自利的癡情。所以，對於高老頭，只要讀者不被作者的思想感情所俘虜，就會始終感到厭惡。當然，高老頭死亡前後的場面，可能使讀者產生一些不平之感，但如果冷靜考慮一下，這種不平，顯然不是純粹由於高老頭遭遇的本身，很大程度上是對那個社會產生了強烈的憎恨而迸發出來的。

前面已經明白指出，巴爾扎克在處理高老頭這個人物的命運時，是符合社會歷史的必然性的。但是，這絕不等於我承認這個形象被表現得完美無缺，十分典型了。在小說裏，高老頭壓倒一切的特點是對兩個女兒的癡愛。正是在這點上，不止表現了作者保皇黨思想傾向的影響，更重要的是，還突顯了巴爾扎克世界觀中另一種落後因素。

巴爾扎克所描寫的高老頭對女兒的愛，根本成了一種畸形的情欲。這種畸形的情欲，超越了理性的制約而達到了瘋狂的程度。它可以使高老頭把金錢倒得囊空如洗；他可以使高老頭忍受任何人都不能忍受的屈辱，任何事實的教訓也不能促其猛省過來；而且為了滿足這種畸形的情欲，高老頭甚至喪失了一切道德觀念，幫助大女兒的情夫還債，協助二女兒與人通姦。這種情況，拿高老頭殘留著封建宗法式的家庭觀念與感情來解釋是行不通的；同樣，拿高老頭對女兒的愛是以金錢為基礎的，它反映了資本主義制度下的社會本質等理由，又何嘗解釋得了呢？資產階級愛女兒也不是這個愛法啊！既然二者都說明不了問題，但問題的產生，總是有原因的，因而也是能找到解答的。我認為巴爾扎克把高老頭對女兒的愛誇大到如上述的畸形程度，實際上已經不能用社會心理的原因，而只能用生物學的觀點，即動物界的父母輩對子女輩有一種愛的天性的觀點來加以解釋了。這就是說，巴爾扎克是從人類本性的觀點出發，把社會的人降格到一般動物水平來描寫了高老頭對女兒的愛，從而十分突出地暴露了他世界觀中的人性論觀點，正是由於在這個人物身上表現了這種唯心的人性論觀點，所以它不僅投合了一些人的口胃，而且，它也破壞了，或者說，削弱了通過高老頭的命運所揭示的那種在資本主義社會中具有典型意義的「錢可以買到一切，買到女兒」的人與人的關係的說服力，從而給這個人物蒙上了一層神秘的迷霧。

伏脫冷

伏脫冷，原名約各·高冷，諢名「鬼上當」。他是一個被判了二十年苦役的在逃犯，又是「萬字幫」等賊黨中的領袖。他是巴爾扎克在《人間喜劇》中塑造得相當成功的人物之一，也是很重要的人物之一。

在《高老頭》中，伏脫冷是以三種身分在活動著的，其一，如前面分析拉斯蒂涅形象時所明確指出的，他是拉斯蒂涅掠奪性格定型化的過程中的條件人物之一。其二，他是以反面人物的面貌，作為巴爾扎克對現實社會的種種黑暗與罪惡進行揭發與批判時的代言人。其三，他自是一種社會勢力的代表者。

巴爾扎克讓這個人物以這三種身分進行活動時，都描寫得相當出色。從他第一種身分應完成的任務來看，拉斯蒂涅掠奪性格的形成，如前文所分析的，他的作用是極為顯著的。從第二種身分看，對社會各個方面的揭發是做到了入木三分的，批判是尖銳的。特別應該提出的是，以人物直接來代替自己表達意見，巴爾扎克和十七世紀古典主義作家不同。古典主義悲、喜劇中，都有代替作者說話的人物。但這些人物，一般都是沒有血肉，沒有個性的人物，他們都僅僅是作者某些觀點的傳聲筒，是一批沒有生氣的「說教人物」。而巴爾扎克筆下的伏脫冷形象則不一樣，他既表達了作者在深刻認識社會的基礎下對現實所作的尖銳揭發和提出的批判意見；同時，他的揭發、批判，他的行動和語言又是完全符合他的社會生活經歷、處境、思想和個性特徵的。在這一點上，他不僅可以和歌德在《浮士德》中所塑造的反面代言人靡非斯特相媲美；如果從人物塑造這個方面要求，伏脫冷顯得更生動、更具有現實的真實感，從第三種身分看，巴爾扎克也把他的人物作了符合規律的處理。

在《高老頭》中，伏脫冷形象的吸引力，有時被表現得甚至超過了拉斯蒂涅。對於這個人物，部分青年讀者的認識是模糊的。他們一方面認為這是個為非作歹之徒；同時卻又因為他外貌威武、儀態瀟灑、體格健壯、言詞鋒利、觀察力敏銳、社會經驗豐富、行動起來果斷勇敢、遇事冷靜沈著、在生活中表現得無憂無慮等，而對他總保有一些景慕之意，捨不得在感情上直截了當地下否定的判決。不僅如此，甚至有部分青年讀者，錯誤地在行動上效法他的某些方面。特別是伏脫冷那種當機立斷，一個人挺身對付整個政府——「我一個人對付政府，跟上上下下的法院、憲兵、預算作對，把他們一齊攪得落花流水」——的精神與氣魄，他們認為真不愧為一位「英雄好漢」，因而頗為欣賞。

產生上述情況的原因，主要應該從讀者和作者兩個方面來挖掘。

對伏脫冷這個人物，存在或景慕、或欣賞的好感，是有讀者主觀方面的思想感情上的原因的。前面已經説過，伏脱冷是以反面人物的身分，以作者對於社會深刻認識為基礎，代替作者對現實作尖鋭的揭發與批判的。正由於通過伏脱冷的言行，揭發和批判了社會種種罪惡，而把社會罪惡擺在光天化日之下，對於有正義感的讀者又是大快人心的事，於是不少讀者把這種揭露之功歸之於他，而對他所追求的那種極端個人主義目的，就不夠重視，甚至完全忽略了。而另一部分讀者之所以欣賞伏脱冷，則是由於自己思想上保留有個人英雄主義因素，因而對於具有突出的個人英雄主義特徵的伏脱冷，很自然產生了共鳴與反響。

但是，如果追究最根本的原因，那就必須看到，是由於在伏脱冷身上體現了作者一種不完全正確的思想。巴爾扎克在《正直人守則》一文中這樣寫道：「自然把種種優點集中在強盜身上：臨危不亂的鎮靜、百折不撓的斗膽，非常迅速、非常從容，善於抓住機會、敏捷、勇敢、體格強健、眼睛鋭利、手腳靈活，有一幅快樂和活潑的外貌。」巴爾扎克對於強盜們的這種看法，是有一定程度的概括意義的。因為強盜們的生活和社會處境，使他們有可能具備上述特點的某些方面。但是，必須指出，在上述看法中，強盜們的特點是被誇大和美化了。很顯然，《高老頭》中的伏脱冷形象，就是按照上面的認識創造的。這只要拿巴爾扎克表現伏脱冷的一個場面，就能得到説明。這就是伏脱冷在伏蓋公寓的飯廳裏被捕的場面。當伏脱冷發現自己被憲兵困住時，作者這樣寫道：

全身的血都湧上了他的臉，眼睛像野貓一般的發亮。他使出那股狂野的力抖擻一下，大吼一聲，把所有的房客嚇得叫起來。一看見這個猛虎般的動作，跟大衆亂鬨鬨叫嚷的情形，暗探們一齊掏出手槍。高冷一見槍上亮晶晶的火門，馬上明白了自己的危險，便突然一變，表現出人類最高的精神力量。多可怕又多有氣概的場面！他臉上的表情只有一個譬如：彷彿一口鍋爐貯滿了足以翻江倒海的水汽，而一眨眼之間這股水汽被一滴冷水化得無影無踪。而消失他一腔怒火的那滴冷水，只是疾如閃電的一個念頭而已。他微微一笑，瞧著自己的假髮，對特務長說：

「哼，你今天不客氣啊。」

他向那些憲兵點頭示意，把兩隻手伸了出來。

「來吧，憲兵，拿手銬來吧！請在場的人作證，我並沒有抵抗。」

把這個場面中的伏脫冷和巴爾扎克的上述觀點兩相對照，問題是明白的。此外，在巴爾扎克的社會觀中，對於個別人的力量，是過分迷信，過分誇大了的。這種思想反映在伏脫冷身上，就使他成了「萬字幫」等賊黨中舉足輕重的首腦，使這個人物具有非常明顯的個人英雄主義的特徵。正由於作者在這個人物身上體現了這些思想，所以就構成了產生前述情況的前提或基礎。

由於上面的兩種原因，一些讀者對伏脫冷這個人物有些感到迷惑。實際上，伏脫冷也是一個典型的掠奪者。他和高居於統治寶座的掠奪者的不同之處，僅只在於他是一個被追捕的掠奪者。關於這一點，只要看看他活動的最終目的，以及賴以達到目的的手段，就是最具體、最生動的說明。不管伏脱冷怎樣吹噓自己是個好打抱不平的英雄——「我好似唐吉訶德，專愛鋤強扶弱」；也不管伏脱冷怎樣把金錢勢力、法律的不公平與非正義性、社會上千種萬種罪惡揭露出來，甚而至於在一定時期，他以行動與統治者相對抗；但所有這一切，絲毫也不能說明他有改變社會現狀，把人間變得稍微好一些的意圖。相反，他的一切活動，只是想證實，人，都只不過是「高等野獸」，人生都只是為了追求自我精神上的物質上的滿足。這就是說，伏脱冷所希望的是天下大亂，然後在大亂之中，在你爭我奪的局勢裏，追求並實現自己人生的最終目的。什麼是伏脱冷的人生最終目的呢？他自己說得很具體：

我想過一種長老生活，在美國南部弄一大塊田地……我要在那邊種植，買奴隸，靠了賣牛、賣菸草、賣林木的生意來掙他幾百萬，把日子過得像小皇帝一樣。

用什麼手段來實現「把日子過得像小皇帝一樣」的人生最終目的呢？他又說得很明白：

此刻我有五萬法郎，只夠買四十名黑人。我需要二十萬法郎，因爲我要兩百個黑人，纔能滿足我長老生活的癮。

從這種目的和達到目的的手段來看，伏脱冷的冷漠、自私、殘酷與靈魂的卑劣，和當代反動統治者相比，雖不能說有過之，但也實在無不及。對於這種極端的個人主義者，還有什麼可以景慕和欣賞的呢？

我們知道，巴爾扎克在走上創造《人間喜劇》的現實主義道路之前，他有過一段創作上的探索時期。十九世紀二〇年代的大部分屬於這個時期。這是巴爾扎克深入觀察、研究生活的時期，是他創作中進行鍛煉的時期。這時期中，巴爾扎克寫過一套長篇小說，塑造了一批與社會法律和習俗相對立的強徒海盜。在這時期的創作中，還表現出巴爾扎克具有這樣一種思想，即他認為生活就是富者與貧者一場無休止的搏鬥。在《正直人原則》一文中，巴爾扎克還認為強盜是隨著有產者的存在而產生的，「強盜是現存社會必然的產物」。伏脫冷形象的原型就是來源於巴爾扎克青年時代的創作中那批強徒和海盜，只是由於作者逐漸對生活有了更深刻的了解，從而深化和豐富了他們。而且伏脫冷不是個別的、偶然的存在，而是產生於特定的社會歷史條件之下，是一種社會勢力的代表。用今天的概念來說，伏脫冷是屬於流氓無產者中的一員。不過他和一般流氓無產者有不同之處，他是個領袖人物，並在掠奪生活中攢聚了一筆資財。這就決定了他比一般流氓無產者具有更加突出的極端利己主義。他的身上，也正體現了這一階級的某些特點。如果總結歷史的發展，人們是可以找到流氓無產者產生的社會條件及其最後的出路的規律的。它乃是舊社會最下層腐化過程的消極產物。雖然間或在社會鬥爭中被捲入革命隊伍，但它的全部生活狀況都更使它甘願受人收買，去幹反動勾當。

巴爾扎克對這個人物的描繪和在《高老頭》以後的其他作品中的處理上，是符合這部分人的活動及其最後走向的規律的。在《幻滅》和《娼妓盛衰記》中，伏脱冷改頭換面披上了神甫的袈裟在為非作歹。巴爾扎克在一八四八年寫成的《伏脱冷的最後面目》中，伏脱冷成了資產階級政府機關中得力的鷹犬與爪牙——特務頭子。伏脱冷最後的歸宿，一方面完全符合了這個極端利己主義者性格發展的內在邏輯；另一方面，也揭示了這個舊社會最下層腐化過程的消極產物中的人物特點——受人收買去幹反動勾當。

鮑賽昂子爵夫人和安皮訓

作為保皇黨人的巴爾扎克，對於道地的貴族婦女給予深厚同情，並加以美化，是十分自然的事情。鮑賽昂子爵夫人，正是巴爾扎克筆下道地的、經過美化了的貴族婦女形象之一。《高老頭》中，巴爾扎克描寫了不少在談情説愛的上流社會婦女。對於雷斯多伯爵夫人和紐沁根男爵夫人等，巴爾扎克的筆調是冷嘲熱諷的；對照之下，在描寫子爵夫人的時候，字裏行間卻洋溢著熱烈的同情和讚頌之意。巴爾扎克在對待女主人公的態度上之所以有如此的差別，原因在於，前者是硬擠入上流社會的資產階級婦女，而後者則是出身於正統的名門貴族之家。

小説裏，在置身戀愛糾葛裏的許許多多男男女女中，鮑賽昂子爵夫人顯然是個鶴立雞群的人物，她被表現為一個懂得愛情，忠於愛情，為失去愛情而感到沈重悲哀的女性。她極為動情地勸導拉斯蒂涅説：「朋友，對一個女人能永遠愛下去，就該愛下去，別隨便丟了她。」不僅這樣，子爵夫人還被表現成一個極有涵養，甚至可以說具有一種偉大精神力量的女人。這一點特別明顯地表現在對她失戀後，為告別巴黎而舉行的盛大舞會上的描寫中。巴爾扎克如此地寫道：

> 四五百輛車上的燈，把鮑賽昂府的四周照得通明雪亮。……上流社會都爭著要瞧這個女英雄怎樣下台。……當年大公主跟特・洛尚公爵的婚約被路易十四批駁以後，宮廷裏全班人馬曾經擁到公主府邸去；從此就沒有一件情場失意的悲劇，像鮑賽昂夫人的那麼轟動過。可是那位天潢貴冑，蒲高涅王室的最後一個女兒⑦，並沒有一點兒受痛苦打擊的模樣。當初她敷衍那個浮華淺薄的社會，是爲了點綴她熱情的勝利；現在到了最後一刻，她依舊高高在上的控制著這個社會。……鮑賽昂太太站在第一客室門口，迎接那些自稱爲她的朋友的人。全身著白衣服，頭上簡簡單單的盤著髮辮，沒有一點裝飾品，她安閒靜穆，既沒有痛苦，也沒有驕傲，也沒有假裝的快樂。沒有一個人能窺透她的心思。……她對幾個熟朋友的笑容，有時帶點兒嘲弄的意味，但她在衆人眼裏始終保持著她的本來面目，跟她被幸福的光輝照耀的時候一樣。這個態度，使那些麻木不仁的人也看了佩服。……

看！在巴爾扎克筆下，鮑賽昂夫人是個多麼了不起的女人啊！四周是盛裝艷服，五色繽紛的海洋，她卻以素裝淡色以取勝；心藏透骨的悲傷，言表卻絕無痛苦的痕跡；過去是上流社會的「女皇」，及至隱退，還表現出她是「依舊高高在上的控制著這個社會」的「女英雄」。在這一切描繪之中，巴爾扎克傾注了多麼深厚的同情和讚頌之意。但是，作者還嫌不夠，當鮑賽昂夫人含淚出發去隱退時，巴爾扎克禁不住自己跳出來深含教訓意味地說道：「……社會上地位最高的人，並不像那般欺騙群衆的人所說的，能夠逃出感情的規律，而沒有傷心痛苦的事。」在這裏，巴爾扎克從保皇黨思想傾向出發而傾注的同情表現得多麼深切而明顯。

作為保皇黨人，並宣稱為「宗教和君主政體」而寫作的巴爾扎克，他的世界觀的制約作用，也突出地表現在他的正面人物的塑造上。《高老頭》中的皮安訓就是巴爾扎克塑造的衆多人物中為數不多的正面人物之一。

在《高老頭》中和拉斯蒂涅一樣，皮安訓也是一個青年大學生，但他卻選擇了截然不同的生活道路。如果說，拉斯蒂涅一心想要擠入上流社會，征服幾個女人，然後通過她們的裙帶關係去扣開名利的大門，使自己飛黃騰達；那麼，皮安訓則要求自己處濁世而一塵不染，要以辛勤勞動無愧於心地開創自己的生活道路。本來這種拒絕與世人同流合污的生活態度，在那個金錢左右著一切的社會裏，是難能可貴的，是無可指責的，但問題在於作者有意塑造這個人物，作為漫漫黑夜中的一線光明，與拉斯蒂涅相對照，從而表達自己的關於改造社會的理想。前面已經說過，巴爾扎克認為當代社會之所以變成了一座罪惡的深淵，是因為沒有一種能節制人們欲望的有效手段，所以才提出一個以「宗教和君主政體」來改造人和治理社會的主張。這種主張，如前所述，其烏托邦性質是極為明顯的，而《高老頭》中的皮安訓形象的塑造，就是與作者上面的主張緊密地相結合的。在巴爾扎克筆下，皮安訓在精神道德上是算得上高度的純潔化了。他在生活中，力圖「自掃門前雪」，絕不去損害別人，只顧專心一意地鑽研醫學，並決心將來用醫務勞動，辛勤地去開闢自己的前程。巴爾扎克就企圖以這樣的人物為人們樹立榜樣，使其產生廣泛的社會影響，從而達到改造人，最後改造社會的目的。但是，這個人物由於在很大程度上是出自作者的主觀想像，缺乏堅實的現實基礎，所以與拉斯蒂涅相比，他的個性和典型意義都是不突出的。實際上，像皮安訓這類不損害人，獨善其身的人物，在資本主義制度下，在金錢控制了一切的人間，根本不可能是一種普遍的現象。即使有個別存在，也根本不可能產生廣泛的社會影響。因此，這個人物雖然在《人間喜劇》中的許多作品裏出現過，但卻沒有成為任何一部作品的中心人物。

巴爾扎克，一方面是個對於現實關係有深刻理解而著名於世的作家；同時，在政治上是個保皇黨人，他的世界觀中還存在唯心主義因素。因此，他的世界觀裏唯物的、進步的和唯心的、落後的因素是矛盾地統一在一起的。這就決定了他在進行創作時，一方面對社會的種種罪惡的揭發，能夠達到相當深刻的程度，甚至在對某些事物的描繪中，能夠做到合符規律的給予表現；但同時，也不能不體現出他的錯誤的、落後的思想觀點。而這兩方面，在創作中也是矛盾地統一在一塊的。巴爾扎克的世界觀，對其創作的這種制約作用，本文前面對於五個人物的分析，我想，在一定程度上，是能夠給與說明的。

註釋

①巴爾扎克：《高利貸者》。

②巴爾扎克：《紐沁根公司》。

③巴爾扎克：《外省偉人在巴黎》。

④巴爾扎克：《巴爾扎克論藝術》，轉引至普塞柯夫：《巴爾扎克》，二七頁。

⑤巴爾扎克：《邦斯舅舅》第七四章。

⑥巴爾扎克：《人間喜劇》前言。

⑦原註：作者假定鮑賽昂夫人的母家是蒲高涅王族。中世紀時和十五世紀時，蒲高涅族曾兩次君臨法國。

（備註：文中引文凡未註明出處者，均引自《高老頭》，人民文學出版社，一九五七年版）

被金錢吞噬的人們

——論《歐也妮·葛朗台》

《歐也妮・葛朗台》開始寫作於一八三三年八月，這一年的十二月，巴爾扎克的創作集《十九世紀風俗研究》開始出版。最先出版發行的是第五、六兩卷，其中的五卷，就是長篇小說《歐也妮・葛朗台》。後來收入《人間喜劇》的核心部分——《風俗研究》裏的〈外省生活場景〉中。在一八三三年之前的三、四年裏，巴爾扎克創作並發表了《朱安黨》、《高布塞克》、《劊子手》、《城郊舞會》、《長壽藥水》、《驢皮記》、《夏倍爾上校》、《杜爾的本堂神甫》、《紅色旅館》、《鄉村醫生》等等許多作品。這些長、短、中篇小說的出版，標誌著經過多年對於社會生活的觀察與體驗以及近十年的創作實踐的鍛鍊，巴爾扎克從思想到寫作技巧均已進入成熟時期。一八三三年十月十三日在給韓斯卡夫人的信中，關於《歐也妮・葛朗台》，巴爾扎克曾如此寫道：「《歐也妮・葛朗台》是我最出色的畫幅之一，已經寫成一半，我很滿意。《歐也妮・葛朗台》完全不同於我以前所寫的作品。」這段話的意思是明白的，小說乃作家的得意之作，它在《人間喜劇》中占著一席重要的地位。它以內容的深刻真實、形象的鮮明典型、形式的嚴整完美而成為巴爾扎克現實主義創作的精英。

長篇小說反映了巴爾扎克對當代社會的批判已達到了成熟的程度。它不僅揭示了資產階級的社會關係，而且批判了支配資產階級社會的豺狼的規律。因此，這個長篇具備著極深刻的社會歷史的和哲學的概括。《人間喜劇》中的許多作品都集中表現了那個歷史年代人們普遍最感興趣，也最能說明社會本質的一個問題，那就是金錢的問題。當歐洲資本主義發展到十九世紀三、四〇年代，金錢已逐漸成為社會生活中侵吞一切的巨大力量，是資本主義世界得以運轉的動力。它決定人與人的關係，人的命運以及人們的性格。《歐也妮・葛朗台》就是巴爾扎克提出這一主要社會問題的作品中最具代表性的一部。

西方資本主義社會的歷史，特別是法國資產階級革命之後資本主義社會形成時期，現金交易，日益成為社會的唯一的紐帶。賄賂代替了暴力壓迫，金錢代替了刀劍，成為社會權力的第一槓桿。巴爾扎克的《歐也妮・葛朗台》就是這種社會現象極其鮮明的形象說明。

黃金的忠實奴僕

斐列克斯・葛朗台是《人間喜劇》中塑造得最成功的著名形象之一，他和紐沁根、戈甫塞克、泰伊番、提累、凱萊爾等齊名。這些人物都是那個社會中的典型形象，是巴爾扎克在《人間喜劇》中以憤怒的筆調加以鞭韃的野獸般的資產階級掠奪者。葛朗台形象，是在資產階級世界中，人們在追求滿足黃金情欲的要求下，人的本性如何被扭曲，人的思想感情如何畸形地向醜惡猛烈發展的最生動的代表人物。

葛朗台老頭雖然在小說中沒有和中心情節的發展相始終，中途退出了舞台，但他是女兒生活悲劇的導演者，並且他自身的形象是有頭有尾，十分完整的。作者不僅把他不斷追求、聚斂金錢的活動作為中心情節的推動力，而且是女兒悲劇的直接製造者。他引導和慫恿侄兒查理・葛朗台走向墮落和毀滅，他製造黃金的牢籠，把女兒隔絕於人世之外，因此，他對小說情節的發展起著極其重要的推動作用。

老葛朗台的肉體和靈魂都浸透了金錢的魔力。他為黃金而活著，死時，對黃金也仍然滿懷戀情。在嚥下最後一口氣時，都沒有忘記告訴女兒：「把一切照顧得好好的！到那邊來向我交帳！」聚斂錢財，成為他唯一的嗜好，熱愛黃金，是他身上唯一的畸形的情欲，如同長篇小說《高老頭》中的高里奧熱愛女兒是他唯一的嗜好和畸形的情欲一樣。不過，老葛朗台卻不是某種概念的化身，某一思想的傳聲筒，而是一個性格極為鮮明、突出的典型。

我們只要從葛朗台發家的歷史，就能看清他真實面貌的基本輪廓。斐列克斯·葛朗台發家的罪惡歷史是從一七八九年開始的。這時候，他還只有四十歲，是一個富裕的箍桶匠，剛剛娶了一個有錢的木板商的女兒做妻子。正是在這個動盪的大革命時代，他成了一個雙料的投機分子。在政治上，他一方面把自己打扮成「一個激烈的傢伙，前進分子，共和黨人，關切新潮流的人物」，因而得到革命政府的信任，當了索漠區的行政委員；另一方面，他又站在被革命所推翻的階級一邊，包庇、保護從前的貴族，想方設法保住逃亡鄉紳的產業不被標價出賣。在經濟上，他利用自己的地位，把自己的現款和妻子的陪嫁湊成兩千路易，再用四百路易賄賂標賣監督官，「就三錢不值兩錢的，即使不能算正當，至少是合法的買到了區裏最好的葡萄園，一座老修道院和幾塊分種田」。隨後，他又向革命軍隊承包了一二千桶白酒，代價是把某修道院上好的草原弄到了手。所以在大革命時代，他是一個善於觀測風向的、名利雙收的投機分子。

拿破崙督政時期，是他發家史的第二階段。他依仗區長的職權，用「為了本城的利益」作招牌，假公濟私，「造好幾條出色的公路直達他的產業」；同時，他也靠著職務之便，在房產與地產的登記時，「占了不少便宜，只完很輕的稅」。由此看來，這個階段的葛朗台，已經又有了變化，他身上可以聞得出幾分官僚資產者的氣味了。

葛朗台發家史的第三階段是拿破崙稱帝的時期。拿破崙稱帝後，他不再喜歡共和黨人了，因此，從前是激烈的前進分子的葛朗台，因為有「紅帽子嫌疑」而被撤掉了區長職務。不過，官運不佳的葛朗台卻財星高照，在一年裏，一口氣繼承了丈母娘的、妻子外公的和自己外婆的等三筆巨大的遺產。從此，他擁有年產八百桶好酒的葡萄園，五百坪草原，十三處分種田和五、六百萬現金。他成為索漠地區的「新的貴族」，州裏「納稅最多」的人物，成為大葡萄園主、投機商和高利貸者三者合一的巨富。

葛朗台發家史的最後階段是在復辟王朝時期。一八一七年初，他在地產業上又作了一次巨大的擴張。以三百萬法郎的現金，收買了法勞豐侯爵全部以美麗的別墅、園亭、小溪、池塘、森林出名的田產；他經營葡萄園、森林、草原；他出租磨坊、買賣公債、拋售黃金、壟斷葡萄酒的買賣。他究竟有多少財產呢？沒有人能回答這個問題。人們都只這樣說：「嘿，先生，上百萬的咱們有兩三家，可是葛朗台先生哪，連他自己也不知道有多少家私！」也還有些自作聰明的人說：「葛朗台老頭嗎？總說有五六百萬吧！」這些都只是大約的估計，準確的數字，就連公正人克羅旭、銀行家格拉桑也不清楚。直到他死後，清理財產時才結算出一個數字：除零星收入不計在內，他財產總數達一千七百萬之巨。這個階段，從他的掠奪活動及其收入的主要部分看，他已經接近一個典型的金融資產者了。

葛朗台從一個富裕的市民遽變成為一個金融巨頭的過程，不僅是外省富商們掠奪歷史的概括，同時也是七月王朝當政者、銀行家、交易所大王、鐵路大王、煤鐵礦和森林所有主以及接近他們的一部分大土地所有者血腥發家史的真實寫照。特別是他們的起家，不少是如出一轍的。葛朗台發家的起點也和其他許多資產者一樣，是乘法國大革命之機，巧妙地從革命的變革中掠奪了直接的利益而起家的。巴爾扎克對長篇小說《高老頭》中的高里奧也作了類似的描述。那麼，為什麼作家老喜歡把他的人物的掠奪的歷史和法國大革命的進程聯繫起來？這說明巴爾扎克對法國的歷史是了解得很深的。他正確地認識到一七八九年的革命雖然推翻了封建貴族和僧侶階級，但也是另一些金融強盜和寄生者開始膨脹的時候。所以他通過葛朗台的發家史及其掠奪活動，具體地說明了當時法國無數資產者的上升歷史事實。因此，關於葛朗台發家史的具體過程的交代，是有深刻的社會意義的，是具有典型意義的。它正是下述現象的形象化：法國革命，是第三等級即從事生產和貿易的多數國民，對以前享有特權的遊手好閒的等級即貴族和僧侶的勝利。但是，很快就暴露出第三等級的勝利只是這個等級中的一部分人的勝利。而且這部分資產階級還在革命過程中就迅速地發展起來了，這是因為它通過沒收後加以拍賣的貴族和教會的地產進行了投機，同時又以承辦軍用品欺騙國家。

從上面的發家史可以看出，葛朗台是一個從一般市民階層步步爬上金融資產者寶座的人物。他善於觀風測向、投機取巧，精於計算、巧取豪奪，是一個頗為狡猾的人物。不過由於小說的任務並不是描寫他發家的全部過程，而是截取他發家史的最後階段，精雕細琢地予以刻劃，從而把人物性格全面地展現了出來，所以前面的三個階段，都只是當作「前情」，不是通過人物自身的言行，而是用敍述交代出來的。因此，儘管人物性格的主要之點，讀者有所感知，但卻缺乏具體性、細致性，只有等到巴爾扎克對他的言行和心理狀態作了充分描繪之後，葛朗台的個性才逐漸血肉豐滿、鮮明突出起來。

在小說著重刻劃葛朗台形象的篇章中，巴爾扎克顯然是從他的掠奪活動和家庭生活這兩個大的方面著手的。現在，我們先來看看在長期的追求聚斂錢財的掠奪生活中葛朗台的種種表現及其性格的具體特徵。

老奸巨猾，是葛朗台的主要特徵，建立在這個基礎之上的推、拖、欺騙，是他活動的主要伎倆。作為一個資產階級掠奪者，巴爾扎克對葛朗台的理財本領作過如此的概括：「葛朗台先生是隻老虎，是條巨蟒：他會躺在那裏，蹲在那裏，把俘虜打量個半天再撲上去，張開血盆大口的錢袋，倒進大堆的金銀，然後安安靜靜的去睡覺，好像一條蛇吃飽了東西，不動聲色，冷靜非凡，什麼事情都按部就班的。」這一概括是十分精到的。他行動起來，的確像老虎、巨蟒，非常決斷、勇猛，但任何行動，絕不魯莽從事、輕舉妄動，而是深思熟慮，狡猾異常。

葛朗台一生行事是極其小心的，非到萬無一失的程度，他是不會行動的。他從不說聲「是」或「不是」，也從不把筆墨落在白紙上。他跟別人在生意上打交道時，總是冷冷地聽著，把對方的秘密摸個透徹，而他自己卻往往拿可憐的太太作擋箭牌：「我沒有跟太太商量過，什麼都不能決定。」同時，當他逢到要應付或者要解決什麼生活上、買賣上的難題時，他總是套公式一樣遵照這樣的方式來對付別人：「我不知道，我不能夠，我不願意，慢慢瞧吧！」就這樣一推一拖，他就爭得了充分的時間來考慮和決定問題。

推、拖之餘，跟著葛朗台還有兩著絕招。其一是裝聾。其實他的聽力是極好的，直到八十二歲病入膏肓，他還連狗在院子裏打哈欠都聽得一清二楚。他的裝聾，目的是為了使別人放鬆警惕，以便聽到更多的有利於自己的情況。其二是裝口吃。這一惡習是從一個猶太人那兒學來的。雖然吃了一次虧，但卻一生受益非淺。自從那次上當之後，他也變成了一個結巴，特別愈是緊要關節，他就愈結巴得厲害，一句話，老是說不清。這樣做的後果自然是把對方搞得頭暈腦脹，極不耐煩，甚至不得不把他卷在舌頭上的話代為說出。很顯然，裝聾也好，扮口吃也好，全都是一種欺騙行為。

葛朗台的這一套推、拖、騙的伎倆，為的是製造一種假相，讓別人覺得他是一個毫無作為，打不定主意，拿不出主張的人，而實則這些都是他成竹在胸的煙幕。他把自己的一切想法和打算深藏心底，使別人摸不著深淺。他獨個兒安如泰山，一步一步，不慌不忙，一到時機成熟，就如老虎、巨蟒一般，跳起來猛撲過去，使別人防不及防，如拋售酒和黃金的事件就是生動的例證。他表面上若無其事地要求大家「咱們要齊心」對付那些比利時和荷蘭酒商，而私下卻神不知鬼不覺和酒商進行談判，把索漠城內的葡萄園主一齊出賣，高價售出自己全部一千桶好酒；他神出鬼沒地連夜趕到安越拋售大量黃金，連消息最靈通的銀行家格拉桑都不得不驚訝地打了個寒噤。也就是在這些閃電似的行動中，金錢大量地流進了他的金庫。

葛朗台這種紮根於陰險狡詐的推、拖、欺騙，還突出地表現在處理他弟弟的債務上。他的計算，驚人的準確。那群巴黎債主，沒有一個不乖乖走進他的圈套。他把弟弟原有的財產清算拍賣，償還了百分之四十七的欠債，然後，他就運用推、拖和欺騙，讓債主們永遠處於難得兑現的希望之中。葛朗台把他們捻一陣捏一陣，折磨捉弄他們，叫他們奔來奔去，急得臉色發白，而自己卻穩坐釣魚台，安靜地待在索漠家裏，真可謂「運籌帷幄」、「決勝於千里之外」。

葛朗台原是沒有絲毫榮譽、羞恥之心的，為了得到好處，他甚至可以利用自己的女兒作釣餌。他明明知道克羅旭和格拉桑兩個家族集團對自己女兒的爭奪是為了一個女人，一筆財產，但他卻不以此為恥，對他們從不感到厭惡，反而成了每晚必至的座上佳賓。他的想法是這樣的：「他們都看正了我的錢，為了我的女兒到這裏來受罪。哈，我的女兒，休想；我就利用這般人替我釣魚。」不過，任何廉價的榮譽，他卻是樂意承受的。面對弟弟破產後的自殺，他心中沒有半點兄弟的憐憫之情。可是當他得知，自己無須花一個血本，費半點力氣，只要託人出面清理，即可阻止債主們宣布破產時，他卻認為這正是順手牽羊，撈點好處的機會，應該用自己的名義去張羅一番。當人們因此而「一致佩服他的誠實，讚美他的義氣」，並讚嘆他「偉大極了」時，他也竟然忝不知恥地自認不諱，自我陶醉地說：「表面上看不出，我可是極重骨……骨肉之情。」

慳吝，既是葛朗台聚斂錢財的又一手段，又是他性格上的又一顯著特徵。有錢的人，黃金的欲壑是永遠填不滿的，這幾乎是所有資產者的共性。但在對待和使用金錢上，卻可能有顯然的不同。有的，取之易捨之亦易，花錢為如流水；有的則只知聚斂，為增加每一個銅板而費盡心機，並為此而克制一切正常的物質需要。葛朗台正是屬於後一類的人物。他是守財奴、吝嗇鬼的典型。在他自身來說，除了黃金，別無所好，吝嗇貫穿於他的每一個細微的思維活動和行動之中。他一年四季老是穿一雙呢襪，他一雙手套要用到一年零八個月；一年只理兩次髮。他既能挨餓，又能受凍。總之，他對於物質生活的要求是維持身體機能的運行，捨此，就別無所需。

葛朗台對自己是如此，家裏成員也無不承受他的慳吝之苦。每年十一月初一升火，來年三月三十一日熄掉，這是年年如此，不得更改的規矩，即使碰上早來的嚴冬或遲去的春寒也不得因特殊而破壞。全家的麵包和其他食物，都得由他親自分配。平常每晚點燈，也必須幾個人在堂屋裏共燭工作。他把為侄兒買了一支白蠟燭和幾塊方糖看成是一種傾家蕩產的敗家行為，所以，當他追問糖哪兒來的時，太太嚇得「筆直的站著，像一頭受驚的小鹿」，女兒被「父親霹靂般的目光瞪著，驚慌到心都碎了」。

總之，這一切，不管是他自身的習慣、動作，和他對妻、女、僕人的壓抑，以及家裏在他壓抑下所形成的種種規矩，都無不把他吝嗇表現得淋漓盡致，好像已成為他生命和肉體的有機部分，不能分割。

吝嗇的目的，無非是把金錢聚斂得愈多愈好，而支出則愈少愈妙，辦法是壓抑自己和家內成員的正當物質需要，同時想法從一切可能搾取的地方去搾取。他日常的各種食用物品，既不是自己的勞動所得，也不是他花錢買來的。鶴鶉、母雞、雞子、牛油、麥子、燒柴，全部是佃户無償供給的。他的磨房租給人家，不僅要付租金，而且還要進行超經濟剝削，讓租用者把他家麥子拿去磨好，再把麥麩、麵粉送回。從他剝削女僕拿儂，我們可以看到葛朗台老頭的搾取，已經達到了敲骨吸髓的地步。

拿儂從小就是一個失去了父母、家庭的長得很醜的女人。她是一個侍候了人家一輩子卻始終沒有覺悟的忠厚、善良的佚人形象。她是二十二歲時因為丟了放羊的工作而來到索漠城裏的。她在到處碰壁的情況下葛朗台破例難得地收留了她。憑什麼老頭子把她選正了？「她體格像大力士，站在那兒彷彿一株六十年的橡樹，根牢固實，粗人的腰圍，一雙手像個趕車的。」這一切使葛朗台清清楚楚知道能在這個女人身上搾取多少油水，才每月花六法郎雇用了她。他不僅要搾取她肉體能提供的全部勞力，還要把這個女人的心抓在掌心裏。他深知拿儂從小就失去了人間的溫暖，誰也沒有關心和愛護過她。他就不時地說上這麼幾句：「你要什麼呀，好孩子？」或者嘮叨道：「可憐的拿儂！」當水果豐收，果子多到佃户們拿來餵豬時，葛朗台就慷慨地招呼：「哎呀，拿儂，儘喫！」這些話，對於葛朗台，有時是有意的收買人心，有時則是順口而出的口頭禪，但不知人間溫暖為何事的拿儂卻視為珍寶，在心中掀起了無限的感激之情，永遠那麼新鮮。特殊的生活經歷和獨特的生活處境，使拿儂不可能有所覺悟，而是日益成為一個安於奴隸命運的奴隸，像小說裏所描寫的那樣，為了報答主人，她成了葛朗台最忠心的僕人。她盡心竭力，承擔了煮飯、洗衣、照顧田產等一切雜務。能夠做的她都做了。她的忠心，甚至使索漠人全都莫明其中奧妙，發出疑問說：「葛朗台對長腳拿儂怎麼的，她會這麼的忠心？簡直肯替他們賣命！」葛朗台搾取了拿儂的一切，包括她的感情，而付出的卻只每月六個法郎，再加上幾句不痛不癢的裝出來的溫情體貼的話語，這真是一本萬利的交易。

視錢如命，六親不認，這是作家在塑造這個人物時，從家庭生活方面所著重要表現的。查理·葛朗台的出場，是長篇小說中心情節動作的開始。正當葛朗台聚斂活動左右逢源賺得了成百萬家私的時候，他的唯一的同胞弟弟在臨死前把自己唯一的兒子打發來投靠伯父，查理來到了索漠。查理的出現，使葛朗台形象從生活的另一側面凸顯出來，人們看到了他對於家人的專橫與殘暴，尤其看清了他對於黃金的狂熱是如何地滅絕了作為一個人的基本素質，如何地掃蕩了他身上人的一切感情。

老頭子有妻子、有女兒，但他不懂得也不需要夫妻之愛、父女之情、天倫之樂。妻子、女兒、兄弟和侄兒，僅僅從他們和自己之間，有著財產方面的瓜葛，才使他感到關切。

妻子，不是陪伴他生活了二十多年的親人，只是為他曾經帶來過的一份陪嫁、兩筆遺產。因此，面對垂危的老伴，他沒有一絲永訣的哀傷，關心的是治病「要不要花很多錢？」歐也妮是他唯一的親生骨肉，而這一點在他的心裏是沒有絲毫地位的。葛朗台感到女兒的存在，只是由於她是自己那筆財產的唯一的繼承人。兄弟的死亡使他當晚極其煩亂，在房內踱來踱去，可是這一點兒也不是因為同胞弟弟的死別，而是侄兒的來到將會用掉自己多少錢？如何才能把他打發走？他向侄兒宣布他爸爸的噩耗時是遲疑不決的，可這也絕不是予己予人都是一件不幸的大事，而是因為侄兒一個錢也沒有了。在葛朗台看來，「你父親死了」這是沒有什麼了不起的，因為當父親的總是要死的，而且往往是要死在兒子前頭。他為難的是「你一點家產都沒有了」這句話不好說呵，因為對於葛朗台來說，「一點家產都沒有了」這才包含著人世間一切苦難。因此，當查理為父親的死而痛哭時，他卻說：「這孩子沒有出息，把死人看得比錢還重。」葛朗台不僅自己已經沒有，而且是個連別人的正常感情也一竅不通的人，這就是此後他對侄兒、妻子、女兒一系列冷酷無情的行為的內在基礎。

查理已經是一個無父、無母、無家也無一點財產的孤兒，他只有唯一的伯父可以投靠了。而且這時，他和歐也妮正在相互地愛戀著。作為一個伯父，作為一個父親，正常的情況下，這本來是很容易處理的問題，可是查理的命運卻和一般人情的動向相反，老頭子惡狠狠地對女兒道：「又是我弟弟的兒子呀，哼，查理跟咱們什麼相干？他連一個子兒，半個兒子都沒有。等這花花公子稱心如意的哭夠了，就叫他滾蛋，我才不讓他把我的家攪得天翻地覆呢！」這種話，聽了真叫人有點毛骨悚然，連封建階級的人與人間的「溫情脈脈的紗幕」也已蕩然無存，剩下的只是赤裸裸的金錢關係和難聞的「銅臭」氣味。還不僅如此，正當查理一個錢也沒有了的時候，他還三錢不值兩錢地把侄兒的金首飾騙了過來，接著就把他當一條喪家之犬一樣趕走了。侄兒的未來——死？活？沈淪、毀滅？他是不曾、也是不會去想的。這一切都不是平常之人所能夠做得出來的。

金錢毀了葛朗台身上作為一個人的感情，破壞了他的家庭幸福，而他對黃金的貪求卻越來越有增無減。把他對女兒的一點點溫情，也最後給徹底掃除、滅絕了。當他發現女兒那價值六千法郎的各種金洋送給了別人時，這對於老頭子簡直是晴天霹靂，無異別人向他胸口捅了一刀。平常，面對任何競爭的對手，從事宗宗巨大的投機買賣，葛朗台是以冷靜、沈著，不動一點聲色而著稱的，可這回卻沈不住氣，臉色都發白了，終於因此而演出了一場沒有毒藥、沒有尖刀、沒有流血的悲劇——歐也妮被禁閉起來，並且只准吃冷水、麵包。

歐也妮的被懲罰，按照逢風所長的法律觀點，這是一種「妨害自由、侵害身體、虐待家屬」的非法行為，而它的起因卻是為了六千個法郎。值得注意的是，這筆錢是女兒一個一個積存起來的，早已是屬於她自己的了。而且，即使不是如此，這六千法郎和一千幾百萬相比，又是一個多少渺小的數目。可是葛朗台卻絕不因此而自責。妻子為了這場災禍病倒了，病中的老伴一次又一次哀求他饒恕女兒，而他卻聽而不聞，把女兒的健康、妻子的生死置之不顧。這場悲劇的結局雖然是老頭子屈服了，女兒的禁閉被解除，但這絕不是因為可憐妻子的請求，也絕不是由於對女兒的愛，而是要通過講和作為手段以騙取和剝奪女兒對母親的繼承權。他是要把全部財產永遠牢牢抓住在自己手裏才這麼做的。當他從公證人那兒得知女兒有權要求分家、變賣莊園、繼承母親時，老頭子專橫的氣焰一下子就熄滅了。他無力地坐下來哀嘆道：「人生殘酷，太痛苦了。」這是讀者第一次聽到老頭子失去了力量，深感悲痛的話。而過去，他一直是由於投機事業一帆風順而經常手舞足蹈地唱著：

開心，開心，眞開心，你這個箍桶匠，

不修補你的臉盆又怎麼樣！

他克制了全部物質上的欲求不痛苦，他没有愛情、没有天倫的歡樂，也不痛苦。唯獨得知財產有可能被女兒瓜分時，他卻膽戰心驚地哀嚎：「人生殘酷，太痛苦了。」這就是說，金錢是葛朗台喜怒哀樂的晴雨表，它是至高、至上、至能的。因此，當他確知金錢全部為自己牢牢掌握時，他是一個凶狠、專橫的魔王；而當他意識到金錢的控制權稍有動搖時，他會立刻變成一個軟弱無力的可憐蟲。

最後，巴爾扎克把葛朗台置於死亡的關口，完成了這個喪失了一切人性，酷愛黃金的守財奴、吝嗇鬼的塑造。

此刻，葛朗台老頭子已經八十二歲了。生命已經像只殘留了一點兒暖氣的灰燼，他根本不能行動了。可是他叫人把他放在轉椅上，讓人在金庫前推來推去。或者，要女兒把金路易鋪撒在桌上，幾小時、幾小時地用眼睛盯著。他不斷地吩咐拿儂：「裏緊、裏緊，別讓人家偷了我的東西。」他不斷地詢問：「在那裏嗎？在那裏嗎？」他快要嚥下最後一口氣了，神甫將鍍金的十字架伸向他唇邊，於迴光返照的瞬間，葛朗台在迷茫中看見了一件金光閃閃的東西，於是他做了個駭人的姿態想把十字架抓在手裏。而他的生命也就在這最後一次對黃金的掠奪中丢掉了。他給女兒所要求的最後的祝福是：「把一切照顧得好好的！到那邊來向我交帳！」這是他一生中最後的遺囑。生，為了錢；死，忘不了錢。至於此後，唯一的女兒在人世間成為孤獨者了，她將如何安排生活？一生怎麼度過？這些為人間父母必定關心的問題，在葛朗台心上都沒有任何地位。女兒是什麼？他的遺囑表明，不是骨肉相連的親人，只是金錢的繼承者和守護者。人，完全為金錢所改變！人們曾經讚賞莎士比亞在其創作中多麼卓越地描寫了金錢的本質。在莎士比亞的筆下，金錢成為了有形的上帝，能夠把一切人類的和自然的品質，轉變為它們的對立物。葛朗台形象說明，巴爾扎克對於金錢的本質的描繪的深刻性，是完全可以和莎士比亞媲美的。巴爾扎克的偉大，在於他描繪了葛朗台發財致富的歷史，同時也是他人性泯滅的過程。葛朗台對於黃金無限貪婪的欲望、追求、占有以及黃金所帶給他的「快樂」，搗毀了他的靈魂。他身上一切人類的自然品質都被消滅得無影無踪了。葛朗台，到頭來成為一個黃金的忠實奴僕，一生精力都為聚斂黃金而消耗完絕——這是他生命的帳簿上最後的一筆總帳！這個黃金的忠實奴僕，他的發財致富的歷史，他聚斂金錢的方式和手段，他在家庭生活中的言行作為，對於一切皆是「現金交易」的資本主義社會來說，都是具有高度典型意義的。他是資本主義原始積累時期，向壟斷過渡的自由資本主義時代的一個承前接後的資產者典型：一方面，他雖然保留著原始積累時期資產階級聚斂錢財時那種清教徒式的慳吝特徵，但和那些還根本不懂資本、貨幣在流通過程中增值，只知死死地進行貨幣貯藏的戈甫塞克式的高利貸者不同，他已深諳價值規律和商品流通、貨幣周轉對於積累財富的作用；另一方面，他雖然有了後來壟斷資產者活動的某些跡象，但又和懂得賣空買空，並且運用法律手段和倒閉來進行資本積累的壟斷金融資產階級還不完全相同。

新一代的掠奪者

老葛朗台的發家史，以及他終於成為那個時代人們「所信仰的唯一的神」，這在巴爾扎克看來，還不足以把資本主義社會「唯一的紐帶」——金錢勢力及其意義發掘到深刻的地步，因為老葛朗台畢竟還只是一個土生土長的暴發户，他的掠奪活動雖然已經包含了近代金融資本的因素，但鄉村化的原始色彩還頗為明顯。那新航線發現之後，特別是十八世紀末，十九世紀初期以來，成群地湧向世界各殖民地的冒險家的情況如何？查理・葛朗台形象，提供了頗為典型的說明。

巴爾扎克對於資本主義社會的了解是深刻的。他認識到這個社會愈往下發展，人們將變得更加殘忍，更加喪失人性，「你吞我，我吞你，像一個瓶裏的許多蜘蛛」。查理這個形象就是安置在這一認識基礎之上的。因此，查理所走的道路，也正是資本主義社會裏青年人中的許多真實典型之一。查理的故事，是既單純又駭人聽聞的。他的歷史是從尚有幾分天真，而且又毫無經驗的青年時期開始，直到他墮落，成為精打細算、除了賺錢和自私自利往上爬之外，再無其他想法的冒險家的發展歷史。這一歷史可以分為出國前、後兩個不同的階段。

查理出現在索漠時，他還是個浪漫的充滿幻想的青年。巴黎的「教育」尚未完全扭曲他身上自然的品質。由於父母對他百依百順，使他心裏孕育起了一點點孝心，所以當聽到父親自殺時，他號啕大哭。這種悲痛是真情而非假意。所以當伯父告訴他：「你的爸爸把你的家敗光了，你一個錢也沒有了」時，他的回答是：「那有什麼相干？我的爸爸呢？……爸爸！」這時，他已經是個身上沒有分文的孤兒了，但卻不忍心把母親交給他的梳妝匣子上的金子挖下來賣掉，也不願帶著它到他鄉異域去冒險。他珍視母親臨終時送給他的禮物，把它信託給自己心愛的人，並且告訴歐也妮說：「你寧可把它們毀掉，絕不能落在第二個人手中……。」這一切都說明，這時的查理，雖然經歷過巴黎那個花花世界的生活，但畢竟閱歷尚淺，還沒來得及實踐所接受的「教育」。因此，他心中稀薄的義俠血性和俗人溫情，還沒有一概淹沒在利己主義計較的冰水之中，家庭關係上面所籠罩著的溫情脈脈的紗幕，還沒有化成為單純金錢的關係。也正因為這樣，他才能在父親死後和伯母、堂姐接近中，當受到她們那種完全超脫金錢利害關係的最親切最溫柔的款待時，他悲苦的心中才能深深感受到這種體貼入微的友誼。於是，他讚賞歐也妮母女兩人的純樸生活，最後也愛上了善良、溫柔、有著無限豐富的內在感情的堂姐，他對歐也妮說：「純潔的天使，咱們之間，錢永遠是無所謂的，是不是？有了感情才有錢，從今以後，應當是感情高於一切。」這種表白，雖說是誇張了，但應該說是出於一片真情。

可是，在另一方面，查理究竟是在巴黎那個環境中混過的人。巴黎的社會以及和阿德納的戀愛，已經把他訓練得對什麼都得計算一下了。他是默認了阿德納這樣的教導的：「只要一個人在台上，就得盡量崇拜他；一朝下了台，趕快把他拉上垃圾堆。有權有勢的時候，他等於上帝；給人家擠倒了，還不如石像被塞在陰溝裏的瑪拉……人生是一連串縱橫捭闔的把戲，要研究、要時時刻刻的注意，一個人才能維持他優越的地位。」這種開導，和《高老頭》中鮑賽昂子爵夫人給年輕的表弟拉斯蒂涅的教導是如出一轍的：「拉斯蒂涅先生，你得以牙還牙地去對付這個社會。……你越沒有心肝，就越高升得快，你毫不留情的打擊人家，人家就怕你。只能把男男女女當作驛馬，把他們騎得筋疲力盡，到了站上丟下來；這樣你就能達到欲望的最高峰。」他也深深懂得，在巴黎那個環境，所謂「心地好」，實際上是被人視為「其蠢如牛」。只是由於在巴黎生活著的時候，他的需要，父母一呼百應，應有盡有，對社會還沒有什麼需求，因而也就還用不著他去參與和別人的勾心鬥角的搏鬥。但是，也就在這不知不覺之中，他的血液裏已經滲透了自私自利毒素，巴黎人那套人生哲學，已經潛隱在心頭。只要他從悠閒的旁觀者一變而為現實中的演員，這些潛伏著的毒素就會洶洶其勢地活躍起來。

由此看，剛出現在讀者面前的查理，由於自身的複雜性，他正處人生的十字路口。不幸的是，愛他的人既無金錢，又無利勢，想幫助他，卻心有餘而力不足；另一方面，他的教育，他的經歷，再加上碰上那麼個狠毒的伯父。查理終於在他的慫恿、鼓勵、甚至逼迫下，走上了出國經商的道路。

在那個社會中，要在生活裏堅持人的尊嚴，是非常艱難的，而要墮落沈淪，卻是易如反掌，頗似順水行舟，一瀉千里。查理的出國，作為一個人，他是完了。他成為湧向東印度的冒險家隊伍中的一員，原來潛隱在身軀之中的種種毒素找到了適當的氣候和土壤了。他一過赤道，就丟掉了許多成見，哪一條路是發財致富的捷徑，他便走哪一條。從此以後，指導他生活的唯一的信條是趕快發大財。回到巴黎去耀武揚威，爬到比從前一個觔斗栽下來的地位更高的位置上去。也就在這唯一的信念指引下，他跑了許多地方，做各種買賣，幹各種勾當：販賣黑人、放高利貸、偷稅走私、販賣海盜贓物。總之，能使他弄到錢的買賣，他都是無所不為的。在這一過程中，他的思想變了，對一切都採取懷疑態度，對於是非曲直，也再沒有一定的觀念。而他的心則變得更加可怕，變冷了、收縮了、乾枯了、狠心、刻毒、貪婪，成為突出特徵。一句話，他變得比葛朗台還要葛朗台。他的良心已成為聽話的工具，在爭取發財的過程中可以任意使用了。曾經打動過他的幻想、愛情和榮譽，現在，他的心裏一樣也不存在了。

對於曾經愛過的堂姐，如果說出國的最初階段，他心中還晃動過歐也妮高尚純潔的面容，那麼，到後來，黑種女人、白種女人、黑白種女人、爪哇女人、埃及舞女……跟各種顏色的女子，花天酒地荒唐胡鬧過後，關於堂姐、索漠、舊屋、凳子、親吻等，一切都忘得一乾二淨了。歐也妮，由愛人身分變成為供給六千法郎的債主，不再在他心上，僅在他的算盤上占了一個位置而已。

所以，查理發財致富的歷史，實在就是他精神上急轉直下的墮落的歷史，是他道德品質崩潰的歷史。最後，他的生活中只剩下了唯一的原則，這就是不惜任何代價發財。這個原則在他心中把對人的一切感情都排擠得乾乾淨淨了。查理的為人和品質在他回到巴黎決定和特·奧勃里翁小姐結婚後給歐也妮寫的那封信上，以及寫那封信的心情和手段上，得到了最全面、最深刻的說明。

這封信，寫得既赤裸，又猾詐。他敍述了自己對於婚姻的觀念：「結婚這件事應當服從一切社會的規律，適應風俗習慣的要求」；「在結婚中談愛情是做夢」；在婚姻上，他追求的是「可以給我一個姓氏，一個頭銜，一個內廷行走的差使，以及聲勢顯赫的地位」，並且替「孩子預留了一個地位」——承襲特・奥勃里翁侯爵的姓氏和四萬法郎的采邑。總之，他說：「我只想為了地位財產而結婚。」同時，還帶侮辱性地說明歐也妮在生活方式、教育、習慣等方面如何不配做他的妻子。最後，如他自己所說的「略施小計」，故意回憶起親密的往事，把自己說成是仍然「保持童心而誠實的青年」，而要求歐也妮作主裁決。前面的種種，正是他內心的赤裸，從這點上講，他是坦白的。做到這點，對於現在的查理來說是容易的，因為他早已寡廉鮮恥。最可恨的是他「略施小技」，這就是他在幹最喪盡天良的勾當的時候，還要利用別人善良的心，為自己可恥的行為披上合情合理的偽裝。

斐列克斯・葛朗台和查理・葛朗台兩個人物，都是那個社會當中取得勝利的典型，因而究其實質，他們是一致的。不同的只是，年輕的一代墮落得更加驚人，作為更加惡劣與無恥，精神上更空虛，更加滅絕人性；此外，就是後一代更加大城市化、更加近代化罷了。查理・葛朗台是新一代的掠奪者。

無辜的犧牲者

歐也妮·葛朗台形象並不像有的人所說的，是作者人性觀點指導下，通過幻想孕育出來的一個人物，因而沒有多少現實意義，也算不得什麼典型。誠然，在創造這個人物時，作者創作思想上，人性的因素是有的，但她是現實的人，不是幻想的產物。在那金錢控制著、改變著一切的社會裏，她身上仍然保留著自然的品質，心中蘊藏著人的真情，這是那個社會少有的特殊現象，可確實是生活中存在過的，不是上帝的賜予，而是生活經歷造成的。唯其少有，唯其特殊，唯其是現實的，所以歐也妮短短的生活道路是一齣悲劇，引發人們的同情，是一曲無盡的哀歌，從生活的另一側面對那個社會進行了沈痛的控訴和深刻的揭發。

歐也妮的形象是在和她父親與堂兄弟的對照中逐漸樹立起來的。她的發展過程是步步遞進，層次極為分明的。

在和堂兄弟查理見面之前，歐也妮處於怎樣的狀態，過的是什麼樣的日子呢？她是百萬富翁的女兒，可謂千金小姐，可她和母親過的卻是最單純、最簡樸、最節儉的生活。她被父親置於一種奴僕狀態，和母親一道，早就習慣於沒有錢，也根本不懂得金錢的使用價值，所以既不尊重它，也不看輕它，因為她們從未使用過它。每天，除了和母親坐在窗下幹活外，再就是每天還出去做一次彌撒，這就是她的生活空間和生活內容。這種與世俗生活隔絕的狀態，使她長到二十三歲還是一個什麼也不懂的天真老實的姑娘。正如作者所說的，她「天真老實的程度，不下於森林中的鮮花嬌嫩的程度」。因此，當她看到銀行家的兒子送給她的一件巴黎的小玩意——「針線匣子」時，也都由於新奇而感到那麼忘情的喜悅，「高興得發抖的快樂」。她單純、天真得連克羅旭和格拉桑兩個集團的人那麼殷勤的來訪，都認為是種真情實意的友誼的表現。因為對於罪惡的社會和罪惡的人，她沒有接觸和感受過，所以也無從想像，她以為人人都跟自己一樣，既沒有特殊的恨，也沒有特殊的愛。總之，這時的歐也妮，她還像一張白紙。社會的五顏六色，尚未在這張白紙上留下痕跡。也正由於未曾被污染，她的心還保持自然的狀況，正是在這種情況下，堂兄查理闖進了她的生活天地，早已潛伏著的但還從未活動過的感情之流，終於掀起了波濤，嘩嘩地向前衝闖而去，她愛上了查理。

愛情，本來應該是人們幸福的源頭，可是對於歐也妮卻是辛酸和苦難的開始。她對查理的愛，是盲目的，是一見鍾情的，可也有她內在的必然性。歐也妮已經二十三歲了，這是需要愛人，也是需要被人愛的時候，可是，那年年如此，天天一個樣的平凡，冷寂的環境卻根本不可能激起一絲新鮮之感。對於兩個集團中的人，她雖不曾討厭，嫌棄，可也從未引起過一絲的感情的波動。但是，查理的出現，無異於給陰暗的角落射進了一道光亮。查理的言談、舉止、裝束，這一切，對於索漠的人，都是聞所未聞，見所未見，自然會引起人們強烈的新鮮感；況且，查理正處人生花季，風流倜儻，一表人物，歐也妮晚禱時不禁念到：「聖母瑪麗亞，多漂亮呀，這位堂兄弟！」歐也妮深深隱匿的感情開始了輕微的動盪。

愛情，不是神秘的，可的確有幾分微妙。歐也妮對堂兄弟所產生的關懷、體貼，簡直連她自己也說不明白。布置房間的瞬間，她竟想出了那麼多念頭：吩咐拿儂安排腳爐、升火，親手鋪桌布，擺設骨董玩具，掏錢買白燭。總之，這時，她忘了拿儂、母親，連那凶神似的父親也丟棄到九霄雲外去了。如果把這瞬間的念頭集中起來，可能比她出世以來所有的念頭還要多。

叔父的死給查理帶來的悲痛與不幸，以及從他給巴黎的信中所獲知的有關他的經濟處境，使歐也妮當初還不十分明確的感情向前推進了一步，她獻出了自己深厚的、衷心的同情。誠然，同情不等於愛情，但愛情卻往往包含著同情和憐憫，並且加深和促進著愛情。歐也妮對查理的愛情的發展正是這樣的：查理的不幸成了她的不幸；查理的悲傷成了她的悲傷；她同情他的處境，關心他的未來，在這些感情的滋補中，歐也妮的愛情明朗化了，越來越強烈了。這種虔誠的、純樸的愛，使那個在巴黎的花花世界中闖蕩過的青年也被感染了。因此，及至查理向她表示「噢！我多麼愛你」時，歐也妮就一往情深地說：「我等你，查理。」歐也妮就這樣沒猶疑、沒有顧忌地把自己的一切，包括一顆無限熱烈和溫柔的心，交付給了查理。

愛情，改變了歐也妮，促成了她性格的成長和發展。

愛情喚醒了她沈睡的心靈，她第一次洋溢著從未有過的喜悅，並且也破天荒地感受到了生命的歡樂和意義，她還第一次希望自己顯得漂亮，第一次懂得有一件剪裁合式、使自己惹人注目的新衣裳的樂趣，以及第一次對窗外冷落淒涼的園庭的景物感到一種新鮮的情趣。

愛情給予她無窮的力量，使她變得堅強勇敢起來，在愛情的鼓動下，她從一個百依百順、根本沒有獨立意志的女兒，變成為敢於違拗父命自作主張的姑娘。她要拿儂為查理買白燭、方糖、做千層糕、升火——這一切父親都視為傾家蕩產的行為，直至當面把父親拿走的糖壺重新放回桌上。總之，凡是能想到的，她都憑著心中火樣的激情，全都願做，也都敢做。她甚至毫無顧忌把自己全部積蓄隨便地送給了愛人——而這就等於往父親心裏扔了一顆炸彈，終至引發一場駭人的悲劇。

愛情還使這位單純的姑娘變得聰明、伶俐，開始懂得一些世事，知道思考分析問題了。當母親知道女兒把全部積蓄送人後，她提議去找公證人克羅旭設法彌補時，歐也妮卻說：「不行不行，那簡直是自投羅網，把我們賣給了他們了。」因為她知道，如果那樣做了，就是等於將自己的命運交給了人家，克羅旭所長之流將會把她們作為敲詐、勒索的對象，甚至會作為逼婚的手段。

那麼，愛情對於歐也妮為什麼能起如此巨大的作用？如前所述，她愛情萌芽於盲目與一見鍾情之中，而且增長速度也幾乎是躍進式的，熱烈的程度也是少有的，可是，她的愛卻是虔誠的、深沈的，順乎人性的自然，不曾羼雜任何家世和金錢的利害因素。為了愛情，她可以挨凍、喝涼水、啃乾麵包而毫無怨言；她也可以忍受長期懷念的痛苦，時間的流逝、空間的隔離，不能沖淡心中的熱情，而是買張世界地圖掛在鏡子邊，天天用深情的目光，在地圖上尋覓著、猜測著，也輕輕詢問著：「你好嗎？不難受嗎？你叫我認識了北極星的美麗和用處，現在你看到了那顆星，想我不想呢？」她把叔父和嬸母的相片掛在床頭。她要在那張照片上去諦聽和揣摩愛人的聲音、容貌。為了不讓愛情的信託物受一點損傷，她可以拿出自己的生命來護衛。當殘暴的父親企圖用刀子把匣子上的金剝下時，她就隨手抓起一把刀子說：「父親，你的刀把金子碰掉一點，我就把這刀結果我的性命。你已經把母親害到只剩一口氣，你還要殺死女兒。好吧，大家拚掉算了。」這種種言行，如果跟小說開頭時那個柔弱的姑娘比較起來，真有天地之別，判若兩人。

歐也妮這種虔誠的愛情已經深沈到了癡情的程度。甚至當查理親手把自己七年來用整個心靈建造起來的愛情的天堂搗毀時，她也熄滅不了心中愛情的火焰，把愛變成恨，而是忍受著一般人難於忍受的痛苦，拿出一百五十萬「巨款」，阻止債權人宣布叔父破產，成全背叛者的「幸福」。這種行為初看起來，似覺太癡、太傻，難於理解。把歐也妮的行為寫到如此的程度，原因是頗為複雜的。這裏面顯然有作者的人性論觀點和基督教容忍博愛思想起了作用。但如果就形象的整體看，卻完全是意料之中的事。因為，歐也妮對於查理傾注了一切的愛情，正是資產者隊伍中一些不諳世事的姑娘，把自己畢生的幸福寄託於婚姻、家庭的心緒的寫照。所以，歐也妮心中的這種愛情，雖然是十分狹隘的、極端個人的，但這種不去服從社會的成規，拒絕順從風俗習慣要求的愛情，對於「在婚姻中談情說愛是做夢」、「愛情」裏滲透了「銅臭」氣味的現實，何嘗不是一種尖銳的對照和抗議！

歐也妮這個形象，巴爾扎克是懷著巨大的同情和讚美之意來塑造的。歐也妮在精神上付出得很多、很多。對於母親和父親——儘管他是殘暴的，她盡了子女之道；對於查理，她能夠給予的都給予了。「遺棄」，這對於歐也妮等於是「船沈掉了，希望的大海上，連一根繩索、一塊薄板都沒有留下」。從此，她懂得了母親臨終時的話：生命，「只有受苦和死亡」。本來，歐也妮是一個天生的賢妻良母，但現實卻使她既無丈夫，又無子女，也無家庭，弄得「在世等於出家」。於是，她成為那個社會中一種特殊的存在：她擁有巨大的財產，但人類自然的品質卻尚未為金錢所改變；金錢對於她，既未視為一種權力，也不是一種安慰，倒是相反，她成了一個富有的犧牲者。歐也妮悲苦、淒涼的生活道路有力地說明了資本主義社會這樣一條規律：「在人的道德變成買賣對象的地方——沒有學會出賣感情的人，金錢就成為苦痛和災難的最大根據。」一成堆的黃金，是捆縛她的鎖鏈；金錢冷冰冰的光彩，使她隔絕於世人。她的罪過是，黃金尚未使她習慣於為非作歹，金錢也還未教會她出賣感情，因此，她不容於大地、人間，只得留下一連串善行義舉走向天國。可是，天國對於一個渾身都是感情的女子，何嘗不是地獄？由此，我們完全有理由說，歐也妮的一生，對於金錢滲透著一切方面的社會，是另一種形式的控訴，她是一個被金錢吞噬的無辜的犧牲者。

精湛的細節描寫

巴爾扎克是十九世紀歐洲批判現實主義文學最有代表性的作家之一。關於這個時期的現實主義文學的基本特徵，人們經過長時期的討論，大致有了這樣的共識：現實主義的意思是，除細節的真實外，還要真實地再現典型環境中的典型人物。巴爾扎克的創作無疑是符合這種要求的。

對於典型環境、典型人物以及二者之間的關係等問題，巴爾扎克不僅在包括《〈人間喜劇〉序言》在內的許多理論性文章和通訊中作過深入的探討，發表過許多至今仍有啟發性和借鑑意義的意見；而且，還通過《人間喜劇》的創作實踐，用豐富的形象作了具體、生動的說明；此外，前面關於幾個人物的分析，也可作為例證。本文限於篇幅，對這些問題下面不再進一步闡述，只想對細節描寫，結合作品，再作些說明。

所謂除細節的真實外，意思是真實的細節描寫是這一歷史時期現實主義文學的最基本的要求。它也是有別於啟蒙現實主義文學、文藝復興時期的現實主義文學的標誌之一。巴爾扎克對於細節描寫的真實性是給予了足夠的重視的。他說過：「當我們看書的時候，每碰到一個不正確的細節，真實感就向我們叫著：『這是不能相信的！』如果這種感覺叫得次數太多，並且向大家叫，那麼，這本書現在與將來都不會有任何價值了。獲取全世界聞名的不朽的成功的秘密在於真實。」他在《〈人間喜劇〉序言》中也特別強調指出：「小說在細節上不是真實的話，它就毫無足取了。」正是由於巴爾扎克在這個問題上有如此明確的看法，所以在他的作品中「……一部分觀察者，可以根據公共紀念物的殘骸或者研究家庭遺物，回憶起民族或個別人物的生活，對於他們的習俗完全保持真實。」（《絕對之探求》）因此，人們才說，在巴爾扎克的作品裏，甚至在經濟細節方面（如革命以後動產和不動產的重新分配）所學到的東西，也要比從當時所有職業的歷史學家、經濟學家和統計學家那裏學到的全部東西還要多。當然，這裏所談及的細節，都還是客觀物質環境的細節描寫。這類細節描寫在《歐也妮・葛朗台》中，特別是在小說開始時對索漠小城、街道、葛朗台的居住環境的描寫裏，都有充分表現。但作為一部不朽之作的文學作品，真實的細節描寫還有另外一個方面，甚至可以說是更重要的一個方面，這就是通過對於人物的肖像、表情、外部動作的細節描寫，展示人物的心理狀態和性格特徵。這類細節的真實性，在某種意義講，較之前者更難達到，因為這需要作家對人物的內心世界和性格瞭如指掌。而正是在這一方面，巴爾扎克的表現是十分出色的。

像前面分析時所表明的，黃金的力量已經徹底毀滅了葛朗台老頭。他的穿著、習慣、待人處事都被這種力量支配著。當他把喪父的消息告知侄兒之後，對他來說，事情就了結了。他心裏立即在盤算將大批存款買進公債，以便在短期內賺到優厚的利潤。此刻，在行動上巴爾扎克作了這樣一個細節的描繪：「他拿起記載兄弟死亡的那張報紙，寫下數目計算起來。」同胞弟弟的死亡，竟至忘於頃刻，這是金錢掃蕩了一切人性的最深刻的寫照。

歐也妮癡情地苦苦等待了七年，終於收到了信。她臉色發白，拿著信發楞，手抖得太厲害了，簡直無法拆信。可這是一封把她從幻想的天堂一下拉進失望的地獄的信，她被遺棄了。當她忍痛地讀到「在長途的航程中我老是想起那條小凳」時，作者對主人公的外部動作作了如此的描述：「歐也妮彷佛身底下碰到了火炭，猛的站了起來，走去坐在院子裏一級石凳上。」為什麼這樣寫來呢？這封信對閱世很淺、一往情深的歐也妮來說，實乃晴天霹靂，因而她的心隨著閱信時逐漸明確的被遺棄的命運而被揪緊，及至當「那條小凳」的字眼出現在眼前，一種心理上極端的痛苦就自然而然的在生理上——人的動作上反應出來。這是因為看信時她正好坐在信上提到的「那條小凳」上。就在「那條小凳」上，她和堂兄弟相依相偎，說過許多甜言蜜語，許多瘋瘋癲癲的廢話；堂兄弟對她立下過海誓山盟；他們還一道坐在上面做過將來成家的美夢；分別後，她又老是坐在上面懷念遠去的親人。可是往事如斯，而今卻變得不堪回首話當年了，她的心該是多麼痛苦呵！因此，當突然意識到自己坐在「那條小凳」上時，那種生理上的動作，恰到好處地表現了她悲苦的心理狀態，表現了她曾經有過的，至今也仍然難以泯滅的對於堂兄弟的深摯之情。信看完了，歐也妮的希望之星也隕落了。她從愛情的幻夢中醒來，清醒地意識到自己悲苦的命運——從今以後，「只有受苦和死亡」。當她走回屋裏去的時候，作者這麼寫道：「她腳步極慢的從花園走向堂屋。跟平時的習慣相反，她不走甬道。」為什麼呢？因為「甬道」裏是她和堂兄弟第一次傾心相吻的地方，也是查理第一次說：「親愛的歐也妮，堂兄弟勝過兄弟，他可以娶你」的地方。而今是景物依舊，世事全非了，她的確已經沒有力量重睹那使自己回想起許多往事的地方。而且。這裏的「跟平時的習慣相反」，不是清楚地告訴人們，歐也妮過去是經常走甬道，以至習以為常了嗎？這一細節，不僅十分真實地表達了歐也妮讀信後悲苦的心情，也恰到好處地引讀者感受到主人公在夢醒之前，她對於愛情的忠誠和深情的懷念。

查理這個人物，雖然不是作者著重表現的人物，但他去國前和回到巴黎後卻是描繪得很出色的。特別是重返巴黎後的種種言行，和他七年前初到索漠時的情況相比，真是何止天壤之別！他給歐也妮的信最後部分是這樣寫的：「您瞧，堂姊，我多麼善意的把我的心，把我的希望，把我的財產，告訴給您聽。可能在您那方面，經過了七年的離別，您已經忘記了我們幼稚的行為；可是我，我既沒有忘記您的寬容，也沒有忘記我的諾言；我什麼話都記得，即使在最不經意的時候說的話，換了一個不像我這樣認真的，不像我這樣保持童心而誠實的青年，是早已想不起來了。……告訴您我還記得我們童年的愛情，這不就是把我交給了您，由您作主嗎。這也就是告訴您，如果要我放棄塵世的野心，我甘心情願享受樸素純潔的幸福，那種動人的情景，您也早已給我領略過了……。」這封信明明是寫在全巴黎都在談論他和特・奧勃里翁小姐的婚事，而且教會也公布他的婚事徵詢之後，卻假裝作要歐也妮「作主」；本來是在多少年前早已把「童年的愛情」忘卻得一乾二淨，卻裝成童心未變、多情善感的青年。這種虛情假意和企圖進一步利用和作踐別人感情的卑劣行徑，巴爾扎克通過如下的真實的言行細節描寫給以尖銳的揭發：「在簽名的時候，查理哼著一闕歌劇的調子」，並且自言自語地說：「天哪！這就叫做略施小技。」

上述兩個方面的真實的細節描寫，使我們認識到巴爾扎克在他的創作中，一方面具有風習作家的高度技巧，同時又具有心理學家的精湛分析，而且二者是緊緊結合起來的。

在金錢成為社會權力的第一槓桿的現實社會中，包括父子、夫妻、兄弟姊妹、親戚等在內的所有的人和人之間的關係，的確除了赤裸裸的利害關係，除了冷酷無情的現金交易，就再也沒有任何別的聯繫了。金錢把一些人變成獸類，如斐列克斯・葛朗台和查理・葛朗台一樣；金錢也把一些人置於生死難分的境地，像歐也妮・葛朗台似的，活著，但「只有痛苦和死亡」。《歐也妮・葛朗台》多麼深刻地描繪了金錢的本質，這也正是長篇小說的價值所在。

談蓋斯凱爾夫人的《瑪麗・巴登》

蓋斯凱爾夫人（一八一〇—一八六五）是十九世紀中葉英國女作家。她與狄更斯、薩克雷、夏洛蒂・勃朗特等現實主義作家一起，被稱為英國當時的一批傑出的小說家。他們在自己的卓越的、描寫生動的書籍中向世界揭示的政治和社會真理，比一切職業政客、政論家和道德家加在一起所揭示的還要多。

蓋斯凱爾夫人原名伊麗莎白・克萊格亨・斯蒂芬。她出身於一個牧師家庭，幼時喪母，從小跟姨母長大。她的父親文化修養很高，親自教她學文化。十四歲時，她被送到一所女子學校學習了三年，因而，她比一般中產階級女子具有更高的文化。她的姨母是一個有錢的寡婦，死後留給外甥女一筆遺產。從父親和姨母那裏，她還受到了虔誠的宗教信仰的影響。

蓋斯凱爾夫人在二十二歲時，與唯一神教會的牧師威廉・蓋斯凱爾結婚，從此，她離了長期生活的小城鎮，隨丈夫遷居大工業中心曼徹斯特。在曼徹斯特，蓋斯凱爾夫人經歷了憲章運動的數次高潮。作為牧師的妻子，她在協助丈夫處理教區的日常工作中，常常與工人打交道，出入工人家庭。她了解和熟悉工人的生活和思想感情，同情他們的悲慘遭遇。在愛好文學的丈夫的鼓勵下，她開始文學創作，以工人為描寫對象，反映他們的生活、鬥爭、感情和願望。像她這樣廣泛與工人接觸、反映工人題材的作家，在當時的確是罕見的，因此，特別值得我們重視。

蓋斯凱爾夫人一生共寫了六部長篇小說和許多中短篇小說。其中《露絲》（一八五三）描寫一個貧苦的女工被資產階級男人引誘而後又被遺棄的故事。通過這個悲劇故事，作者揭示出在資本主義制度下，貧苦少女隻身出外謀生遭受毀滅的必然性，抨擊了資產階級的虛偽道德。《南方與北方》（一八五五）描寫北方一個理想化的資本家既有北方企業家的精神，又有南方人的文化教養，他舉辦福利事業，改善工人生活，辦起了「模範」企業。作者通過這部作品，宣揚了她的勞資調和的改良主義思想。同時，蓋斯凱爾夫人還寫了一部著名的人物傳記《夏洛蒂・勃朗特》，這是有關《簡・愛》的作者的第一部傳記，屬於英國古典文藝傳記之列。而《瑪麗・巴登》則是作者留名於世的代表作。

《瑪麗・巴登》是十九世紀最重要的工人題材小說，它寫於一八四六年至一八四七年，發表於一八四八年。小說直接以三〇年代末四〇年代初的憲章運動和罷工鬥爭為背景，反映了曼徹斯特紡織工業中心棉紡工人的生活與鬥爭。

相依爲命的父女

老織工約翰・巴登的妻妹愛絲忒突然失踪了，這真是神秘的失踪！她在一個星期天的晚上，親親熱熱地和姐姐、姐夫道了別，就再也沒有回來。人們猜測著，但誰也解不開這個謎。

愛絲忒的失踪，在精神上沈重地打擊了巴登太太，她在臨產時痛苦地死去，他們的兒子也因生病無錢治療而夭折。從此，這個家只剩下巴登和他的女兒瑪麗，兩人相依為命，艱苦度日。

對於窮人，總是福無雙至，禍不單行的。失子喪妻之後，約翰・巴登又被抛到街頭，加入了失業大軍的隊伍。經濟蕭條、商業不景氣的資本主義衰落時期，生活中的對照太鮮明了：一方面，老闆們仍在擴大、新建住房，街上的馬車照舊在疾馳來往，音樂會裏照舊是擁滿了長期訂座的闊客，昂貴奢侈品的店鋪裏照舊有著經常的主顧；而另一方面則是工人們得不到工作，一天到晚在街頭遊蕩，心裏掛念著家裏面黃肌瘦而口無怨言的老婆、啼饑號寒的兒女，他們都在喪失健康，接近死亡。不合理的現狀和悲苦的境遇，擦亮了巴登的眼睛。他為階級剝削鳴不平，對宗教產生了懷疑，他向威爾遜問道，資本家「把我們的血汗脂膏搜刮得一乾二淨，積起了偌大的家財，蓋起了偌大的住宅，我們許多許多人都在挨饑受餓。你能説這裏面沒有什麼毛病嗎？」「如果他們的宗教不是騙人，財主們不應當把他們堆積在那裏的東西分一些給我嗎？……我們有力氣上一天工，就給他們做一天奴隸，我們流了血汗，他們掙了家業，可是兩方面完全隔絕，像兩個不同的世界。」生活教育了他，約翰・巴登覺悟了。他摒棄了曾經是那麼虔誠信仰的宗教，憎惡上流社會，仇恨資本家，走上了鬥爭的道路。他參加憲章運動，加入職工會，當了多次工會主席，成為工人運動的領頭人，隨時準備為工人組織採取一切行動。

可是，嚴酷的鬥爭和長期的失業以及隨之而來的饑餓的煎熬，扭曲了約翰・巴登的隨和的天性，他變得憂鬱、峻厲和剛愎起來。他老是容易生氣，動不動就跟人吵架，對有錢人更是痛恨切齒。他變得越來越沈默寡言了，只有瑪麗是他唯一的親人，他把大大小小的家務都交給她去幹，由著她的興致，她愛怎麼幹都行。

瑪麗出落得越來越俊俏了，當她路過時，人們的目光都不約而同地追隨著她的身影。可她也是個性格倔強，很有決斷的姑娘。她自個在一家女式衣帽店找了個學徒的位置，早出晚歸。回到家後，只是逗著父親說笑，還盡量想著法兒讓父親吃上口好飯菜。面對艱難的生活，她心裏生出了幻想，一心想做大户人家的太太，好使父親也得點享受。她在心裏發誓，一旦成為闊太太，一定要加上一百倍來補報多難的父親和幫助其他的窮人。她愛她的父親，但卻從不過問父親參加的鬥爭。她結識了每天追逐她不放的廠主卡遜的兒子小卡遜，可心裏又念念不忘青梅竹馬的好友杰姆。瑪麗太年輕，一時還辨不出自己究竟愛誰，只是沈湎於自己編織的幻境裏，什麼也沒有告訴父親。

大火帶來的禍與福

二月底邊的一天，強勁的東風捲起陣陣灰塵向人們撲面打來。不知是天意，還是人為，卡遜經營的棉紡廠失火了。奇怪的是廠主並不為此焦急難過，也一點不感激前來救火的人。原來這個廠的機器又老又舊，效率極低，他們把一場大火看作是一件喜事，因為整個工廠都保了險，失火是一個難得的機會，既可以拿到保險公司的大筆賠款來重新裝備機器，又可以名正言順地解雇工人。不僅如此，幾個大股東還慶幸有停工停產後難得的空閒，他們可以帶著太太小姐到各處去遊覽觀光。每天早餐的時候，看看報紙，翻翻雜誌來消磨時光，或跟他們才貌雙全的女兒們談談心，這真是人生快事。然而這幅富人享樂的圖畫背面，卻另有一番景象。許多工人因失火而丟了飯碗，對他們來說，「空閒便是災難」。一星期一星期過去，人們找不到工作，也借不到錢來買麵包，一家人大哭小叫，啼饑號寒的呻吟成了家庭裏日常的音樂。這裏沒有早餐給他們去消磨時光；他們的時光全消磨在被窩裏，一則可以抵禦刺骨的春寒，二則躺著不動可以壓低一些饑火。他們僅有的幾個零錢，買不了多少麥粉和甘薯，於是用來買鴉片，這樣就能使小孩們可以不再嚷著要吃，使他們在昏沈的睡眠裏可以不再難過。這一福一禍，一富一窮，是多麼鮮明的對照！

卡遜關閉工廠，使老工人戴文保一家陷入了絕境。他得了傷寒，躺在地下室一個又潮又霉的草墊上不能起來，老婆孩子也餓得奄奄一息。家裏唯一沒有賣掉的東西是一把傷痕累累的鐵湯匙。巴登得知消息，把自己的大衣當掉，買了食物，和威爾遜一起到戴文保家去照料病倒、餓倒的一家人。戴文保是個很守教律的不覺悟的工人。他虔信上帝，雖然陷身失業、面臨死亡，卻毫無怨言，認為上帝是我們的在天之父，無論它怎麼安排，我們都必須耐心忍受。巴登不同意這種觀點，他對威爾遜說：「那位上帝不也是大老闆們的在天之父麼？我可不願意有那樣的兄弟。」表現出他與資本家勢不兩立的鬥爭立場。

早晨，威爾遜離開戴文保的地下室，到廠主卡遜家去，請求發給戴文保一張醫院的住院證。

卡遜的住宅在郊外，房子十分漂亮，一切的陳設都不惜工本，房間裏的裝飾都很精美雅致，掛著許多圖畫和金漆的物件。威爾遜來到廚房，只見那裏四壁全是耀眼的鐵罐，爐火熊熊，各處牆上又掛著各式各樣的烹飪器皿。廚師在煎牛排，下女在烘麵包、煮鷄蛋，爐子上的咖啡熱氣騰騰；各種香味混合在一起，引得威爾遜饑腸轆轆，因為從昨天吃了中飯到現在，他還沒有一點東西下過肚。

在那裝飾華麗的圖書室裏，桌子上陳列著豐盛的菜餚，卡遜父子坐在那裏，老子在看報，兒子在翻閱雜誌，一面在漫不經心地享受著精緻的早餐。這時，門開了，卡遜年方十六歲的小女兒愛美跳了進來。她生得千嬌百媚，玲瓏活潑，鮮艷得像一朵玫瑰花蕊。她因年紀太小，不能去參加外面的宴會，所以父親平常晚上總是和她在一起，親熱廝纏，談談笑笑，聽她像小鳥兒一般唱唱歌曲。她經常讓爸爸、哥哥給買這買那，昨天弄到了葡萄牙香水，今天又責備哥哥沒有把要半個多金鎊一朵的玫瑰花買來，她向卡遜撒嬌道：「啊，我不管，爸爸會買給我的——親愛的爸爸，是不是？爸爸知道他的小女沒有了花和香水是活不成的。」的確，對於愛美這樣的富家小姐，沒有花怎麼能生存，沒有花，做人還有什麼意思？真是富貴榮華都歸有錢人享盡了！可是對於窮人們的最微薄的要求，他卻是拒絕的。當威爾遜向卡遜說明來意之後，他用一張門診券就把威爾遜打發掉了。戴文保勞作一生，終於還是在窮、病交加中離開了那悲苦的人世，連那張門診券也沒有來得及享受到！

請願與謀殺

接連三年，市面越來越不景氣，糧食卻越來越貴，工人的收入和支出的剪刀差越來越大，饑饉遍地，瘟疫流行。赤貧、痛苦、饑餓促進了工人運動，憲章派組織請願團上倫敦議會去請願，希望政府能了解目前的饑饉與瘟疫，採取措施改善工人的現狀。巴登當選為請願團代表，滿懷信心地到倫敦去了。可是人們很快從希望的高峰掉進了失望的深淵，工人們的起碼要求，被議會粗暴地拒絕了。巴登憂鬱而歸，工廠主把他解雇了，但他還是照樣積極地參加職工會的領導工作。

不久，外國新闢的一個市場需要定購一批粗棉布，數量很大，為了把這筆交易從競爭的對手手裏奪過來，本地的廠主們決定再次壓低工資。工人們已經夠苦了，他們決心不讓人完全踐踏在腳底下，寧可餓死也不願再為廠主的利益賣命。在職工會的領導下，曼徹斯特的紡織工人罷工了，他們團結一致要給老闆們一點厲害看看。工人代表與廠主談判，提出增加工資，維持溫飽的最低要求，但他們的要求被以卡遜父子為代表的廠主們拒絕了。不僅如此，小卡遜還用漫畫侮辱工人。憤怒的窮苦人不堪忍受這樣的屈辱，約翰・巴登開口了：「這不但叫我痛心，簡直使我燃起了怒火，他們看著我們和死亡掙扎，竟然開得出玩笑。我們不過是替坐在寒冷的屋子裏顫抖的老年奶奶要些煤炭；替躺在潮濕的泥地上生養小孩的窮人老婆要些被褥和蔽體的衣服；替餓餓得哭也哭不動的小孩們要些吃食。兄弟們，我們要求加工資，還不就是要求這一點兒東西嗎？我們不想吃得好，只求吃得飽；我們不想穿得漂亮，只求穿得暖和；只要有吃有穿，好壞全不計較。……我們因此走到廠主面前去，說明我們的需要……可是他們回答說『不可以』。想起來他們也已經夠狠心了，但是這還不算。他們還要把我們畫成這種可笑的樣子，……現在我只知道我願意犧牲我最後一滴血，在那個傢伙身上替大家出口氣；他簡直毫無心肝，竟然拿一班受苦的老實人來開玩笑！」貧困和屈辱壓得他們什麼都幹得出來，巴登在職工會上提出了「向廠主們進攻」的口號，得到了會員們的響應。大家進行拈鬮，誰拈著做了記號的鬮兒，誰就去處死侮辱工人代表的工廠主小卡遜，除了上帝和自己，沒有一個人知道誰去執行了這任務。

對於工人鬥爭不感興趣的瑪麗，這時正陷入愛情的糾葛之中。她從小的好友杰姆，是一個忠實能幹、技術嫻熟的機工。他升任領班後，自覺有能力維持一個舒適的家庭，於是就向瑪麗正式求婚。瑪麗不假思索地回絕了他。杰姆被氣跑後，瑪麗感到十分傷心，因為她突然發現，她內心深處真正愛的是窮工人杰姆，而不是那個每天糾纏不休，用小恩小惠引誘她的有錢的小卡遜。原來小卡遜根本沒有和瑪麗結婚的打算，他只是想占有她，玩弄玩弄罷了。瑪麗的心被刺傷了，她徹底明白了他的下流卑鄙，毅然擺脫了他的糾纏。她想著怎樣去彌補對不起杰姆的大錯。

瑪麗和小卡遜的來往，始終被一個人密切注視著，她就是瑪麗失踪多年的姨母愛絲忒。當年愛絲忒失踪的原因，是她跟一個軍官私奔了，後來軍官把她和孩子遺棄了。孩子死後，愛絲忒淪落為妓女。愛絲忒痛悔自己的墮落，她回到家鄉，看到外甥女瑪麗正在走自己走過的老路，於是她不顧侮辱和咒罵，找到杰姆，希望他把瑪麗從小卡遜的糾纏中拯救出來。杰姆感到刺心的痛苦，他決定做瑪麗的保護人。他找到小卡遜，兩人發生了鬥毆的衝突。

晚上八點多鐘，僻靜的車匠街傳來一聲槍聲，待警察趕到時，只見小卡遜倒在血泊中，他們在附近的田野找到一枝被扔下的槍。老卡遜痛不欲生，他情願拿出一半的家產來，也要把兇手查獲抵命。由於杰姆和小卡遜發生過鬥毆，那枝槍又是杰姆家的，因此，杰姆作為謀殺嫌疑犯被捕了。大多數人都認為這是情殺。

對於杰姆的被捕，瑪麗痛心疾首。她悔恨自己招惹了彌天大禍，「即使杰姆真是兇手，那也是為了我的緣故」。正在這時，愛絲忒把她從出事地點撿來的一團塞槍紙給瑪麗送來了，它竟然是杰姆寫給瑪麗的情書的一角。瑪麗心裏驚駭不已，她從父親的一件上衣口袋裏找到了被撕下的另外半截情書和幾粒子彈時，事情一下子就清楚了：父親是謀殺犯！這個發現使她明白了自己應該怎麼辦，這就是搭救杰姆，尋找反證證明他無罪，同時又保護她親愛的父親，使他的凶殺不被人發現。

搭救杰姆的奔波

一星期後，巡迴法庭就將對杰姆進行審判。時間緊迫，瑪麗第二天就開始了尋求反證的奔波。她從杰姆的母親那裏了解到，出事那晚，杰姆陪同堂弟威廉到利物浦去，因此，必須找到出海的水手威廉，才能證明這件事情。瑪麗從好友瑪格麗脱那裏打聽到威廉的地址，就上利物浦去了。事情真是不湊巧，誰知威廉已離開房東家，說是上船出海了。瑪麗在房東小孩的指引下，又趕到輪船碼頭，威廉所在的船已離岸停在江中心，準備當天開走。離開船的時間只有一小時了，這可急壞了瑪麗。在船夫本恩・史篤吉司的幫助下，她乘上小船去追大船，臨近大船時，大船起錨開動了。本恩・史篤吉司幫著瑪麗向大船喊話，要威廉第二天出庭作證。威廉終於聽見了呼喊，答應乘領港的小船返回。

第二天開庭，原告、被告、律師、證人等都到齊了，唯有威廉没有到庭。在法庭上，瑪麗勇敢地表白了自己對杰姆的愛情，真誠地懺悔了自己的輕佻行為。她說：「也許我曾經喜歡過哈利・卡遜先生——我不知道——我已經忘記了；但是我愛杰姆，就是現在受審的那個人，無論什麼語言也形容不出我對他的愛，世界上一切的東西放在一起也抵不上我對他的愛；我現在愛他更比以前任何時候愛得厲害，雖然他直到這一分鐘還一些不曉得。您要知道，先生，我不到十三歲就死了娘，對有些事情我還分不出一個是非；我那時候又是輕浮又愛虛榮，聽到有人稱讚我的容貌便覺得高興；那可憐的小卡遜先生碰見了我，對我說他愛我；我癡心妄想，以為他真要和我結婚：女孩子没有了娘真是苦，先生；我就時常幻想著做一個有錢人家的太太，從此可以不愁吃穿。我始終没有知道我對另外一個人有著熱烈的愛情，直到有一天杰姆・威爾遜走來向我求婚……因此，要是哪位先生問我更愛哪一個，我的回答是：卡遜先生那樣奉承我，我心裏覺得很高興；可是，杰姆・威爾遜，是我……。」她紅著臉說不下去，博得了人們深切的同情。

然而她的證言對杰姆還是不利的。突然，瑪麗大聲狂呼起來：「啊，杰姆！杰姆！你得救了！」原來威廉趕來了。只見他擠過人群，奮不顧身地衝到法庭上，在證人欄裏合法地陳述了他的證言。最後，「無罪」的裁決震徹了整個肅靜的法庭，杰姆獲釋了。

杰姆走出法庭，他從他感情衝動得哽塞住的嗓子裏說出來的第一句話是：「她在哪兒？」她——瑪麗，已因痛苦和勞頓過度，而神經錯亂了。

「赦免我們的罪過」

瑪麗住在本恩・史篤吉司家養病，船夫老夫妻像對待自己的親生女兒一樣，無微不至地照顧她。瑪麗病好後，就急著想回家，因為她心裏老惦著犯了殺人罪的父親的近況。當她回到家時，巴登早已悄悄回來了。只見他面容憔悴，兩頰深陷——好像是個骷髏，可是又有一種骷髏所没有的痛苦的表情！他的全部身心已經被殺人的罪孽感壓垮，快要泯滅了。不管你要怎樣嚴厲制裁他的罪行，如果看見了他，你的心頭也會隱隱作痛。瑪麗比平時更加小心體貼地侍奉他，凡是心裏想得到的、手裏做得出的事情，她都樂意去做，盡可能使父親能享受些舒服。

其實他殺人的行為，不只瑪麗知道，杰姆也是早已發覺了的。因為在出事前兩天，巴登找他把槍借去了，他只當他是要打獵，所以沒有在意。出事後他雖然明白了緣由，卻不願出賣巴登，寧可自己吃苦頭。一天晚上，巴登把老卡遜和杰姆找來，平靜地告訴他們，是他殺了小卡遜。他請求他倆寬恕，並願意接受上帝給他的任何懲罰。他對老卡遜說：「啊，朋友，請你赦免我所犯的罪過！」老卡遜心裏起初還滿腔憤恨，不願意饒恕巴登。後來他想到自己青少年時代的貧困，不覺對巴登產生了憐憫，寬恕了巴登的罪孽。那垂死的人眼睛裏充滿感激之情，老卡遜用手臂托住了他，虔誠地祈禱道：「願上帝憐憫我們這些有罪過的人——赦免我們的罪過，正像我們赦免人家對我們犯的罪過一樣。」他說完了這幾句話，巴登已經死在他的懷裏了。

不久，杰姆帶著母親和瑪麗離開了曼徹斯特，遠渡重洋，到了加拿大，在一所農業大學擔任製造農具的工作。

工人生活和鬥爭的現實主義圖畫

十九世紀前半期，英國一派現實主義作家用真實的筆觸描述了普通人民的日常生活，但像蓋斯凱爾夫人這樣，直接以工人階級的生活和鬥爭為題材，並且寫得如此具體、細致、生動、深刻，在英國文學史上還是空前的。一八三七年的歉收引發了全國性的經濟危機，它的災難性後果是，在城市，把廣大工人被逼進山窮水盡的困境，因而三〇年代末四〇年代初工人階級為爭取生存和權利開展了憲章運動和罷工鬥爭。《瑪麗・巴登》就是這一歷史階段英國工人階級的生活和鬥爭的一幅現實主義的圖畫。

資本的增殖，資本主義經濟的存在和發展，是以千百萬工人的血淚和屍骨為代價的。《瑪麗・巴登》正是這一客觀現實的形象說明。在這部小說中，蓋斯凱爾夫人以深切的同情描繪了工人們的悲慘生活情景，用工人生活中血淋淋的事實，向資本主義制度提出了嚴厲的控訴。經濟危機在城市的直接後果是工人階級的失業，人民群衆陷進貧困和死亡的深淵。

窮人的生活多麼艱難痛苦，他們到伙食鋪去買茶葉、糖、黄油、麵粉，每次只出得起半個便士；有些父母一連幾個星期整夜坐著，把僅有的一張床和一張被褥讓他們的兒女享用；還有些人被迫著絕食了好多天，在擁擠的閣樓上或是陰濕的地下室裏苟延殘喘。

饑寒的背後，緊跟著疾病和死亡。約翰・巴登的獨生子得了猩紅熱，醫生囑咐，大病後全仗營養，要多吃滋補的東西，可是家裏連吃口淡飯薄粥也談不上，大人都餓得「幾乎像一頭餓慌了的野狼」。巴登只得徘徊在陳列著塊塊鹿脯、盤盤果子凍和著名的乾奶酪的食品店前，眼巴巴地看著商店夥計為富人的宴會送去豐盛的食品。他兩手空空回到家裏，兒子早已斷氣了。喬治・威爾遜在失業中，只得眼睜睜地瞧著病中的一對雙生子，一個跟著一個死去。他的姐姐愛麗思・威爾遜的一生，是一首飽和著辛酸的眼淚的哀歌，她的命運是那些從破敗的農村流入城市的姑娘們悲苦一生的概括。她因為家裏人多，吃口太重，離開家鄉、父母，來到曼徹斯特。先做幫傭，為人家做飯、洗衣、照管小孩；後來年紀大了，辭去了幫傭，以盡心竭力替人家看護病人和漿洗衣服維持生活。苦難的生活，使她時常記掛著父母家鄉。她忘不了慈母送別時的情景，她忘不了家鄉故土的山山水水，一草一木。她多麼想回家看看，去安慰安慰親愛的母親。一年又一年，好多年過去了，媽媽死了，爸爸也死了，連姐姐也進了墳墓，而她卻老是回不去，因為「起先為了這件事耽擱，過後又為了那件事羈留；沒有錢又動不來身，我時常窮得不成樣子」。直到臨死，她仍然眷戀著那朝思暮想的故鄉。一個勞動了一輩子的人卻連一個最普通的願望都無法實現。她在昏迷中留在這個世界上的最後幾句話是：「媽媽，晚安！親愛的媽媽！再替我祝福一次！我已經很疲倦，要想睡了。」戴文保一家的情景，對於在失業中經受折磨的曼徹斯特工人家庭，是很有典型性的。他住在一條到處是髒水和一堆堆灰屑的小街上的地下室裏。屋子離街面一人多高，窗子破爛，上面蒙著破布，屋裏暗極了。因為街上積下的髒水慢慢地從底下滲出來，磚地是潮濕的，一股臭氣沖人。爐子裏是空的，沒有生火，屋內清冷極了。妻子坐在丈夫的床鋪上，在黑暗裏嚶嚶啜泣。她懷裏抱著那個快要兩歲的最小的孩子，用那早已斷奶的乾癟的奶頭餵著他，因為沒有旁的東西給他吃，只有這樣才能使他安靜。戴文保得了由於生活困苦、環境污穢、精神憂鬱、身體衰弱所引起的「寒熱」病。他躺在又潮又霉的草墊上，身子底下鋪了個破麻袋，身子上蓋著破破爛爛的東西。就在這種境況中，沒醫沒藥，他承受塞熱的煎熬，並且在這種煎熬中結束了他的一生，被埋葬在一個堆積著許多窮人屍體的墓穴裏。多麼淒慘悲涼的一生！

失業、饑餓、疾病、死亡，這就是工人階級在資產階級造成的人間地獄裏所能得到的一切。就是但丁再生，也未必能寫盡人們所忍受的痛苦，也未必能描繪出成千上萬人貧苦的慘狀。就這樣，蓋斯凱爾夫人把上世紀三、四〇年代的英國憲章運動和罷工鬥爭的現實必然性表現了出來。貧困把工人群衆推上了鬥爭的舞台，「工人們不肯再讓人踐踏下去了，我們的忍耐已經達到最後的限度」。工人群衆在忍無可忍的情況下，開始組織起來，成立互助社，參加職工會，進行隱蔽直至公開的鬥爭。這種鬥爭很自然地匯入到一八三九年前後憲章運動第一個高潮的巨流之中。

《瑪麗・巴登》儘管沒有正面展開對於這場鬥爭的具體描寫，但通過以約翰・巴登為代表的工人階級和以卡遜父子為代表的資本家之間的糾葛，真實地表現了當時勞資矛盾日趨尖銳化的現實，恰如其分地反映了工人的覺悟程度以及資本家凶狠的猙獰面目。可以說，《瑪麗・巴登》是一幅真實地反映了歷史的現實主義圖畫。

勞動人民善良人性的讚歌

「世態炎涼，有幾個人的良心經得起考驗？」這充滿感慨的詩句，是英國革命浪漫主義詩人拜倫對於以金錢為槓桿的貴族資產階級社會中人間關係的真實寫照。可是，在同樣的社會條件下，蓋斯凱爾夫人卻在《瑪麗・巴登》中描寫另一種人間的關係，那就是陷身水深火熱中的勞動者彼此關懷、愛護、幫助，為人們唱出了一首動人肺腑的善良人性的讚歌。

失業、寒冷、饑餓、疾病，不能泯沒人們身上善良的天性。

嘗夠失業苦頭的威爾遜，為了救助戴文保一家，到處奔波借貸。

被縮短工時，處於半失業狀態的巴登，一聽到戴文保的悲苦處境，立即把準備自己晚餐吃的東西給送去，隨後，又把家裏僅有的最貴重的物品——一件比較好一些的大衣和一條絲手帕送進了當鋪，換來五個先令，為他們購置了驅寒逐饑的食物和煤炭。他和威爾遜不顧疾病傳染的危險，甘願留在這個家裏，做起「又是粗暴又是溫柔」的看護來。不久，巴登也完全失業了，家裏的一些小東西，已經賣盡當光，饑餓使他消瘦得可怕。好不容易他終於有了一個獲得職工會救濟的機會，可是他卻強忍饑餓的煎熬說：「把它給湯姆・達比夏吧，他更需要，他有七個孩子，他的權利比我大。」雖然巴登清楚地知道湯姆・達比夏經常在背後說自己的壞話，他也絕不改變自己的主張。

老約伯和他的外孫女瑪格麗脫，可以說是一對可憐而善良的天使。他們相依為命。先是靠瑪格麗脫幫人縫補度日，後來她眼睛瞎了，就只得靠她賣唱為生。他們的日子過得十分艱苦，可對人卻滿懷著同情。老約伯對於遭難的人簡直可以獻出一切，杰姆被捕後，他說：「只要我能救得了他，要我減少一半壽命我也願意——就要我死我也願意。」他想方設法為杰姆找辯護律師；他陪送威爾遜太太和瑪麗去利物浦法庭作證；在法庭上，他鑽來擠去既要傳遞情況，又要安慰威爾遜太太，還要照顧瑪麗。他好像在為拯救自己的生命一樣地進行著活動。瑪格麗脫默默無言地勞作，孝敬外公，關心鄰里，安慰老人，看護病者，救助瑪麗。她好像要把全人類的苦難都承擔下來，她愛別人，人們也愛她。

杰姆和瑪麗雖然不甚覺悟，前者對工人運動漠不關心，後者也不理解父親所從事的鬥爭，但從本質上講，他們的心地也是善良的。杰姆悔恨自己沒有對被人拋棄、流落街頭的愛絲忒盡到責任；他雖然心懷悲憤、嫉妒，卻堅持光明磊落找「情敵」一談，想弄清哈利・卡遜向瑪麗求愛的企圖，以便盡到自己的責任，保護無知而又純潔的少女；成為囚犯後，他拒絕提供殺害小卡遜的槍枝的來龍去脈，因為他一旦說明，就無異把巴登送上絞架，所以他情願以身殉法。瑪麗為老威爾遜的死亡而哭泣、悲痛；她把碗櫥裏還留著的一點食物給了一個流浪街頭的外國小孩；她安慰著因為失業、饑餓而成天愁眉苦臉，脾氣也變壞了的可憐的爸爸；她對自己的婚姻，曾經有過幻想，可她一旦覺察到小卡遜的卑鄙，就堅決擺脫他的糾纏；她深深悔恨自己不加思索地拒絕了杰姆的求婚，而在法庭上，她勇敢地呈獻了熱烈、深沈的愛情；她為救助杰姆不顧死活地到處奔走，是為了愛情，更是為了他是一個無罪的人。父親死後，人世間一個至親骨肉也沒有了，她覺得孤淒和迷惘，杰姆方面送來了溫柔和熱愛，約伯和瑪格麗脫方面有的是體貼和同情，他們都撫慰著她。

船夫老夫妻的形象，也寫得極為親切動人。他們和瑪麗可以說是萍水相逢，但對這遭難的孩子卻給予了難得的救助和親生父母般的愛憐。蓋斯凱爾夫人筆下的老愛麗思的形象，是慈愛善良的化身。她的一生是為人家盡心竭力的服務的一生。對於人們的苦難與不幸，她總是毫不吝嗇地奉獻出自己無限的同情。老愛麗思的善心義舉得到了報償，人們疼她、愛她。她老了、病了，在彌留之際，瑪麗、杰姆、瑪格麗脱、戴文保太太、威爾遜夫人等輪流照顧著、護衛著她，讓她沈溺在童年的幻夢中，安安靜靜地「離開這個沒有正義和仁愛的不幸的世界」。

對於資產階級貴族社會的那爾虞我詐的人間關係，現實主義文學大師巴爾扎克作過多麼深刻而形象的表述：「你吞我，我吞你，像一個瓶裏的許多蜘蛛。」對比下，勞動人民之間卻閃耀著互助、互愛的善良人性的光華！它為悲涼的人間帶來了熱，它為黑暗的世界帶來了光。

不對症的藥方

十九世紀三、四〇年代，在歐洲一些最主要的資本主義國家，工人階級已經作為爭奪政治統治權的第三個戰士登上歷史舞台。像英法這樣的國家，工人階級和資產階級之間的矛盾已經成為社會的主要矛盾。隨著資本主義制度的確立和鞏固，資本主義的種種毛病也開始赤裸裸地暴露出來。道德淪喪、人欲橫流、爾虞我詐的現象充塞社會。一些具有民主傾向的資產階級和小資產階級人士，終於不得不用冷靜的眼光來看待他們所面臨的現實。一派批判現實主義作家就是屬於這類人士。他們一方面把自己的創作作為批判的武器，揭露現實世界的種種黑暗，同時又為醫治社會弊病開出了一個又一個的藥方。蓋斯凱爾夫人也正是這類作家中的一員，《瑪麗・巴登》也正是這類作品中的一部。

《瑪麗・巴登》的前半部中，蓋斯凱爾夫人現實主義地描寫以約翰・巴登為代表的工人階級和以卡遜父子為代表的資產階級之間的尖銳對立，並且以工人階級被逼得走投無路的現實和工人們極其悲慘的生活情景為背景，正確地揭示了憲章運動和罷工鬥爭的必然性。作為覺悟了的工人階級的代表者約翰・巴登，在自己生活實踐和廣大工人掙扎在死亡邊緣的現實的教育下，漸漸地覺得自己從小建立起來的宗教信仰，只不過是工廠老闆們用來哄騙貧苦無知的人們的把戲；他憎恨資本家；他對資本剝削的認識是深刻的：資本家們「把我們的血汗脂膏搜括得一乾二淨，積起了偌大的財產，蓋起了偌大的住宅，我們許多人卻在挨饑受餓」。因此，他參加職工會，成為憲章派，領導罷工鬥爭，這一切都是有堅實的思想基礎的。他忠於自己的組織，忠實地執行了它的決議，處死了侮辱工人的小卡遜。這種暗殺，雖然是最原始的、不會有什麼好效果的方式，但也不失為工人反對資本家的一種鬥爭形式，同時，巴登去執行這樣一個任務，也是符合他的思想性格邏輯的。《瑪麗・巴登》在結尾之前對於以卡遜父子為代表的資本家的描寫也是很真實的。小卡遜對於物質生活的貪婪和對於瑪麗・巴登的「愛」，充分地表現了一個資產階級闊少的特性；在「廠主和工人的會議」一章中，蓋斯凱爾夫人勾畫了資本家們的猙獰面目。面對工人代表們提出的一些最低的要求，他們幸災樂禍，瘋狂咒罵：有的叫罵道：「這些窮鬼！」有的聲言為了反對窮人，「破產我也不管」。有的則更為凶狠：「是的，我本人決計連一個小子兒也不願多給這班窮凶極惡的傢伙；他們簡直是野獸，不是人。」這後面的惡毒詛咒，就是從哈利・卡遜的嘴裏噴發出來的。他是反對工人階級的激烈派領袖。在談判過程中，他最後代表激進派擬定了一個向工人反攻倒算的三點方案，其內容是撤回談判開始時所作的點滴讓步，宣布停止與工會接洽，並要求工人具保絕不參加干涉廠主權力的工會團體等。不僅如此，他還毫無人性地畫了一張漫畫來諷刺工人們那種身軀瘦弱、衣衫襤褸、精神沮喪和忍饑挨餓的形象，並在工廠主中間傳閱，來嘲笑工人階級。工廠主與工人為敵，真是達到了喪盡天良的地步。圍繞小卡遜被殺案件審理，蓋斯凱爾夫人形象地展示了資產階級法律這部機器如何在工廠主金錢的支配下轉動。老卡遜認定這是罷工工人幹的，他願意以家產的一半或者甚至全部為代價，一定要把兇手捉拿抵命。在他的催促下，罪證不足的杰姆被捕了，而老卡遜則迫不及待地要把他置於死地。這一切，早已不止是要報殺子之仇，而是飽和著資產階級對罷工工人的刻骨仇恨。

由此看來，蓋斯凱爾夫人對於工人階級和資產階級之間，已經存在著不可調和的矛盾是看清了的。可是，面對這種劍拔弩張的人間對立，怎麼辦呢？巴爾扎克提出過兩種解決辦法：其一是用君主專制和宗教扼制人們身上的惡的傾向，發揚善的傾向；其二是在社會上製造一個工業拿破崙，通過發展工商業以改變貧困、落後、愚昧的現實。狄更斯則認為，一切社會問題都可以通過普遍的人類之愛來解決。列夫・托爾斯泰的濟世救民的藥方是「勿以暴力抗惡」和「道德自我完善」。可惜，這一切都只是一派資產階級作家發自善良願望的幻想，因為客觀現實證明它們都是不可能的。作為基督教牧師的妻子，蓋斯凱爾夫人自然也有她的想法，這就是用基督的「仁愛精神」把工人階級和資產階級統一在一起。正是在這種思想影響下，《瑪麗・巴登》的現實主義圖畫中夾雜著一些非現實的詭秘色彩，在描寫工人階級的鬥爭時總是流露出資產階級偏見，甚至歪曲了工人階級的形象。具體表現是，第一，蓋斯凱爾夫人是個熱心的基督教徒，對暴力鬥爭是反對的，所以她在小說中沒有正面、具體地描寫工人運動和罷工鬥爭。個別場景即使寥寥畫上幾筆，工人的活動也被表現得像黑暗中的幽靈，來來去去，飄忽無定，詭秘極了。第二，作為覺悟了的工人代表，約翰・巴登形象的變化缺乏內在的一致性，性格前後矛盾。在生活和鬥爭實踐中逐漸覺悟起來的約翰・巴登，後來竟然認為自己的覺醒是一種「墮落」，他又一次捧起丟棄了很久很久的宗教信仰，重新皈依於上帝。最後，他終於在敵人——老卡遜面前哀憐地祈求道：「啊，朋友，請你赦免我所犯的罪過！」這種種表現，和小說前半部中的約翰・巴登簡直是判若兩人！第三，對於認為「窮人和富人，老闆和夥計，有了切心的痛苦，完全一模一樣像是同胞的弟兄」的作者來說，老卡遜最後的轉變也是自然的。他不僅消解了殺子之仇，而且在悔罪了的約翰・巴登面前受到深深的感動，決心放下屠刀，立地成佛，認為「廠主和工人中間應當有徹底的了解，應當互相信任和愛護」；他還希望廠主們都認識到：「個人的利益應當和群衆的利益相一致，因此必須大家來商量和考慮……使他們和雇主間建立起相敬相愛的情誼」。後來曼徹斯特的雇工制度中的改進和尚待實行的一些好辦法，都是老卡遜的建議和思想影響的結果。老卡遜終於成了一位活在人間的上帝，這跟小說前面的老卡遜對比得多麼鮮明！只是在資本主義的慘苦人間，到哪兒去找這樣慈悲為懷的上帝呢？蓋斯凱爾夫人開出的不同樣是一張不對症的藥方嗎？

從書名說開去

《瑪麗・巴登》的書名雖是以女主人公瑪麗的名字命名，但小說的內容卻並非完全以瑪麗的故事為中心。小說的前半部，實際上是以她父親約翰・巴登的故事為主。這個故事較為全面地反映了蕭條時期工人階級的悲慘生活和職工會與資本家的矛盾鬥爭。為了設置一個典型的環境和擴大生活的反映面，作者在這部分插入了老愛麗思、老約伯和瑪格麗脫、戴文保等幾個次要人物的故事。小說前半部的描寫是它的主要內容和精華部分。然而，作者卻沒有將以巴登為首的工人鬥爭貫穿故事的始終。小說的高潮是忍無可忍的工人向廠主進攻，巴登執行職工會的決議，槍殺資本家小卡遜。在這一事件後，職工會的活動銷聲匿跡。圍繞謀殺案件，小說的後半部以瑪麗的故事為主，瑪麗搭救杰姆的奔波取代了工人鬥爭的描寫。這部分內容暴露了資產階級法律平等的虛偽性。瑪麗誠心改過的行動，十分感人，她的奔走救助杰姆的情節也引人入勝。小說前後兩部分的內容雖然有一定的承接性和因果性，但重心卻有所轉移。這種轉移或許是小說情節構思方面的特點。

在情節構思中，著墨不多的愛絲忒占著一個重要的位置。她銜接著前後兩部分的內容，推動情節發展，使小說重心的轉移不露痕跡。這一人物的安排，是作者在藝術上的苦心經營。小說的第一章，是以愛絲忒的「神秘的失踪」為題的，由此引出巴登一家的災難。她的失踪製造了懸念，為她在情節發展中的再度出現，促成重心轉移，埋下了伏筆。愛絲忒關心外甥女的幸福，不願瑪麗像自己一樣受騙墮落，在小說的第十四章中，她把瑪麗的輕佻舉動告訴了杰姆。正是愛絲忒報信，才使得杰姆和小卡遜發生衝突，使得人們把巴登受工會之命暗殺小卡遜的政治殺人案當作杰姆因爭風吃醋而殺死小卡遜的情殺案，以致杰姆涉嫌被捕，從而引起瑪麗的悔恨與醒悟。正在瑪麗痛苦無告的時候，愛絲忒探訪瑪麗，給她送來了出事現場撿到的塞槍紙，使瑪麗明白了真正的殺人者是自己的父親。她為了搭救杰姆和保護父親到處奔走。情節就這樣在愛絲忒的推動下，急轉直下地向前發展。小說的最後一章，瑪麗和杰姆把愛絲忒與巴登葬在一起。這一情節把愛絲忒和巴登父女的命運聯繫在一起。小說首尾呼應，含義深刻，同時也增強了故事的連貫性。

《瑪麗・巴登》是一部第三人稱的敘事體小說，然而在書中，卻不時插入了第一、二人稱「我」和「你」的敘述。全書插入第一人稱的地方有二十多處，第二人稱的地方也有十餘處。像「我們知道……」、「我們已經知道……」、「我現在回過頭來講……」、「我還要說給你們聽……」等等，常常出現在一個轉折段落或章節的開頭，起著介紹情況、提示內容、銜接不連貫的情節和表述新內容的作用。而像「你可以想像…」、「你也許會碰到……」、「當你覺得……」等等，卻有作者與讀者直接交談之感，使人感到親切、真實。

此外，第一、二人稱敘述的插入，也是作者直接發議論的一種手段，表現了作者對貧苦工人的滿腔同情與熱愛。例如在第二十二章中，瑪麗發現父親是殺人犯，感情極度痛苦時，作者插入這麼一段議論：

啊！我確實覺得在危難的時際，能叫自己奮發一下，不論在肉體上或是精神上，採取一種行動，眞有極大的好處，雖然在開始的時候免不了感到痛苦。當你覺得應該要去做些什麼，那就是說你有希望可以成功某種好事情，或避免某種更大的不幸事情；那希望也就一步一步地抵消了不少的悲痛。

這段議論表現了作者對瑪麗的深厚同情和殷切希望。在第三十五章，作者議論道：「我哪怕用了一切溫柔和熱烈的言辭，也不會形容得出他們心裏那種興奮的感情。」這段議論表達了作者對杰姆和瑪麗的熱愛之情。

作者對工人的同情不僅通過第一人稱的直接議論來表現，而且也通過物質環境的描寫表現出來。《瑪麗・巴登》中物質環境的細節描寫俯拾即是，並且是十分精細的。細節描寫中的一個突出方面是注意描寫室內的陳設。只要走進一個工人家庭，作者馬上就十分翔實地描寫室內的布置和什物，具有一種歷史記錄性和歷史真實感。例如對巴登家、愛麗思家和戴文保家的描寫，都不僅具體反映了工人的貧困狀態，並且在字裏行間，飽和著作者深厚的同情。

在長篇小說《瑪麗・巴登》中，對比也是作者揭露貧富懸殊和勞資矛盾的重要藝術手法。工人們住的是陰暗潮濕的地下室；資本家住的是華麗的住宅。工人們找不到工作，一天到晚遊蕩街頭，兒女們在饑寒中逐漸失去健康，接近死亡；但街上的車馬照舊在疾馳來往，音樂廳裏照舊是擁滿了長期訂座的闊客，昂貴奢侈品的店鋪裏照舊有著經常的主顧。工人們只求最低的溫飽，資本家卻餐山珍、食海味，心裏想著賺大錢。「空閒」對於資本家是「人生快事」，可以帶著太太小姐去郊遊，而對於工人，「空閒便是災難」，「啼饑號寒的呻吟竟成了家庭裏日常的音樂」。請願的工人又髒又乏，排著長隊到議會去，而紳士淑女坐在富麗堂皇的馬車裏卻要工人給他們讓路。凡此種種，都突出地反映了十九世紀四〇年代英國工人階級的悲慘生活圖景和資產階級的驕奢淫逸，表現了作者強烈的愛憎。她對受苦受難的工人寄予深切的同情，對資本家的剝削壓迫表示了極大的義憤和強烈的控訴。

《瑪麗・巴登》出版至今已經是一百多年了。可是，它不僅具有歷史的認識價值，而且，對於今天資本主義現實來說，仍然有深廣的現實意義。

對照藝術的傑作

——談莫泊桑的《羊脂球》

（二）

莫泊桑（一八五〇——一八九三）是十九世紀後期法國，也是歐美批判現實主義作家隊伍中最重要的作家之一。

莫泊桑的生活道路是短促的，他只度過了四十二個春秋，就歿於疾病。從十九歲起，他就開始在巴黎學習法律。普法戰爭期間，他志願參軍，當過野戰軍士兵和軍需官。戰爭結束後，他復員繼續學習。畢業後，他先在海軍部，後來又在教育部謀得了職位，一直工作到一八八〇年。巴黎的學習和生活實踐，對戰爭的親身經歷，都成為他後來創作的生活基礎。

作為一個作家，莫泊桑是左拉、屠格涅夫和福樓拜的學生。其中特別是後者對於他的成長，尤有更直接的影響。福樓拜在談及莫泊桑的時候曾這樣說過：「他是我的門徒，我像愛護一個兒子一樣愛他。」就是在這些前輩作家的培養扶持下，莫泊桑終於邁步走進了作家隊伍。莫泊桑的創作生涯，也如同他的生活道路一樣，是比較短促的。翻開作家的創作年表，人們會發現，他的創作只有大約十年左右的時光，也就是集中在十九世紀的八〇年代裏。但是，時間的長短並不都是和創作的多寡成正比的。短短的十年，莫泊桑為人類留下了一筆豐富的文學遺產。這筆遺產包括《一生》、《漂亮的朋友》、《溫泉》等六部長篇小說，《太陽光下》、《在水上》、《漂泊生涯》三部遊記，一部詩集以及為數衆多的短篇小說。

莫泊桑的長篇小說如《一生》、《漂亮的朋友》等都是很有思想容量和藝術造詣很深的。前者通過一個善良婦女一生的悲慘遭遇，對資本主義社會作了沈痛的控訴，後者描寫了一個不學無術、荒淫無恥的流氓如何爬上統治高位，更深刻地揭露了資產階級的罪惡統治。但是，莫泊桑的最大成就，卻還是在他的短篇小說創作上。在世界文學史上，莫泊桑是屬於馬克・吐溫、契可夫、歐・亨利等這樣一些短篇小說巨匠之列的。他奉獻出三百多個短篇，為世界的短篇小說藝苑增添了奇光異彩。

（二）

莫泊桑的短篇小說，有如千百條涓涓流水匯成的一片海洋，從各個不同的側面，反映了十九世紀後期法國社會的方方面面。莫泊桑用自己犀利的筆觸把法蘭西大地上的醜惡與腐朽揭露得淋漓盡致，同時他又是一個充滿了愛國摯情的作家。他在好些個短篇中描寫了一八七〇——一八七一年普法戰爭的真相，以及法國各階層人們對它的態度，鮮明地表達了作者強烈的愛、憎。《羊脂球》就是這類作品中最優秀的篇章之一。

一八八〇年四月的一天，莫泊桑和于斯曼、賽阿爾、埃尼克、阿列克細斯等四位青年作家應邀到左拉的地處巴黎郊外的梅壙別墅聚會。會上左拉提議以普法戰爭為主題各講一個故事。左拉帶頭，講了一個《磨坊之圍》的故事，莫泊桑講的就是《羊脂球》。事後，六個人都分別將自己的故事寫成文字，合成一集《梅壙之夜》，由沙邦節書店出版。《梅壙之夜》問世之後，立即引起評論界的重視，《羊脂球》被認為是六篇之中的上品。它使作者「像流星一樣進入文壇」，成為莫泊桑創作道路上的一個光輝地點。他的監護人和老師福樓拜稱《羊脂球》是「傑作」，並斷定它「將留存下來」，不會被人們遺忘。

（三）

小說《羊脂球》展示了這樣一種思想：在法蘭西祖國經受著艱難的考驗之際，剝削階級只熱中於私利，對祖國的存亡漠不關心，沒有絲毫的民族自豪感，只有普通老百姓才充滿著愛國的激情，積極地、勇於自我犧牲地跟侵略者作鬥爭。作品中的這一思想，對於法國社會的上層分子來說，莫泊桑是以一種富有挑戰意味的方式突顯出來的。這就是作者把被「社會」唾棄的妓女和貴族、資產階級、教權集團的代表放在尖銳對比的地位上，一方面滿懷同情和敬意地歌頌了妓女的愛國主義思想和高尚的品質，另一方面又鐵面無私、深含諷刺地對那些「富裕的、自信的」、有權勢的、信仰宗教的「正人君子」的卑劣靈魂給予了透徹骨髓的揭發。

莫泊桑不少幽默的短篇，是以特別快速的節拍展開的。但在另外一些作品裏，他又採取別一種手法，用不慌不忙的敍述，縝密地、極其細膩地傳達出所描寫的對象的最細微之處。《羊脂球》明顯地是屬於後面這一類的。這篇小說沒有用複雜的糾葛去吸引讀者，而是用性格——極為緊縮地讓人物性格從心理、行動和語言中突顯出來——抓住讀者的注意力。

小說以羊脂球始於拒絕、終於滿足了普魯士軍官蠻橫無恥的要求這個事件為中心，對與這個事件所有有關的人進行了全面的精雕細琢的刻劃。但是，作者並沒有開門見山地把他的人物投進中心事件的衝突中，而是在中心事件展開之前，創造了一個非常富有諷刺意味的戲劇性場面，給即將捲入中心事件的各個人物的精神面貌一一作了粗略的勾畫。為人物進入中心事件後的種種言行作了鋪墊，奠定了人物性格發展的內在基礎。

小說的動作，開始於由里昂開往吉艾卜去的一輛馬車上。在這裏，很有代表意義地作者把十個來自不同階層、具有各自的經濟、社會地位的人物集結在一起。這些人物是：酒行老闆鳥先生和他的太太，三家紡織廠的所有主、「榮譽軍團官長勳章」獲得者、州參議員迦來——辣馬東及其夫人和每年在不動產中有五十萬金法郎收入並且擁有貴族頭銜的禹貝爾・卜來韋夫婦。這三對，是旅客中的「基本旅客」，他們「都是屬於有經常收入的和穩定有力的社會方面，都是一些相信天主教和懂得教義的，容許他們顧愛名譽的人」。此外，還有屬於教權集團的兩個嬤嬤和一個由於花天酒地蕩盡了「頗為好看的」家業，並且畢生保持著愛好「淺顏色啤酒」和愛哼「共和」、「革命」的兩大癖好的浪蕩子戈爾didn兊。最後一個是小說的中心人物，諢名羊脂球的妓女麗薩貝特・魯西。這十個人中，除羊脂球是由於痛打了普魯士侵略者而不得不逃離里昂外，其他都是要逃往非敵占區去經商或者重享那酒醉飯飽而又無人身危險的生活的。在這個場面裏，作者把自己的人物置於饑餓的煎熬中，然後寫羊脂球出於人道，主動獻出隨身攜帶的全部食品，作者以此為釣餌，給那些自視高人一等的靈魂，作了一次引人發笑的撥弄，輕淡的幾筆，勾畫出了他們的基本輪廓。在食物香味的誘惑下，全部旅伴都用各自的方式接受了羊脂球的贈與。為了表示「感激」，他們又用各自的方式向羊脂球表示了親熱，甚至「大家稱讚她了」。可是，就在頃刻之前，他們全都感到與妓女同車共坐是一種奇恥大辱，把她當成眼中釘，輕蔑地不斷用「賣淫婦」等謾罵來侮辱她。而今反掌之間，變化多麼巨大！就在這前後的對比中，莫泊桑給那批醜惡的靈魂，刻上了第一道卑痕劣跡。不過，此刻小說的情節尚處於開端，因此，作家對其所同情的還只略表讚賞之意，對其所憎惡的，也還只稍作漫畫性的勾勒。

小說的中心事件是從這隊旅客受阻於多忒鎮後開始的。被阻的原因是普魯士軍官要求羊脂球滿足他的獸欲之後方准他們重新上路。莫泊桑把人物推逼到這關係到國家、民族尊嚴和榮譽的關口，然後揮動著他那支鋒利的現實主義的巨筆。

普魯士軍官橫蠻的追逐，遭到羊脂球憤怒的、堅決的拒絕。當羊脂球被旅伴們逼詢而盛怒地公開了敵人對自己的要求——「他要的？他要的？他要的是和我睡覺！」——時，莫泊桑巧妙地創造了一個欲貶先褒的場面：「誰也不覺得這句話刺耳，因為當時的公憤實在很活躍，戈爾弩兌猛烈地把酒杯向桌上一擱竟打破了它。那是大聲斥責這個丘八的一種公憤了，一種怒潮了，一種為了抵抗的全體結合了，彷彿那丘八向她身上強迫的這種犧牲，就是向每一個人要求一分，特別是那些婦人對於羊脂球都顯示一種有力的和愛撫性的憐惜。」表面看來，這是一個多麼熱烈的愛國主義的場面！可是，這是發自內心深處的愛國之情的暴發嗎？作者犀利的筆鋒，作了無情的回答。

當「第一陣憤怒平了」之後，上述那個場景中的「愛國」激情像一道流星的閃光消失了。自身的安全與利益，頃刻間使「他們如同對於一座被攻的炮台一般長久地預備包圍的步驟」，展開了一系列的陰謀活動，以便摧毀羊脂球對敵人的反抗。他們對羊脂球可怕地冷淡起來了；他們怨恨羊脂球為什麼不秘密地去找普魯士人，並為她設計：「她祇需對軍官說自己原是可憐同伴們的悲嘆，那就能夠敷衍面子了」；他們向普魯士人提議，把羊脂球留下而讓其餘的人都走，他們在羊脂球面前引用了、捏造了許多關於女人「用英雄式的撫愛戰敗了好些醜惡的或者可鄙的敵人」的故事，來證實他們的「獻身出力」的理論。當這些仍然不足以動搖羊脂球的決心，於是，他們把「上帝」和「聖徒」也請出場來。他們聲言，只要動機高貴，即使行為是可以指責的，「上帝」是會「原諒」，甚至是會「稱讚」的。他們深知羊脂球有一顆堅強的愛國之心，而這也成了被利用的對象。他們製造謊言說，如果被阻隔在多忒鎮，那麼哈佛爾醫院中幾百個出天花的法國士兵，會得不到這兩個嬤嬤的「看護」而「難免死去」。世界上幾乎再沒有什麼不可以被他們藉以作為武器來攻打羊脂球的愛國心了。孤立、出賣、「獻身出力」的說教、關於「上帝」的恩典、愛國心的鼓動，以及只有卜來韋伯爵想得出來的軟化，全都用上了。羊脂球終於在這一連串針對她的肉體和靈魂、思想和感情的陰謀的圍攻合擊下讓步了。可是，正當她懷著極度的痛苦和羞辱委身於敵人之際，那群「正人君子」卻在幹什麼呢？他們為了慶賀自己活動的成功，為了慶幸自身「獲得解放」而開懷暢飲。連兩個嬤嬤都把「嘴唇放在這種從來沒有試過的騰著泡沫的酒裏沾了一下」。他們唯一遺憾的是找不到一架鋼琴以便彈奏一首舞曲，來一番醉舞狂歌。

就在這一連串的活動中，莫泊桑十分冷靜地，極其精細地把這群道貌岸然的「正人君子」一個一個置於光天化日之下。原來這些自命不凡的貴族、資產者和教權集團人物，個個都是極端自私、狠毒、陰險、卑劣的「體面的壞蛋」。至此我們可以回過頭來審視一下，前文提及的那個「群情激憤」的場面，哪兒有一絲半點愛國主義的踪影？那只是當他們還沒來得及意識到自身利益的瞬息間的一種下意識衝動罷了！

羊脂球的讓步，是小說的高潮，中心事件至此可以說結束了。可是，由於作者對「體面的壞蛋」們難以抑制的憤慨，需要對他們齷齪的靈魂作進一步的暴露，於是小說出現了一個恰到好處的結尾。在這裏，作者又一次把十個旅客安排在由多忒鎮開往吉艾卜去的馬車裏。為旅伴們作了那麼大的犧牲的羊脂球受到了什麼樣的對待呢？在上車的時候，大家「祇用頭部表示了一個倨傲的招呼，同時還用一種失面子的眼光望著。大家都像是忙碌的，而且離開她遠遠站著，彷彿她的裙子裏帶來了一種骯髒」；上車之後，「大家都像是看不見她，認不得她」。女人們都感到自己沒有和她坐在一條長凳上是一種幸運，男人們談論的則是：「息票——付款期限——票面超出額——期貸。」羊脂球完全被遺棄了，儘管她是他們的恩人。

和小說的前面部分相對照，也是和前面相呼應，莫泊桑又一次把饑餓問題提了出來。人們把自己早已準備好的食物拿了出來，一個個安閒自得地細嚼著，只有羊脂球在慌忙中什麼也沒有帶。現在，她只能望著「這些平平靜靜吃東西的人」。羊脂球是不存在的了，儘管不久前，她用自己全部所有，把他們從饑餓的煎熬中解救出來。這是一個多麼陰森、冷酷的場面！世上還能有什麼人會比這批「正人君子」更無情、更冷漠、更虛偽、更易於忘恩負義呢？

至此，作者所同情、讚賞、歌頌的，所反對、揭發、批判的，都已經表現得清清楚楚，明白如畫！

（四）

讀過《羊脂球》的人，是不能不讚賞莫泊桑刻劃人物的卓越才能與技藝的。在這個篇幅並不太長的小說裏，他塑造了多少個有血有肉、個性鮮明的人物形象！

羊脂球的社會職業是一個妓女，但被踐踏的生涯，並沒有硬化她善良、仁慈的心腸。她毫無吝嗇之意，只是由於卑下的社會地位，因而有幾分自卑之情，把全部食品獻給了處於饑餓中的旅伴，儘管都是萍水相逢。這種品質，只可能在法國善良的普通人民身上才可能找得到的。

妓女的身分，使她被人視為下賤。可就是這樣一個女人，對於祖國的敵人，卻懷著深深的仇恨。當旅店老闆向她傳出「小姐，普魯士軍官立刻要和您說話」時，她思索了一下，爽利地說：「這是可能的，不過我不會去。」只是在旅伴的一再要求下，她去了。談話證實了自己的揣想，她回來時，竟氣得連氣都喘不上來罵道：「哈，光棍，光棍！」當敵人派人催詢時，她再也無法按捺自己的憤怒了：「您可以告訴這個普魯士下流東西，這個髒東西、這個死屍，說我永遠不願意。您聽清楚，我永遠不，永遠不，永遠不。」當敵人派人再三逼問她改變主意沒有時，她的回答更簡單了，乾脆只有兩個字：「沒有！」莫泊桑就這樣通過一連串的、配合著行動的簡潔語言，使一個滿懷愛國之情的婦女形象站立了起來。一個被人賤視的妓女，原本是誰都可以要她投進自己的懷抱，可是在敵人面前，她的恨是多麼深！她的膽多麼壯！她的態度是多麼決絕！而羊脂球的這一切表現，又絕非偶然，因為她原來就是一個當生殺之權操於敵人之手的時候都敢痛打普魯士丘八的愛國者。

小說中的那群「體面的壞蛋」，是作為一隊反面群衆，陪襯著羊脂球而展現出來的。狠毒、陰險、自私、卑鄙無恥，這些是他們的共性。但這些共性特徵卻都是通過多種多樣的性格而顯現出來的。他們的每一句話、每一個行動、每一個細致的心理活動，無不和他們的出身、經歷、教養、社會地位緊密地聯繫在一起。就拿他們圍攻合擊羊脂球的種種罪惡勾當來說，他們的目的是一致的，但在達到目的的過程中卻各自有著不同的心理活動和具體行動。鳥先生是個極其庸俗、貪婪、粗魯的酒行老闆，因而他的一切言行都是和這一特定身分相適應的。當他在鑰匙洞兒裏偷看和偷聽到羊脂球嚴辭拒絕了戈爾努兑的追逐這個「過道裏的秘密」後，任何一個稍有愛國心的人都會因此而激起一些崇高的感情，可他卻一個翻身就鑽進被窩摟著老婆說：「你可愛我，親人兒？」羊脂球的崇高的行為，在他身上激起的就是這種強烈的肉欲衝動，多麼卑劣的靈魂！在解決羊脂球和普魯士軍官的矛盾上，他的主張最簡單，也最激烈，這就是把羊脂球的「手腳捆起來送給敵人」，這辦法也只鳥老闆這號庸俗、粗魯的資產者才能想得出來。出身貴族世家的禹貝爾・卜來韋伯爵，他的一言一行又全然是另一個樣子。當處於饑餓之時，不待羊脂球邀請，鳥先生就露骨地在稱讚聲中暗示出自己的要求。及至羊脂球說：「您可是想吃一點，先生？」他就再也忍不住了：「說句真心話，我不拒絕，我再也受不住了。」在同一的情況下，伯爵的表現就不同。為了保住貴族的尊嚴、面子，他開始還想硬撐著，實在撐不住了，他才接受邀請。但直到最後也沒有忘記自己世家子弟的雍容大度，他說：「我們用感恩的態度來接受，夫人。」在圍攻羊脂球的陰謀活動中，在形式上他和鳥先生也很不一樣。一個主張蠻幹，硬幹，他卻主張軟刀子殺人，要「用巧妙手腕：『應當教她自己決定』。」他的「巧妙手腕」是用假裝出來的柔情、蜜意、體貼、關懷，去俘虜羊脂球長期處於人間沙漠的心靈。在對待羊脂球抗拒普魯士軍官的卑鄙要求的問題上，三位「夫人」雖是「結成一個團體」，但也同中有異，各自表現出差別。酒行老闆娘沒有耐性，見到羊脂球不屈從，就大發市井下流脾氣，認為羊脂球拒絕普魯士軍官是故意難為他們，是「撒嬌」，還認為追逐羊脂球的普魯士軍官「很懂規矩」，知道「敬重有夫之婦」，因為不然的話，她說：「我們三個無疑都是可以被賞識的。」言外之意是，侵略者是個多麼值得稱讚的道德君子；而她自己未能「被賞識」，心中似乎頗感不平。迦來——辣馬東夫人，又自是另一類型。對於羊脂球憤怒的反抗行為，她根本不能理解，她「甚至於想起自己若是處於羊脂球的地位，那麼她拒絕這個軍官可以不及拒絕旁的一個人厲害」。後來當羊脂球被他們千方百計、軟硬兼施推進敵人懷抱、而大家在猥褻地談論這種事情時，她簡直禁不住醋勁大發，「整個晚上一直假笑」。她的這一切心理活動和表現是有生活的基礎和歷史的根由的，因為她從前「素來是里昂駐軍中出身名門的官長的『安慰品』」。至於伯爵夫人，她的作為和她的身分又恰相投合。圍攻羊脂球時創造了那麼些「獻身出力」的故事，都是她的傑作。

小說中戈爾弩兑形象是刻劃得十分成功的。他出場的第一個動作就完全準確地表現了一個浪蕩子的特性。在車內大家用唯一的杯子輪流喝酒時，「一個人喝完以後經過拂拭再傳給第二個人，只有戈爾弩兑偏偏把嘴唇去接觸羊脂球在酒杯上吮過沒有乾的地方」。這一細微的動作恰恰是他過去長期放浪生活的準確的反映。在馬車裏，他藉著光線黯淡的機會動手動腳戲弄羊脂球，住進旅館後，又演出了一場「過道裏的秘密」。這一切都說明，任何特殊的處境，都已經難於改變他那長期沈溺於糜爛生活的惡習。只有一個行為表面上似乎和他的為人格格不入，即當大家都在費盡心機設法讓羊脂球屈服於敵人時，他沒有插手，並且當他們的陰謀得逞之後，他甚至非常憤慨：「我說你們各位剛才都做了一件很可恥的事！」其實，這與愛國之心風馬牛不相及。他之憤慨，實實在在的原因是，自己追逐的女人，沒撈到手，反被同伴們送進另一個人的懷抱，小說結尾作者對於他的描繪，證實了上述的剖析是完全正確的。面對被損害、被侮辱，並且在挨餓的羊脂球，他無動於衷，獨個兒吞食了「四個熟雞蛋」和「一段麵包」，隨後，「伸長著雙腿，仰著身子」，安閒自得地「等著那四個雞蛋在胃囊裏消化」。多麼冷酷的心腸！多麼麻木的軀體！

莫泊桑通過這個人物，概括地刻劃出第三共和國時代的偽共和主義者的醜惡形象，用對於戈爾聶兑一系列的行動描寫，把他們「革命」、「愛國」、「人道」的偽裝剝落無遺！

（五）

莫泊桑筆下的人物個性能夠如此鮮明突出的本質原因，在於作家慣用精確、細膩的描寫，從人物的心理、行為、語言等方面展示性格，而在這一過程中，對比手法的運用，是起了十分重要的作用的。這種對比手法，在小說中是多種多樣的。

第一是貫穿始終的縱向發展的正、反人物的對比。小說中以羊脂球為一方，以鳥先生、迦來——辣馬東、禹貝爾・卜來韋等九人為另一方，他們從頭到尾都是處於對比之中。他們離開里昂的原因就各不相同。一個是被迫逃亡，而另一群卻都是因為種種個人利害，其中大多數是「做買賣的需要重新又在……心眼兒裏發動了」，絕不是非走不行。在由里昂去吉艾卜的馬車上，一個赤誠、厚道待人，對陷於饑餓的旅伴，傾其所有，真可謂難得的古道熱腸；而那些人，他們清高傲岸，對羊脂球極盡蔑視、謾罵，可又在施捨前變得笑臉逢迎，輕語輕聲，前後相比，判若兩人，是群十足的市儈。在對待普魯士侵略者的蠻横卑鄙的要求上，一個滿懷憤怒、抵制、反抗、鬥爭；他們則助桀為虐，和敵人同流合污，想方設法把自己的同胞，也是自己的恩人，推進被侮辱、被損害的泥坑。最後，在同一駕馬車上，十個人又再次結伴同行。其中一個為其餘九個作出了最大的犧牲，直至忍受傷害自己的愛國之心。可如今她卻完全被九個忘卻，孤單一人，淚眼迷茫，忍饑挨餓。與此同時，那些曾被她救助過的一群，卻個個安閒自若。到時候，各自取出早已準備好的美味佳餚，個個吃得嘴角流油，可就是沒有一個人想起眼前這個正在挨餓的羊脂球。過河拆橋、忘恩負義，竟至如此，真是天理難容！

羊脂球的形象，正是在這個一次又一次、步步縱向深化發展的過程中逐漸站立起來。而那群「體面的壞蛋」也就在羊脂球形象的對照下，極其自然地、淋漓盡致地被揭露得原形畢露。

第二是在同一事件中橫向的多層次的對比，這種對比在作品中出現了三次。第一次是在接受羊脂球施捨時人們有著不同的表現的對比。第二次是在作品的結尾處那九個旅客獲得「解放」後的表現及其對羊脂球的態度的對比，第三次是寫人們如何對待普魯士敵人向羊脂球提出的無理要求的對比。旅途被阻，這是小說矛盾衝突的發展和高潮部分，所以這次對比是寫得很充分的，並且包含著兩個層次：第一個層次是好、壞，正、反的對比。通過羊脂球和其他九個旅客對普魯士軍官的要求所表現的不同態度和作法的對比，使得正、反兩類人物的界限涇渭分明。第二個層次是同類人物之間的對比。以鳥先生、迦來——辣馬東、禹貝爾・卜來韋為代表的九人集團要犧牲羊脂球以換取自身的自由，這是他們在明確了普魯士軍官的意圖之後的一致看法。但是由於出身、經歷、教養各不相同，所以在圍攻羊脂球的過程中各有各的想法和作法。正是在這一橫向對比中，他們的個性特徵，在原有的基礎上，得到了深入一步的展示，差異更加顯明。

第三是類似事件、場面的前後對比。小說前後兩部分描寫的事件、場面是類似的，甚至可以說是相同的，空間是在同一馬車內，時間同在午間，人物沒有變化，還是那十個旅客，各自坐在原來坐過的座位上，事件是一樣地提出饑餓問題。不同的是前一個場面中，九個旅客面臨饑餓，獨有羊脂球帶有一隻「滿是美味的提籃」，後一場面中情況相反，羊脂球一無所有，其他九個則個個備有豐盛的午餐。作者就抓住這同中之異，從異中開掘出人物品德上的迥然不同：一個，盡自己所有和盤獻出，給大家解渴驅饑，多麼仁慈、寬厚、無私；一群，都自顧饕餮，對饑渴的同伴，「沒有一個人望她，沒有一個人惦記她」，多麼冷酷、狹隘、自私。這前後的對比，使兩者天差地別！

第四是人物自己言行前後矛盾的對比。這種對比在對待普魯士軍官對羊脂球所提出的無恥要求上表現得最突出。當乍一聽到羊脂球在盛怒中公開了敵人的要求的瞬間，他們的反應是強烈的憤慨：「那是大聲斥責這個卑劣丘八的一種公憤了，一種怒潮了，一種為了抵抗的全體結合了，彷彿那丘八向她身上強迫的這種犧牲就是向每一個人要求一部分。」可是一當意識到自身的利害，他們立即轉而結成一夥，挖空心思，找出種種理由，運用種種辦法，瓦解羊脂球的鬥志，為實現普魯士軍官的要求而竭盡心力。這言行上前後矛盾的對比，暴露了前者乃是虛假的偽裝，後者才是一群極端利己的無恥之徒真實的猙獰嘴臉。

上述縱橫、前後、矛盾、多層次的對比手法的運用，乃是《羊脂球》這一小說的重要藝術特色之一。

（六）

讀《羊脂球》，如果不細心玩味它的開頭，特別是那個含意極為深刻的結尾，那將是非常可惜的。

小說的前一部分，是作家精心創造的開頭。他細致地描寫了里昂失陷前後的情況，這是小說展開的背景，從結構上講，這部分同時又是小說的序幕。當普魯士侵略者兵臨城下的時候，里昂那些「大肚子富翁」最著急的是「想起自己廚房裏的烤肉鐵叉和斬肉大刀設若被人當作作戰武器看待，都不免渾身發抖」。而當普魯士人成了城市的主人，在一剎那的恐怖之後，城市裏「一種新的寧靜氣氛又建立起來了」。原因何在？因為有產者認為：「祇須不在公開地點和外國軍人表示親近，那麼在家裏講究禮貌原是可以的。所以在門外裝作彼此陌生，而在家裏卻快快樂樂談話。末後，日耳曼人每晚待得更長久一點，和主人一家子同在一座壁爐眼前烤火了。」這是面臨亡國之災的法國社會的一部分，但這不是整個法國。法蘭西還有愛國人民的一個方面。就在離這充滿「寧靜氣氛」的城市不到三法里的河流裏，卻經常可以撈到侵略者的屍體。這是法國普通人民所做的「隱名的英雄行為，無聲的襲擊」。雖然這種「行為」和「襲擊」「遠比白天的戰鬥可怕卻沒有榮譽的聲光」，但人民卻在繼續進行著。在這裏，莫泊桑通過法國不同階層的人們對於侵略者所持的不同態度的背景交代，為整個小說所要突出的基本思想準備了條件，為情節的開端作了暗示，給矛盾衝突的提出作了鋪墊。

小說的結尾是極富特徵，別開生面的，這是一個進一步深化人物和餘音繚繞的結尾。

小說的結尾部分是從這隊旅客重新上路寫起，一直寫到黑暗中到達吉艾卜為止，是分三個層次來寫的。

第一個層次寫了兩個場面，即羊脂球出現後人們對她的敵視和隨即上車後她所受到的冷遇。羊脂球太善良、太單純，拿今天的話來說，就是缺乏最基本的覺悟。她從人道出發，作了絕不應當作的讓步（作者是想以此來突出人物的善良品質，並以此為對照，揭露「壞蛋」們卑劣的靈魂）。羊脂球滿以為自己的犧牲會換來旅伴們對她的敬重。但所面對的卻恰恰相反，人們把她當成瘟疫，視若寇仇，都遠遠地離開她站著；上車之後，經過一陣短暫的沈默，人們開始了各自的活動：有的在讚美社交界的頭面人物，有的在談生意經，有的在鬥紙牌，有的在祈禱，有的在默默養神。在車廂這小小空間裏，羊脂球完全成了多餘的人，被忘卻遺棄了。這種敵對與冷漠和前面圍著羊脂球轉的情景形成了鮮明的對照，深一層地觸及了「壞蛋」們的靈魂。如果說他們前面把羊脂球推進普魯士人懷抱雖屬卑鄙，但也許還會有人認為是逼於情勢，事出無奈的話。那麼，後來的言行則只能是絕頂的「壞蛋」才可能做得出來的。因此，第一個層次的兩個場面，不僅進一步完成了對於「正人君子」們的揭露，而且也加深了讀者對「壞蛋」們在前面階段的所作所為的認識，這是靈魂早已爛透的狠毒的一群！而羊脂球也正是通過這兩個場面的親身經歷提高了認識，從開始的詫異、膽怯到認識到同車人的「假仁假義」，因而「懷著憤慨」。

第二個層次是寫車上的午餐。這對小說的前頭部分，既是對照，也是呼應。呼應使小說連成一個完善的整體，同時也是完成人物塑造的手段，並導致讀者在回顧全篇的思索中更全面地掌握人物發展變化的來龍去脈。對照，不僅使人物之間差別更加鮮明，而且加深加廣了對於人物的暴露，使讀者認識到九人團夥中的人物，都是些沒有廉恥、極端利己和心狠手辣的忘恩負義之徒。因此，羊脂球也由憤慨以至氣憤填胸，直至心中掀起一陣狂怒。她對這群「壞蛋」終於有了深刻的認識，因而心中激起了仇恨。

小說是在《馬賽曲》的曲調和歌詞中結束的。這是第三個層次，也是整個小說的尾聲。《馬賽曲》是一首戰鬥的愛國歌曲。她是洛日艾・德・里爾在一七九二年為開赴萊茵河前線抗擊奧、普侵略者的法國軍隊而作的。在後來的歷史長河中，她一直是法國人民爭取自由、民主、解放的戰歌。歌詞中有這樣的詞句：

至情，愛國神聖的至情，
你來領導支持我們的復仇之手，
自由，我們十分寶貴的自由，
你帶著你的防護者來戰鬥！

這是一支富有革命意義和充滿愛國激情的神聖歌曲。可是在小說中這首歌曲是誰，在什麼樣的情況下吹起和哼起來的，人們又是如何反應的呢？情況是富有非常深刻的諷刺意味，並且寓含著作家無限的悲憤之情的。

假民主黨人、假愛國者戈爾弩兑用口哨吹起《馬賽曲》並非出自什麼愛國心，而是在吃飽喝足後百無聊賴時突然想起的一種捉弄人的辦法。這就是他要用《馬賽曲》的曲調和歌詞去刺激那群貴族、教士和資產者，藉以報復他們把自己所追逐的女人送進普魯士人懷抱。一曲神聖的戰歌卻成了如此的一種報復手段，這對於第三共和時代的偽共和主義者是一種多麼辛辣的諷刺！

讓神聖的戰歌服務於自己卑劣的報復之心是可恥的，可的確成了刺向「正人君子」們的匕首投槍：「所有的臉兒都變黯淡的了。……他們都變成神經質的了，受到刺激了，並且如同獵犬聽見了手搖風琴一般都像是快要狂吠了。」置身於敵人的鐵蹄之下，剛剛才逃出敵人的魔爪，現在還處於敵人的掌握之中，面對著被敵人凌辱了的同胞，這群貴族、資產者和教士，竟連聽到一曲愛國之音，也顯露出如此的心理狀態，這是多麼深刻的揭露！在此同時，一個真正的愛國者，一個為了別人安全而作出了巨大犧牲的女人，卻只能在憤慨中以哭泣與神聖的愛國歌曲相伴和，她的嗚咽聲在歌詞的間歇間傳向那無邊的黑暗，這又是多麼令人悲憤！

《羊脂球》的結尾是一個前呼後應，並且總結了整個小說的結尾。是一個進一步深化人物形象的結尾，是一個有強烈思想傾向的結尾，是一個餘音繚繞、引人深思的結尾。

歐洲近代文學論評／曹讓庭著. -- 初版. -- 臺
北市：臺灣商務，1996［民85］
面； 公分
ISBN 957-05-1232-6（平裝）

1. 西洋文學 - 評論

870.1　　85000389

歐洲近代文學論評
定價新臺幣三五〇元

著作者　曹讓庭
責任編輯　詹賜珠
封面設計　丁志中
校對者　洪美容　梁景芳
發行人　張連生
出版者 印刷所　臺灣商務印書館股份有限公司
臺北市重慶南路一段三十七號
電話：（〇二）三一一六一一八
傳真：（〇二）三七一〇二七四
郵政劃撥：〇〇〇〇一六五—一號
出版事業登記證：局版臺業字第〇八三六號

• 一九九六年三月初版第一次印刷

ISBN 957-05-1232-6（平裝）　　73320010